Stefanie Hohn
Die Magie der Farben

TINTE & FEDER

Das Buch

Ein heimlicher Maler, eine vergessen geglaubte Liebe und eine wiedererwachte Sehnsucht.

Paul Tissu traut seinen Augen nicht: eine junge Frau betritt seinen Stoffladen in der Aachener Innenstadt. Sie sieht aus wie Aurelie, spricht wie Aurelie, aber ist sie es auch? Die Französin war die große aber unerreichbare Liebe seiner Jugendtage, zu schön und zu reich für den einfachen Kaufmannssohn. Ihm blieb nur, sie immer wieder zu malen – eine Leidenschaft, die er jahrzehntelang vor seinen Eltern und seiner Frau verheimlicht hat. Mit dem Auftauchen dieser Frau wird für Paul die Vergangenheit lebendig und er fasst einen folgenreichen Entschluss …

Die Autorin

Stefanie Hohn, geb. 1967 in Aachen, studierte Literaturübersetzung und promovierte über Charlotte Brontë. Sie arbeitete als literarische Übersetzerin, gründete eine Sprachschule für Kinder und veröffentlichte wissenschaftliche Artikel und Kurzgeschichten. Mit ihrem Mann, zwei inzwischen erwachsenen Kindern und dem Kater Garfield lebt sie in Düsseldorf. Sie liebt Waldspaziergänge und plottet ihre Romane am liebsten in Cafés oder beim Joggen.

STEFANIE HOHN

Die Magie der Farben

ROMAN

TINTE & FEDER

Deutsche Erstveröffentlichung bei
Tinte & Feder, Amazon Media EU S.à r.l.
5 Rue Plaetis, L-2338, Luxembourg
September 2018

Umschlaggestaltung: zero-media.net, München
Umschlagmotiv: © Vasilina Popova / Getty; © Alexander_Evgenyevich / Shutterstock
Lektorat und Korrektorat: Verlag Lutz Garnies, Haar bei München, www.vlg.de
Gedruckt durch:
Amazon Distribution GmbH, Amazonstraße 1, 04347 Leipzig /
Canon Deutschland Business Services GmbH, Ferdinand-Jühlke-Str. 7, 99095 Erfurt /
CPI books GmbH, Birkstraße 10, 25917 Leck

ISBN 978-2-91980-281-4

www.tinte-feder.de

Für Mama

Wir malen mit den Augen der Liebe,
und Augen der Liebe
müssen uns auch nur beurteilen.
(Gotthold Ephraim Lessing, *Emilia Galotti*)

Lieber Paul,
ich weiß, du wartest auf ein Lebenszeichen. Ich bin mir aber nicht sicher, ob »leben« das richtige Wort für den Zustand ist, in dem ich mich befinde, seit du fort bist.

Abschied nehmen ist wahrscheinlich das, was ich am besten kann. Oder nein, das ist falsch. Weitermachen kann ich, das Gewesene in eine Erinnerungsschublade stopfen und sie so lange nicht öffnen, wie die Bilder darin noch frisch und bunt sind.

Diesmal aber ist es anders. Ich denke ständig an die Tage mit dir hier in Paris und kann die Erinnerung an diese Momente kaum ertragen.

Heute Abend war ich oben auf dem Montmartre, habe mit Hunderten Touristen auf den Treppen vor Sacré-Cœur gesessen und auf den Sonnenuntergang gewartet. Der Himmel war blutrot, und die Stadt erschien in einer Klarheit, wie es selten der Fall ist. Eine Schönheit, die wehtat.

Kennst du das? Wenn das Leben heranrückt und alles so intensiv wird, dass es kaum auszuhalten ist?

So waren die Momente mit dir. Unsere Spaziergänge, die vielen Stunden, in denen du mich maltest, unsere letzte Nacht. Du so nah – und am Ende doch unerreichbar.

Jetzt liegen wieder viele Kilometer zwischen uns, und ich hoffe, dass mit jedem Tag, der vergeht, der Schmerz ein wenig nachlässt. Vielleicht tut dann auch irgendwann die Erinnerung nicht mehr weh. Vielleicht.

Deine Aurelie

Nacht

Sie war nicht schön genug.

Wieder einmal nicht.

Ihr Blick war nicht intensiv genug, das Haar nicht glänzend und die Haut nicht rein genug.

Dabei sah er sie so deutlich vor sich, wenn er die Augen schloss.

Über die Jahre hatten seine inneren Bilder eine Präzision erlangt, die fast wehtat. Aber es gelang ihm einfach nicht, die ephemere Schönheit seiner Visionen sichtbar zu machen.

Die Wirklichkeit war immer profan.

Er würde sie verscharren, wie alle anderen auch. Niemand würde sie jemals zu Gesicht bekommen.

Er war erschöpft. Wenn der Rausch vorbei war und seine Sinne begannen, die Umgebung wieder wahrzunehmen, drückte die klaustrophobische Enge des Gewölbes schwer auf seine Brust. Er fror.

Plötzlich hatte er es eilig. Wie lange war er schon hier unten?

Er griff nach dem Spaten, der in einer Ecke bereitstand. Wohin? Die Stelle vom letzten Mal vielleicht? Dort war die Erde noch locker.

Er grub so tief, wie er es wagen konnte. Auch wenn er keine von ihnen jemals wieder ausgraben wollte, so hatte er trotzdem Angst, sie mit seinem Spaten zu verletzen.

Den Rest erledigte er mit den Händen.

Als er fertig war, seufzte er erleichtert auf. Jetzt schnell raus hier, nicht dass seine Frau doch noch bemerkte, dass er nicht im Bett war, und sich auf die Suche nach ihm machte. Er musste vorsichtig sein.

Er schaltete die Strahler ab, und die Dunkelheit fiel über ihn her. Es war, als wiche mit dem Licht auch der letzte Rest Sauerstoff aus dem engen Gewölbe.

Vorsichtig tastete er sich zur Falltreppe und zog sich mühsam hinauf. Die Sprossen knarrten. Er zählte. Nummer fünf war gebrochen, über die musste er hinwegsteigen. Das schmerzte im Knie.

Erst oben knipste er die Taschenlampe an und leuchtete in das schwarze Loch zu seinen Füßen. Der Lichtkegel verlor sich in der Finsternis.

Er klappte die Falltür zu und rückte die alte Kommode wieder an ihren Platz.

Nichts war zu sehen.

Langsam stieg er die Kellertreppe hinauf, kontrollierte, ob die Schaufensterbeleuchtung korrekt eingeschaltet war, und ging nach oben in die Wohnung. Leise schlich er sich ins Bad.

Unter seinen Fingernägeln klebte Erde. Seine Hände, Arme und das Gesicht waren rot gesprenkelt. Er nahm eine Bürste zu Hilfe und schrubbte so lange, bis die Haut brannte.

Langsam sickerte der rotbraune Sud durch den Abfluss und hinterließ einen öligen Film im Waschbecken. Hektisch bearbeitete Paul die Emaille mit einem scharfen Reinigungsmittel. Es roch nach Chlor.

Als er die letzten Spuren beseitigt hatte, wagte er sich endlich ins Bett.

Seine Frau schlief tief und fest. Sie lag auf dem Rücken und schnarchte laut. Ihre Brust hob und senkte sich. Das Nachthemd war verrutscht und ließ einen großen Teil ihrer linken Brust frei. Ein leiser Ekel erfasste Paul. Ihr Busen war schon immer zu groß gewesen. Jetzt, wo sie fast fünfzig war, hing er zu beiden Seiten hinunter, wenn sie auf dem Rücken lag.

Paul überlegte, auf das Wohnzimmersofa auszuweichen, aber dann täte ihm morgen der ganze Körper weh. Also aushalten. Es waren ohnehin nur noch wenige Stunden, bis der Wecker klingelte.

Er rollte sich am äußersten Bettrand zusammen und zog die Bettdecke über die Ohren. So konnte er alles ausblenden, was an seiner Nachtruhe nagen wollte. Nur die leichte Übelkeit, die sein nächtlicher Rausch wieder einmal verursacht hatte, blieb.

Kapitel 1

Begegnung

»Ach, wissen Sie, an Farben sieht man sich doch irgendwann satt. Ich hatte so eine Phase, da wollte ich alles in Grün. Das Sofa grün, die Wände grün, die Vorhänge grün … Mein Mann ist ganz verrückt geworden, er hasst nämlich Grün.« Sie kicherte.

»Grün«, wiederholte Paul und zog kurz die Augenbrauen hoch, bevor er den schweren cremefarbenen Brokatdamast ausrollte, auf den Frau von Hohenstein mit ihren manikürten Fingern gezeigt hatte.

»Ja, grün ist furchtbar, nicht? Danach hatte ich eine Rot-Phase. Na ja, die Wände waren nicht rot, aber jedes Stückchen Stoff im Haus …« Sie entblößte ihre dritten Zähne und ließ ein tiefes Raucherlachen ertönen. »Mein damaliger Dekorateur wollte mich davon abbringen, aber wenn ich so einen Farbfimmel habe, bin ich stur! Er glaubt, das müsse daran liegen, dass mein Mann Kunstprofessor ist.« Diesmal endete ihr raues Lachen in einem rasselnden Hustenanfall.

»Verstehe«, murmelte Paul und strich mit den Händen über den Stoff. »Dieser hier ist sehr dezent. Passt immer.«

»Dezent!« Frau von Hohenstein zog die Mundwinkel verächtlich nach unten. »Langweilig, meinen Sie.« Wieder wanderte sie die Regalwände ab, in denen sich die Stoffballen bis zur Decke stapelten.

»Er hat ein interessantes Muster. Wenn die Sonne darauffällt, bekommt er Tiefe. Das ist sehr schön«, sagte Paul.

Die Kundin machte eine ungeduldige Handbewegung und zeigte auf eine Stelle knapp unterhalb der Decke. »Der lachsfarbene da oben. Darf ich den mal sehen?«

Paul unterdrückte einen Seufzer und zerrte die Leiter herbei. Schwerfällig stieg er hinauf und zog einen Ballen mit hauchdünnem Gaze hervor. »Meinen sie den?«

»Ja, genau den.«

»Aber ich dachte, Sie wollen einen blickdichten Stoff? Das hier ist Organza, beinahe durchsichtig.«

»Bringen sie ihn mal herunter. Die Farbe gefällt mir. Vielleicht ist beinahe durchsichtig ja doch besser.«

Gehorsam stieg Paul die Leiter mit dem Ballen unter dem Arm hinunter und breitete den Stoff über dem cremefarbenen Brokatdamast aus. Frau von Hohenstein nahm das zarte Gewebe zwischen Daumen und Zeigefinger, hob es hoch und hielt es sich vor das Gesicht wie einen Schleier. Dann ließ sie es fallen und schüttelte den Kopf. »Nein, das ist es auch nicht. Er ist in der Tat zu dünn.«

Wieder wanderte sie die Regale entlang, wies hierhin und dorthin und schickte Paul ein ums andere Mal die Leiter hinauf, ließ Ballen herunterholen und ausbreiten. Nach über einer Stunde ziellosen Suchens hatten sich die Stoffe auf der Ladentheke zu einem Wall aus Farbe und Gewebe aufgetürmt.

»Ach, Herr Tissu!« Sie sprach es wieder falsch aus, obwohl er sie bereits mehrmals höflich darauf hingewiesen hatte, dass das *u* am Ende *ü* gesprochen wurde. Tissü, sein Name war Paul *Tissü.* In Aachen waren französisch klingende Namen keine Seltenheit, aber Frau von Hohenstein weigerte sich standhaft, seine belgische Abstammung zur Kenntnis zu nehmen.

»Wissen Sie«, sagte sie jetzt mit einer wegwerfenden Handbewegung, »ich glaube, ich will gar keinen Stoff an den Fenstern haben. Wenn ich es mir recht überlege … Vielleicht sollte ich etwas Moderneres nehmen. Jalousien sind ja auch nicht schlecht, was halten Sie davon?«

»Ganz wie Sie meinen«, erwiderte Paul und neigte leicht den Kopf. Immer öfter ertappte er sich bei dieser Geste dienstbarer Ergebenheit, die er bei seinem Vater immer gehasst hatte.

Frau von Hohenstein sah auf die Uhr. »Ach, du liebes bisschen, es ist ja schon fast halb eins! Jetzt muss ich mich aber beeilen, ich habe noch eine Verabredung! Ich komme morgen wieder, lieber Herr Tissu. Dann zeigen Sie mir Ihre Kollektion an Jalousien, ja?« Betonte sie das *u* besonders, um ihn daran zu erinnern, dass nicht *er,* sondern *sie* darüber entschied, wie sein Name zu lauten hatte?

Sie rauschte zur Tür hinaus und ließ eine olfaktorische Zumutung aus Tabak und Parfüm zwischen den Stoffen zurück.

Pauls Hand wanderte in die Schublade, in der er den Ladenschlüssel aufbewahrte. Es war zwar noch über eine halbe Stunde bis zur Mittagspause, aber er hatte genug. Er brauchte jetzt erst mal einen starken Kaffee, vielleicht mit einem Schuss Rum. Auch diese Angewohnheit seines Vaters hatte sich in sein Leben geschlichen. Irgendwann hatte er aufgehört, Paul zu sein. Er konnte nicht sagen, wann genau das passiert war, aber die Schablone, die an Pauls Stelle getreten war, kam einfach besser durch die Tage als der richtige Paul. Wer auch immer das war.

Gerade wollte er hinter seinem Wall aus Stoffballen hervortreten, um das Geschäft zu schließen, da bimmelte die Türglocke. Unwillkürlich duckte er sich. Schräg gegenüber der Eingangstür stand ein großer Spiegel, der sich wiederum in der Vitrine spiegelte, die die kostbaren Seidenstoffe beherbergte. Von seinem Platz hinter dem Stoffberg hatte er einen direkten

Blick auf diese Vitrine, und so sah er die Kundin, die soeben den Laden betreten hatte, ohne dass sie ihn sehen konnte.

Er sah also in diesem Moment nur die doppelt gespiegelte Silhouette einer Frau, konnte weder ihre Gesichtszüge klar erkennen noch ihre Augenfarbe, und doch geschah etwas in seinem Brustkorb, das er vielleicht als Herzanfall gedeutet hätte, wenn ihm in diesem Moment nicht jede analytische Fähigkeit abhandengekommen wäre. Er schnappte nach Luft und ließ sich rückwärts auf den Stuhl fallen, der zu seinem großen Glück an genau dieser Stelle stand.

Die junge Frau – denn jung musste sie sein, so anmutig wie sie sich bewegte – machte ein paar Schritte in Richtung Ladentheke, blieb dann unschlüssig stehen und ließ den Blick über die zahlreichen Stoffballen in den Regalen schweifen. Dann ging sie einen weiteren Schritt nach vorne, und die gespiegelte Erscheinung in der Vitrine verschwand.

»Hallo?«

Diese Stimme! Er schob den Kopf ein klein wenig vor, gerade genug, um hinter dem Stoffberg hervorzulinsen. Sie stand mitten im Raum, das Kinn leicht nach vorne gereckt, die langen schwarzen Haare nach hinten geworfen, und lauschte.

»Hallo? Ist niemand da?«

Paul machte sich so klein wie möglich, was bei seinen Körpermaßen nicht ganz einfach war. Er betete inständig, sie möge das Geschäft wieder verlassen, und hoffte gleichzeitig, sie würde für immer dort stehen bleiben. Sie tat weder das eine noch das andere. Sie kehrte ihm den Rücken zu, setzte einen Fuß auf die Leiter, die noch immer an der Regalwand lehnte, und streckte die Hand nach einem intensiv karminrot leuchtenden Stoff aus. Die schlanke Taille, die schmalen Handgelenke …

Aber nein, das war doch nicht möglich!

In diesem Augenblick kam der Geselle aus der Werkstatt und entdeckte Paul hinter seiner Stoffmauer. Sein Blick wanderte zu der Kundin auf der Leiter und stirnrunzelnd wieder zurück zu Paul. Paul legte einen Finger über die Lippen. Stumm bedeutete er dem jungen Mann, seine Anwesenheit nicht zu verraten und sich um die Kundin zu kümmern. Der Geselle hob ratlos die Achseln.

Paul formte ein strenges »Nun mach schon!« mit den Lippen.

Unbeholfen trat der Geselle auf die schwarzhaarige Schönheit zu, die hastig von der Leiter herunterstieg.

»Kann ich Ihnen helfen?«

»Ja, also ich … Eigentlich wollte ich nur fragen, ob Sie auch Fertiggardinen haben, solche, die man nur aufhängen muss, nicht nähen, also so was ganz Einfaches, Schlichtes, ich kann nämlich nicht nähen …«

Aber wir können das!, hätte Paul beinahe laut gerufen, doch er besann sich rechtzeitig.

»Haben wir«, hörte er den Gesellen brummen. Schritte, und dann standen sie jenseits seiner Stoffmauer, nur eine Armlänge von ihm entfernt. Er war sicher, nun auch ihren Duft wiedererkennen zu können. Sein Herz hämmerte so laut, dass er fürchtete, sie würde es hören.

»An was hatten Sie denn gedacht?«, fragte der Geselle.

»Am besten etwas mit Schlaufen, die ich einfach nur auf die Gardinenstange aufziehen muss.«

»Haben Sie denn die Maße?«

»Die Maße?«

»Wie breit? Wie hoch? Es ist ja nicht jedes Fenster gleich.«

»Oh! Nein, das stimmt. Also, hm … daran habe ich gar nicht gedacht.«

Typisch, dachte Paul. Das war so ganz ihre Art. Völlig unpraktisch veranlagt.

»Dann sollten Sie erst einmal ausmessen.«

»Ja, das muss ich wohl.« Eine Weile herrschte Stille, nur das leise Rascheln der Stoffe war zu hören. »Dieser hier gefällt mir. Haben Sie den auch mit Schlaufen?«

»Äh … nein, ich glaube nicht.«

Idiot! Dann machen wir die Schlaufen eben dran, wenn sie Schlaufen will!

»Schade! Der hätte mir gefallen. Aber wenn ich sowieso erst ausmessen muss …«

»Ja, messen Sie mal. Die Breite ist wichtig. Und natürlich, ob bodenlang oder nur bis Höhe Fensterbank.«

»Nein, nein. Nur bis zur Fensterbank. Es ist eine kleine Wohnung, keine bodentiefen Fenster, leider!«

Eine kleine Wohnung? Paul konnte es nicht glauben. Das sah ihr so gar nicht ähnlich. Ob sie alleine dort lebte?

»Tja, dann … komme ich morgen wieder. Vielen Dank erst mal!«

Der Geselle sagte nichts, aber Paul hoffte, dass er ihr wenigstens verbindlich zunickte. Ungehobelter Kerl! Völlig ungeeignet für den Umgang mit Kunden. Dafür war er ein genialer Polsterer. Gott sei Dank, denn Paul war die Polsterei leid. Für diese schwere Arbeit taten ihm mittlerweile seine abgearbeiteten Hände zu weh.

Er hörte das leichte Klappern ihrer Absätze auf dem Parkett und lugte ein weiteres Mal vorsichtig aus seinem Versteck hervor. Just in diesem Augenblick drehte sie sich um und ließ nochmals ihren Blick zu dem karminroten Stoff hinaufgleiten. Durch eines der Oberlichter fiel die Sonne auf ihren Scheitel. Eine feine, helle Linie, die das schwarz glänzende Haar teilte. Doch das war es nicht, was Paul erneut ins Taumeln brachte. Es waren die Augen.

Es waren *ihre* Augen.

Zwei blaue Saphire. Diese Augen besaß nur ein einziges Wesen auf dem ganzen Planeten! Aber nein, das konnte unmöglich sein!

Ihr Blick wanderte hinüber zu seinem Schutzwall, und er zuckte zurück. Ein paar Schritte, und ihr Spiegelbild erschien wieder im Vitrinenglas. War sie nur eine Vision, auf seine Netzhaut gezaubert, ein Spiel des Lichts mit seiner Fantasie?

»Auf Wiedersehen!«, rief sie noch, und dann war sie draußen. Die Türglocke bimmelte, und zurück blieb eine wieder erwachte Sehnsucht, die wie eine frische Brise durch den Verkaufsraum wehte.

Paul zählte bis zwanzig, denn länger dauerte es nie, bis seine üblichen Kundinnen nach Verlassen des Ladens die Auslagen im Schaufenster betrachtet hatten. Nun gehörte *sie* ganz sicher nicht zu dieser Art Kundin, dennoch war höchste Vorsicht geboten. Unter gar keinen Umständen durfte sie sehen, wie er sein Versteck hinter den Stoffballen verließ. Der Geselle war noch damit beschäftigt, die präsentierten Fertiggardinen ordentlich an den Ständer zurückzuhängen, als Paul sich zu voller Größe aufrichtete. Er konnte so gerade über den obersten Ballen hinwegsehen.

»Wenn sie Schlaufen will, kriegt sie Fertiggardinen mit Schlaufen!«

»Aber die von Arnstutz hier gibt's nicht mit Schlaufen. Und die wollte sie haben.«

»Dann machen wir die verdammten Schlaufen dran!«

»Aber …«

»Wir machen Sie dran, verstanden?« Pauls Faust sauste auf das Stückchen Ladentheke nieder, das nicht von Textilien bedeckt war. Der Stoffberg schwankte, und der Geselle zog den Kopf ein.

»Jawoll, Chef!«

»Und jetzt kümmern Sie sich hinten um das verflixte Sofa! Hier im Laden sind Sie ja doch nicht zu gebrauchen!«

Mit hochgezogenen Schultern hastete der Geselle zurück in die Werkstatt.

Wie im Traum rollte Paul einen Stoffballen nach dem anderen ein und verstaute ihn an seinem angestammten Platz. Er hatte eine sehr eigene Systematik, die Ballen anzuordnen. Niemand verstand seine Logik. Barbara behauptete, es herrsche Chaos in seinem Geschäft, ein wildes Durcheinander von Farben und Textilien in sämtlichen Regalen, die sich ringsum bis zur Decke erstreckten. Aber Barbara hatte keine Ahnung. Sie hatte keinen Blick für die Farbmuster, mit denen Paul seine Wände gestaltete. Sie schimpfte, weil die empfindlichen Viskosegewebe unter dicken Leinenballen lagerten und die Firma Arnstutz neben der Firma Olmann lag.

Dabei war es so unwichtig, welches Firmenlabel ein Ballen trug, ob das Gewebe stark und fest oder fein und durchsichtig war! Jede Stofffarbe erzählte eine Geschichte, löste eine Schwingung aus, die nur er bewusst wahrnehmen konnte. Also durfte auch nur er die Ballen anordnen, ihnen den Platz zuweisen, der einzig und richtig war. Hätte Barbara oder auch der Geselle nur ein klein wenig Fantasie gehabt, so hätten sie in dem vermeintlich wilden Chaos an den Wänden die Kunstwerke entdecken können, die Paul aus Farbkontrasten und -harmonien erschuf.

»Du hast kein System!«, keifte Barbara von Zeit zu Zeit. »Die Stoffe kommen nicht zur Geltung, und ich finde nie etwas!«

»Oh doch, ich habe ein System«, pflegte Paul dann zu sagen. Aber er unterließ es, ihr etwas erklären zu wollen. Sie hätte es sowieso nicht verstanden. Über die Jahre war er sehr geübt darin geworden, Barbaras Ärger an sich abperlen zu lassen. Sie nannte ihn stur, doch wenn es überhaupt noch etwas in seinem Leben zu verteidigen gab, dann war es die geheimnisvolle Anordnung der Stoffe in den Regalen seines Geschäftes. Niemand durfte ihm da hineinpfuschen. Am allerwenigsten seine Frau.

Es war weit nach Mittag, als er endlich fertig war. Anstatt wie üblich in die Wohnung hinaufzugehen, um in seinem Lehnsessel das halbe Stündchen wohlverdiente Mittagsruhe zu halten, setzte er sich in der Werkstatt auf den alten Holzstuhl seines Vaters und trank einen starken Kaffee mit einem noch stärkeren Schuss Rum.

Was für ein Spiel trieb seine Fantasie mit ihm? Nach all den Jahren! Die Zeit hatte längst jeden Gedanken an sie aus seinem Bewusstsein getilgt. Sie *konnte* es nicht sein!

Seine Hand, mit der er den Kaffeebecher hielt, zitterte leicht.

Er musste sich getäuscht haben. Irgendein junges Ding, eine Studentin vermutlich, es gab so viele hier in der Stadt. Er *hatte* sich getäuscht. Ganz sicher. Und doch war die Ähnlichkeit frappierend. Oder mit seinen Augen stimmte etwas nicht. Er würde das untersuchen lassen. Wahrscheinlich brauchte er allmählich doch eine Brille. Eine fürs Lesen hatte er ja schon. Es war ihm zwar neu, dass sich im Alter auch die Fernsicht verschlechtern konnte – aber ging nicht alles verloren?

Ja, irgendwann ging alles einmal verloren.

Kapitel 2

Auferstehung

Der Lichtkegel der Lampe warf seinen hellen Schein in das Erdloch zu seinen Füßen. Er wischte sich den Schweiß von der Stirn. Hatte er damals wirklich so tief gegraben?

Als er sich aufrichtete, wuchs sein Schatten auf der Wand bis an die Decke des Gewölbes. Überlebensgroß schien er auf ihn niederfallen zu wollen.

Die Erde war hart wie Beton. Wie versteinert in all den Jahren. War es die richtige Stelle?

Natürlich war sie es. Akribisch hatte er den Standort vermessen und notiert.

Niemals hatte er sie ausgraben wollen – ein Grab für die Ewigkeit sollte es sein. Er hatte es nicht übers Herz gebracht, sie zu verbrennen oder zu zerstückeln. Sie war einfach zu schön gewesen.

Aurelie. Mit »o« wie in »tot« und langem »i«. Das hatte sie zu Golombach gesagt, dem Geographielehrer, als er sie der Klasse präsentierte wie ein Ausstellungsstück und behauptete: »Das ist Aurelie aus Straßburg.«

»Au-re-li-e«, hatte er gesagt, als wäre ihr Name ein Schmerz oder eine botanische Seltenheit.

Schräg vor ihm hatte Golombach sie dann auf einen Stuhl gedrückt. Bei Golombach mussten die Tische in Reihen stehen, während alle anderen Lehrer schon längst das U bevorzugten. So sah er während der nächsten fünfundvierzig Minuten nur ihre schmalen Schultern, über die das glatte, glänzende Haar fiel wie schwarze Seide. Doch als er sich ein wenig vorbeugte, konnte er auch ihren Duft erahnen. Nach frischer Erde roch sie, schon damals.

Erst in der nächsten Unterrichtsstunde bekam er einen freien Blick auf ihren Hals, den kleinen kirschroten Mund und die Nasenflügel, die leicht zu beben schienen, wenn sie sprach. Und auf ihre Augen.

Es musste an der Sonne gelegen haben, die durch das Fenster in den stickigen Klassenraum fiel. Hätte sie an jenem Tag nicht geschienen, hätte graues, neblig trübes Wetter geherrscht wie an so vielen anderen Tagen, dann wäre vielleicht alles anders gekommen.

Sie sprach mit ihrer Sitznachbarin, Tatjana. Ihre Hände fuhren dabei durch die Luft, als müsste sie jedes einzelne Wort in Stein meißeln. Ihr Mund bewegte sich schnell, die Augenbrauen hoben und senkten sich wie grazile Tänzerinnen auf einer schneeweißen Bühne.

Er hatte sie minutenlang angestarrt, wahrscheinlich mit offenem Mund. Als ihr Blick auf ihn fiel, zuckte er zusammen. Ihre Augen waren eisblau, eine faszinierende Unmöglichkeit.

Dies war der Moment, ab dem er wusste, dass sie ihm gehören sollte. Natürlich konnte er nicht einfach auf sie zugehen und sie ansprechen. Gunter konnte das. Ralf auch. Selbstbewusst scherzten sie mit ihr, begleiteten sie zum Bus, schirmten sie ab gegen feindliche Übergriffe aus dem Lager der übrigen Verehrer. Stille Zweifler wie er durften aus der Ferne zusehen, wie sie ihre beiden Höflinge mit einem Lachen oder einer leichten Berührung am Arm bedachte.

Aber er hatte einen Weg gefunden, sie zu besitzen. Allumfassender, als Gunter und Ralf das jemals gekonnt hätten. Nur ihm ganz allein gehörte dieser helle Strahl, der im Bergkristallblau ihrer Augen zu leuchten schien. Er hatte das Licht ihrer reinen Seele gebannt, festgehalten für die Ewigkeit und so vor der Profanität des Alltäglichen bewahrt.

Die Grube vor seinen Füßen war nun einen halben Meter tief. Er musste achtgeben, dass er mit der scharfen Kante des Spatens nichts zerstörte. Er legte ihn zur Seite und schürfte mit den bloßen Händen weiter. Obwohl sich vor seinem Mund Atemwölkchen bildeten, tropfte ihm der Schweiß von der Stirn, hinein in die kalte Erde. Mit den Fingernägeln lockerte er das Erdreich, um tiefer vordringen zu können.

Seine Knie schmerzten. Arthrose. Auch in den Händen. Seine Finger stießen auf etwas Hartes, Glattes. Hitze wallte in ihm auf. Er griff nach der Lampe und leuchtete in die Grube, doch die Erde verschluckte das Licht. Verärgert warf er die Lampe beiseite und grub hektisch weiter. Obwohl der Lichtkegel nun an die Decke fiel, begann es in der Grube sanft zu schimmern.

Natürlich. *Aurelie.* Sie leuchtete immer noch, nach so langer Zeit. Er kroch fast in die Grube hinein, um sie freizulegen. Seine Finger bohrten in das Erdreich, ruckten hier, zogen da, und endlich: Langsam, ganz langsam hob er sie aus ihrem dunklen, kalten Grab.

Er klemmte sie unter den Arm, hastete die Treppen hinauf in die Werkstatt, die um diese Stunde in völliger Dunkelheit lag. Andachtsvoll legte er sie auf den Tisch. Erst dann ließ er sie los, ging zur Tür und schaltete das Licht an.

Hinter dem dicken Panzerglas leuchteten ihre Augen noch immer wie zwei Bergseen im Sommerlicht. Vorsichtig klappte er die Schließen ihres klimaversiegelten Sargs um und löste den Deckel.

Sie war vollkommen intakt. Die Farbe leuchtete frisch, als hätte er sie erst gestern auf die Leinwand aufgetragen. Das war sie. Aurelie. Das rabenschwarze Haar fiel über die rechte Schulter, sie lächelte so, wie sie immer gelächelt hatte, einen Mundwinkel leicht spöttisch gehoben. Es sah aus, als blinzelte sie ihm zu. »Na endlich«, schien sie zu sagen, »hat ja lange genug gedauert.«

Eine solche Ähnlichkeit. Frappierend! Aber Aurelie müsste inzwischen auch fast fünfzig sein, genau wie er. War es möglich, dass sie sich so gar nicht verändert hatte?

Lange saß er da und betrachtete das Porträt. Es war perfekt. Niemals zuvor und niemals danach war es ihm gelungen, die Essenz der Schönheit in Farbe zu bannen. Es war ein Meisterwerk.

Bei dem Gedanken an das kalte Grab, aus dem er sie gehoben hatte, überlief ihn eine Gänsehaut.

Er nahm ein weißes Laken, hüllte das Porträt darin ein und verbarg es zwischen zwei Schaumstoffmatten in einer Nische. Wenn sie das nächste Mal kam, war er bereit. Diesmal würde er sie keinem anderen überlassen. Diesmal nicht.

Kapitel 3

Sommer 1979
Farben

Der Regen wurde stärker. Die rote Gardine im Fenster gegenüber verlor ihre Konturen und schien in kleinen Rinnsalen die Scheibe hinabzuperlen. Die Fassade auf der anderen Hofseite, Blumenkästen, Fensterrahmen, die Gardine – alles zersetzte sich wie in einem Kaleidoskop voll bunt schillernder Tropfen.

Paul verfolgte mit dem Finger den Zickzackkurs eines roten Regentropfens, bis er sich mit einem metallgrauen Rinnsal vereinigte. Wie konnte er die leuchtende Transparenz des Wassers nur aufs Papier bekommen?

Vielleicht musste er mehr Weiß nehmen? Er tauchte den Pinsel in die bräunliche Brühe, die auf der Fensterbank stand, um ihn zu reinigen. Dann drückte er einen Klecks weiße Farbe neben die rote und die schwarze Farbe auf seiner Palette und tippte den Pinsel hinein.

Nein. So ging es auch nicht.

Frustriert warf Paul den Pinsel auf den Bogen Papier, das sich von der vielen Farbe schon wellte. Er bekam es einfach nicht hin. Genauso wenig wie die blöden Matheaufgaben. Er hasste Mathe. Mit negativen Zahlen rechnen. Wer sollte das begreifen? Von nichts konnte man doch nichts abziehen? Und von weniger als nichts noch mal weniger als nichts abziehen, indem man die Zahlen addierte? Wie unlogisch! Wenn keine Äpfel da waren, dann waren schließlich keine Äpfel da. Daran änderte auch der blöde Strich vor der Zahl nichts. Minus drei Äpfel minus fünf Äpfel sollten acht Äpfel sein? Paul schwirrte der Kopf vom vielen Nachdenken, und er starrte wieder auf das bunt schillernde Tropfenmuster an der Fensterscheibe.

Malen konnte er die Äpfel schon. Täuschend echt sahen sie aus. Aber wer wollte schon Äpfel malen. Was Wasser mit den Farben der Wirklichkeit machte – das interessierte ihn. Er wollte unbedingt verstehen, warum Farben intensiver leuchteten, wenn es geregnet hatte und danach wieder die Sonne schien. Nur wenn er das verstand, würde er auch in der Lage sein, die Farben so miteinander zu mischen, dass sie diese Lichtqualität erlangten, die Wasser ihnen verleihen konnte.

»Paul! Was träumst du denn schon wieder! Bist du endlich fertig?«

Seine Mutter steckte den Kopf durch die Tür. Sie wirkte gehetzt. Es gab immer viel für sie zu tun. Wenn sie nicht nähte oder putzte oder kochte, musste sie runter in den Laden und Kunden bedienen. Oder sie saß über lange Zahlenreihen gebeugt und schimpfte, dass die Einnahmen diesen Monat wieder einmal nicht ausreichten, um die Ausgaben für Stoffe, Polstermaterial und den Lohn des Lehrlings zu decken. All das musste schließlich bezahlt werden, wenn der Laden laufen sollte. Also musste sein Vater mehr Sofas polstern und sie noch mehr Gardinen nähen. Ihr Rücken war schon ganz krumm davon.

»Ich kann das nicht.«

»Was kannst du nicht?« Sie war näher gekommen.

»Das Rechnen.«

»So schwer kann das doch nicht sein!«

Nein, wahrscheinlich war es wirklich nicht so schwer. Er war wohl einfach zu dumm. Resigniert zog er die Schultern hoch. Seine Mutter beugte sich über das Heft, in dem er gerechnet, durchgestrichen, gerechnet und wieder durchgestrichen hatte.

»Paul, wie sieht denn dein Heft aus!«

Wieder hob er die Schultern und schielte gleichzeitig zu dem Papierbogen mit den wilden Farbklecksen. *Der* sah schlimm aus. Unauffällig schob er ihn ein Stück zur Seite. Wenn seine Mutter sah, dass er wieder experimentiert hatte …

»Paul! Du hast ja schon wieder gemalt, anstatt dich auf deine Aufgaben zu konzentrieren!«

»Nein!«

»Ich sehe es doch! Lüg mich nicht an!«

Gemalt war einfach nicht das richtige Wort. Das hier waren Experimente. Sein verzweifeltes Bemühen zu begreifen, was hinter dem Geheimnis der Farben steckte. Aber er konnte es nicht in Worte fassen. Also sagte er nur noch einmal: »Nein. Hab ich nicht.«

Ihre Hand fuhr auf das Matheheft nieder. »Bilder, Paul, sind nicht real. Das hier ist real. Wann begreifst du das endlich?«

Sie sammelte die verstreut liegenden Farbtuben von seinem Schreibtisch und der Fensterbank.

»Die verwahre ich jetzt. Vielleicht konzentrierst du dich dann endlich und schaffst deine Aufgaben. Erst wenn du die erledigt und Papa unten in der Werkstatt geholfen hast, bekommst du sie wieder. Wir haben viel zu tun, Paul, und alle müssen mithelfen. Auch du!«

Damit verließ sie das Zimmer.

Die Farben hatte ihm Geli geschenkt, die seit ein paar Wochen oben unterm Dach wohnte. Sie kam manchmal, um im »Atelier« auszuhelfen. So nannte seine Mutter das Nähzimmer direkt neben seinem Kinderzimmer. Mittlerweile standen dort drei Nähmaschinen, wovon mindestens eine von morgens bis abends ratterte. Geli war eigentlich Erzieherin, aber sie verdiente in ihrem Beruf so wenig, dass sie abends nach der Arbeit oder am Wochenende der Mutter mit den Bügelarbeiten half und im Gegenzug für die winzige Dachwohnung weniger Miete zahlte.

Paul schloss normalerweise seine Zimmertür, wenn nebenan gearbeitet wurde. Aber an einem Samstagvormittag hatte sie offen gestanden, und er hatte genau in dem Moment aufgeschaut, als Geli an seinem Zimmer vorbeiging und hineinsah. Ihre Augen waren blau wie der Himmel an einem diesigen Sommermorgen.

Sie lächelte ihm zu und verschwand im Nebenzimmer. Niemand sonst war da, und Paul tat etwas, was er sonst nie tat. Er stand auf und ging hinüber. In der Tür blieb er stehen. Sie hob gerade das zischende Bügeleisen aus der Halterung. Als sie ihn sah, stellte sie es zurück.

»Guten Morgen! Du bist Paul, richtig?«, sagte sie.

Paul nickte.

»Du weißt, wer ich bin, oder?«

Wieder nickte Paul.

»Du darfst mich Geli nennen, wenn du willst. Eigentlich heiße ich Angelika, aber meine Kinder nennen mich immer Geli.«

Paul sagte nichts. Er fragte sich nur, wie ein Mensch so blassblaue Augen haben konnte, dass man meinte, durch sie hindurch in den Himmel schauen zu können.

»Also ich meine nicht meine eigenen Kinder. Ich habe keine. Ich arbeite in einem Kindergarten, weißt du?«

Paul trat näher.

»Du bist schon älter. Fünfte Klasse?«

Er war erst in der vierten Klasse, aber es machte ihn stolz, dass sie ihn für einen Fünftklässler hielt. Also schwieg er wieder.

»Ich wohne oben in der Dachwohnung.«

»Ich weiß.«

»Ah, du kannst also doch reden.«

»Klar!«

Sie lächelte wieder. Eine Weile bügelte sie schweigend, und Paul beobachtete sie. Nur das laute Zischen des Dampfbüglers war zu hören.

»Vielleicht magst du mir beim Zusammenfalten helfen?«

Paul sprang vor und hob das Ende des roten Samtstoffes vom Boden auf. Gemeinsam legten sie die schwere Stoffbahn zusammen. Er hatte das schon hundertmal mit seiner Mutter getan, aber nie hatte es ihm solchen Spaß gemacht.

»Danke, du bist eine große Hilfe!«, sagte Geli und legte die fertig gebügelte und gefaltete Bahn auf einen Stapel mit den übrigen Bahnen. Es war ein Großauftrag des Stadttheaters. Der musste bis Montag früh fertig sein, und seine Mutter war furchtbar nervös deswegen.

Geli war überhaupt nicht nervös. Ihre Bewegungen waren weich und gleichmäßig. Sie stand aufrecht und hielt den Kopf gerade, selbst beim Bügeln. Nur wenn sie ihn ansah und ihn anlächelte oder etwas zu ihm sagte, neigte sie ihn leicht zur Seite. Manchmal beugte sie sich kurz vor, um die lange Stoffbahn ein Stück weiter hochzuziehen. Dabei gab der weite Ausschnitt ihres Hemdes den Blick frei auf die beträchtlichen Wölbungen darunter. Sie trug einen weißen BH, der ihre Brüste eng zusammenpresste. Auch der Spalt in der Mitte sah weich aus. Alles an ihr schien weich zu sein.

Paul hätte ihr stundenlang zusehen können.

Den Samstagnachmittag verbrachte er damit, sie zu zeichnen. Nur das Gesicht und den Hals – und den Ansatz ihrer Brüste. Dieser Teil gelang ihm ganz gut, aber das verhangene Blau ihrer Augen – das bekam er nicht hin. Er fertigte mehrere Skizzen an, und immer wirkte ihr Blick leblos. Schließlich gab er es auf. Die misslungenen Zeichnungen zerknüllte er und warf sie achtlos in den Papierkorb.

Am folgenden Sonntagnachmittag kam Geli wieder. Die Nähmaschine hatte den ganzen Morgen gerattert – es gab also viele Stoffbahnen zum Bügeln und Zusammenlegen. Eine Weile hörte er Geli und seine Mutter nebenan lachen und schwatzen, dann wurde es stiller, und nur noch das laute Zischen und metallische Klappern der Bügelstation war zu hören.

Er lugte um die Ecke. Heute trug sie ein geblümtes Kleid, das um die Hüften ein wenig spannte.

»Soll ich wieder helfen?«, fragte er unvermittelt.

Überrascht hob sie den Kopf und lachte, als sie ihn sah.

»Das wäre sehr schön!«

»Seid ihr bald fertig?«

»Ich denke schon, ja. Deine Mutter hat die letzten Bahnen genäht. Mit deiner Hilfe hab ich es sicher auch schnell geschafft.«

Eigentlich wollte er gar nicht, dass sie so schnell fertig würde.

»Bügelst … bügeln Sie gern?«

»Du darfst gern *du* sagen, wenn du magst.«

Paul nickte erleichtert. So richtig hatte er das noch nicht raus mit dem *Du* und dem *Sie.* Fremde erwachsene Menschen wurden gesiezt, das wusste er, aber Geli war nicht fremd. Sie lebte in seinem Haus, gehörte also irgendwie zur Familie. Aber im Zweifel, hatte sein Vater gesagt, sollte er jemanden lieber erst siezen.

»Also, *gern* esse ich Eis und lese Bücher und gehe spazieren«, sagte Geli.

»Eis esse ich auch gern!«

»Bestimmt tust du das. Aber um Eis essen zu können, brauchst du Geld, richtig?«

»Meistens bezahlt Papa.«

»Tja«, Geli zuckte mit den Achseln. »Mein Papa zahlt mein Eis aber nicht mehr. Also muss ich bügeln, damit ich Eis essen kann.«

»Also bügelst du nicht gern.«

»Manchmal schon. Vor allem, wenn ich so nette Unterstützung habe!«

Verlegen sah Paul zu Boden.

Geli lachte. »Komm, fass mal mit an.« Gemeinsam falteten sie die Bahn, und Paul kam ihrem Dekolleté dabei gefährlich nahe. Ein blumiger Duft strömte ihm entgegen. Hastig trat er ein paar Schritte zurück.

»Was machst du denn gern?«, fragte sie und griff nach einer neuen Stoffbahn.

»Eis essen.«

Geli lachte.

»Das ist klar. Was noch?«

Paul schob die Unterlippe vor und sah zur Decke.

»Mathe kann ich nicht leiden.«

Wieder lachte sie. »Ich auch nicht. Aber ich habe nicht gefragt, was du nicht leiden kannst, sondern was du gern magst. Liest du gern?«

Er zuckte die Achseln. »Nö. Nich so. Manchmal.«

»Spielst du gern Fußball?«

»Ich hasse Fußball!«

»Wirklich? Die meisten Jungs spielen supergern Fußball.«

»Ich nicht.«

»Fährst du gern Rad?«

»Geht so.«

»Hm. Ich weiß: Du zauberst gern!«

»Zaubern?« Paul zog eine Grimasse. Wie kam sie denn darauf?

»Ich finde, du siehst ein bisschen aus, als könntest du zaubern.«

Verdutzt sah er sie an. Wie sah man denn aus, wenn man zaubern konnte?

»Also nicht?«

Er schüttelte den Kopf.

»Jetzt bin ich aber ratlos. Machst du gar nichts gern?«

Paul überlegte. Er hatte sich noch nie gefragt, was er *gern* machte. Er mochte Schokolade und Eis und Nudeln. Er freute sich, wenn er mit Papa Pommes und Currywurst kaufen ging, weil Mama keine Zeit zum Kochen gehabt hatte. Er liebte es, wenn einer von beiden zum Gutenachtsagen noch mal an sein Bett kam, was aber leider immer seltener geschah. Manchmal half er auch gern seinem Vater in der Werkstatt, aber nur, wenn der gut gelaunt war und nicht mit ihm schimpfte, weil er sich ungeschickt anstellte.

»Malst du gern?«, unterbrach Geli seine Gedanken.

Überrascht sah er sie an. Malte er *gern?* Er tat es einfach. Wann immer er konnte. Er vergaß dabei die Welt um sich herum. Er konnte nicht aufhören, bis die Striche auf dem Papier sich so zusammenfügten, dass es echt aussah. Er verzweifelte oft, wenn seine Buntstifte nicht das hergaben, was er sah, weil die Farben einfach nicht stimmten. Weil sie nicht strahlten wie die Wirklichkeit. So wie gestern, als er versucht hatte, das Leuchten in Gelis Augen einzufangen.

»Und?«, hakte Geli nach.

»Meistens stimmen die Farben nicht«, sagte er.

Nachdenklich sah sie ihn an. »Warum nicht?«, fragte sie dann.

Anstatt zu antworten, lief er in sein Zimmer, suchte all seine Buntstifte zusammen und griff sich ein Blatt Papier.

Zurück im Nähzimmer, legte er das Blatt auf den großen Tisch, neben die zusammengefalteten Stoffbahnen. Der rote Samt hatte eine tiefe, satte Tönung, von der ein strahlender Glanz ausging, wenn das Tageslicht darauffiel. Er begann, mit sämtlichen roten, blauen, orange- und violettfarbenen Stiften mehrere Flächen zu schraffieren, drückte mal richtig fest auf, dann wieder weniger fest und legte schließlich das Blatt auf den Stoff.

»Da, siehst du? Sie stimmen einfach nicht.«

Geli war näher getreten und beugte sich über den Papierbogen.

»Ja. Du hast recht. *Dieses* Rot lässt sich mit deinen Buntstiften wohl nicht wiedergeben.«

Paul griff nach dem Bogen und zerknüllte ihn. Dann raffte er seine Stifte zusammen, rannte zurück in sein Zimmer und warf die Tür hinter sich zu.

Sie hatte die falsche Frage gestellt. Es ging nicht darum, ob er *gern* malte, sondern einzig darum, ob er es *richtig* tat.

Er hatte Geli an diesem Sonntag nicht mehr gesehen, aber am darauffolgenden Montag stieg sie gerade die Treppe hinunter, als er aus der Schule kam.

»Ich habe etwas gefunden. Ich glaube, das gehört dir«, sagte sie.

»Was denn?«, fragte Paul.

»Komm, ich zeig's dir.«

Er folgte ihr ins Dachgeschoss und blieb vor der Tür stehen, als sie in die Wohnung ging.

»Du darfst ruhig reinkommen«, meinte sie.

Er trat einen Schritt vor, blieb aber im Türrahmen stehen.

»Ok, dann warte hier«, sagte sie und verschwand im Schlafzimmer. Er glaubte zumindest, dass es ihr Schlafzimmer war.

Als sie zurückkam, hielt sie ihm ein zerknülltes Papier entgegen. Es war eine der Skizzen, die er von ihr gezeichnet hatte.

Paul fühlte, wie seine Ohren heiß wurden.

»Das hast du gezeichnet, richtig?«

Er zögerte, nickte aber dann.

»Ich glaube, ich verstehe jetzt. Willst du sie wiederhaben oder darf ich sie behalten?«

»Die ist doch gar nicht gut!«, fuhr es aus ihm heraus.

»Paul«, sagte sie und hockte sich vor ihn. »Die ist sehr, sehr gut. Glaub mir. Ich wusste, dass du zaubern kannst!«

»Aber die Augen stimmen nicht.«

»Nein?«

»Nein.«

»Was stimmt denn nicht?«

»Die Farbe«, flüsterte er.

»Daran sind die Buntstifte schuld. Hast du keinen Malkasten? Damit kannst du Farben sehr viel besser mischen.«

»Der ist in der Schule.«

»Und hier zu Hause hast du keinen?«

Er schüttelte den Kopf.

»Aha«, sagte sie nur und richtete sich auf.

Zwei Tage später hatte sie dann mit den Acrylfarben und einer Mischpalette vor der Tür gestanden. »Wasserfarben sind was für kleine Zauberer. Du bist ein großer«, hatte sie gesagt und ihm zugezwinkert.

Und jetzt waren die Farben weg. Paul zweifelte, dass er sie so schnell wiederbekommen würde. Es gab immer etwas zu tun. Bilder sind nicht real, behauptete seine Mutter. Wenn sie ihm nur die Farben zurückgab, dann konnte er versuchen, sie real zu machen. Vielleicht konnte er die Mutter irgendwann überzeugen.

Es war keine Zauberei. Es lag nur an der richtigen Mischung der Farben.

Kapitel 4

Erwachte Sehnsucht

Paul trat auf die Straße hinaus, was er äußerst selten tat, wenn er morgens die Ladentür aufschloss. Lieferwagen ratterten durch die Kleinkölnstraße, und noch hatten die frühen Sonnenstrahlen ihren Weg zum Asphalt nicht gefunden.

Der Morgen war kalt, aber es roch nach Frühling. Das musste eine Sinnestäuschung sein, denn woher sollte er stammen, der erdige Geruch, begleitet von einer Spur frischen Grases und Blütenstaubs? Die Blumenkästen vor den Fenstern der Wohnhäuser ringsum waren noch leer, und in dem Kübel vor der benachbarten Modeboutique steckte dieselbe künstliche Palme wie gestern und vorgestern und an allen Tagen zuvor. Paul hob ein klein wenig die Nase gen Himmel und sog die Luft ein. Es war unverwechselbar ein Frühlingsduft.

Vielleicht hatten die nebenan Aromastoffe versprüht, um ihre Kunden zum Kaufen zu animieren? Barbara brachte diesen Punkt auch immer wieder auf, aber für Paul hatte ein Dekorationsgeschäft nach Stoffen zu riechen, nicht nach Veilchen oder Vanille.

Paul trat in den Laden zurück. Durch die Oberlichter fiel ein schmaler Streifen Sonnenlicht schräg auf die Regalwand mit den Stoffen. Der Staub tanzte im Strahl, als machte er sich über ihn lustig.

»Hast du gedacht, nach all den Jahren würde sie zurückkehren und ausgerechnet bei dir altem Griesgram ihre Gardinen kaufen? Das hier ist doch nichts als eine Mottenkiste!«

Er glaubte, die Staubflöckchen spöttisch schnattern zu hören, und ertappte sich dabei, wie er sich die Ohren zuhalten wollte.

Stattdessen fuhr er verärgert mit der Hand durch den Lichtstrahl, doch der Staub tanzte unbeeindruckt weiter.

»Paul, du spinnst!«, sagte er laut zu sich selbst und machte sich daran, das Kleingeld in der Kasse zu zählen. Dabei wanderte sein Blick immer wieder zur Ladentür.

Über zwei Wochen waren vergangen, seit sie durch diese Tür den Laden betreten hatte. Natürlich würde sie nicht zurückkehren. Und je mehr er darüber nachdachte, desto sicherer war er, dass er sich getäuscht haben musste. Irgendeine junge Frau, die ihr vielleicht ähnelte, hatte zu einer plötzlichen Verknüpfung vergangener und gegenwärtiger Sinneseindrücke geführt. Ihre Erscheinung, tief begraben in den untersten Schichten seines Bewusstseins, war in einer mit Sehnsucht gefüllten Blase hochgeploppt und hatte sich über das Bild der jungen Frau auf seiner Netzhaut gelegt.

So wie ihm soeben die Duftstoffe aus dem Geschäft nebenan vorgegaukelt hatten, der Frühling liege in der Luft. Er war schlicht einer Fehlfunktion seiner Synapsen zum Opfer gefallen.

Doch sooft er sich das auch sagte, der Schaden war irreparabel. Eine längst verheilt geglaubte Wunde hatte sich wieder entzündet.

Paul öffnete die Vitrine mit den Edelstoffen. Gestern war ihm aufgefallen, dass der lindgrüne Seidenstoff mit den eingestickten Blüten aus birmanischem Lotusfaden direkt neben dem hellroten, handgewebten Leinen aus Peru lag. Das ging überhaupt nicht. Wer das wieder angerichtet hatte?

Aurelie hatte ein lindgrünes Sommerkleid besessen. Niemand außer ihr hätte diese Farbe tragen können. Sie brachte ihre Haut zum Schimmern wie das Innere einer Perlenauster.

»Guten Morgen, Herr Tissu!«

Paul zuckte zusammen. Frau Berlinger, die Inhaberin des Haushaltswarengeschäfts schräg gegenüber, stand direkt hinter ihm. Er hatte sie nicht hereinkommen hören. Ob die Ladenklingel kaputt war?

»Wie weit sind Sie mit meinem Sofa? Ich habe übermorgen Gäste, und es wäre schön, wenn es bis dahin wieder in meinem Wohnzimmer stünde.«

Nur Frau Berlinger konnte es gelingen, einen Vorwurf in ihre Worte einzuflechten, ohne vorwurfsvoll oder ungeduldig zu klingen. Sie hatte eine leise, melodische Stimme, eine Stimme, der man gern lauschte, wenn sie über die Funktionsweise eines Wasserkochers sprach. Diese Stimme war schuld, dass er den teuersten gekauft und sich damit bei seiner Frau einen Rüffel eingehandelt hatte.

»Es ist so gut wie fertig. Morgen bekommen Sie es!« Er sah in Frau Berlingers sanft braune Augen und meinte, eine gewisse Enttäuschung herauszulesen. »Vielleicht sogar schon heute Abend«, fügte er rasch hinzu. »Ich werde mich höchstselbst darum kümmern.«

»Vielen Dank, lieber Herr Tissu. Was würde ich ohne Sie tun?«

»Nun, Sie würden ihr verschlissenes Sofa auf den Sperrmüll geben und bei Ikea ein neues kaufen. Wie die Leute das heute so machen!«

»Aber, Herr Tissu! Nicht *dieses* Sofa! Ich hänge sehr daran, das wissen Sie!«

Natürlich wusste er das. Er hatte selbst darauf gesessen, edlen Hochlanddarjeeling aus Frau Berlingers chinesischen Porzellantassen getrunken und ihrer melodischen Stimme gelauscht. Hin und wieder hatte er genickt, auch wenn der Inhalt ihrer Rede nahezu vollständig in der Wolke aus Wohlgefühl hängen geblieben war, die ihre pure Anwesenheit heraufbeschworen hatte. Dabei war sie nicht einmal besonders hübsch. Gewiss, sie hatte diese treusanften Cockerspanielaugen und einen ansehnlichen Busen. Aber da hörte ihre äußere Attraktivität auch schon auf. Ihr Hinterteil war viel zu ausladend, und die dünnen aschblonden Haare trug sie streng zurückgekämmt, was ihre fliehende Stirn unvorteilhaft betonte. Paul musste sich sehr zusammenreißen, damit er nicht die Augen schloss, um sich nur dem Wohlklang ihrer Stimme zu überlassen. Wenn er sich recht erinnerte, hatte sie ihm die lange Geschichte ihres zerschlissenen Sofas erzählt und ihm das Versprechen abgerungen, das Möbelstück mit höchster Sorgfalt und Liebe zu restaurieren. Der Preis, den er ihr für die notwendigen Polsterarbeiten genannt hatte, war lächerlich und zugleich viel zu hoch für das alte Ding. Aber das mussten weder seine Frau noch Frau Berlinger wissen.

Der Geselle hatte ungläubig den Kopf geschüttelt, als er das Sofa in der Werkstatt vorfand, mit der Anweisung, es nach allen Regeln der Kunst zu restaurieren.

»Das gehört auf den Sperrmüll!«, hatte er geschimpft. »Das ist Sperrholz! Da kann ich ja gleich ein Neues bauen!«

»Dann bauen Sie ein Neues!«

»Das ist nicht Ihr Ernst!«

»Mein bitterer Ernst!«

»Sie sind der Chef, aber …«

»Genau! Kein Aber. Bis Freitagabend steht es wieder bei Frau Berlinger in der Wohnung. Spätestens!«

»Frau Berlinger also …«

Paul hatte die anzüglich hochgezogene Augenbraue ignoriert. Er wusste, dass seine Schwäche für Frau Berlinger bei seinen Mitarbeitern für Heiterkeit sorgte. Doch das störte ihn nicht. Im Gegenteil. Es freute ihn insgeheim, dass man ihm derlei Regungen noch zutraute. So konnte er sich zumindest einbilden, dass zumindest theoretisch die Möglichkeit bestand, als Mann in seinem Alter …

»Herr Tissu?«

Paul blinzelte verwirrt. »Ja?«

»Ich fragte gerade, ob Sie das Sofa persönlich bei mir anliefern werden? In dem Falle würde ich nämlich …«

»Oh, gewiss, natürlich. Ich werde mich davon überzeugen, dass der neue Bezug die richtige Wahl für Ihr Wohnzimmer war.«

»Fein!« Frau Berlinger strahlte ihn an, und wieder fühlte sich Paul an einen Cockerspaniel erinnert. Wäre sie tatsächlich einer, so hätte sie in diesem Moment bestimmt heftig mit dem Schwanz gewedelt.

Sie zwinkerte ihm zu und wandte sich ab. Paul folgte ihrem ausladenden Hinterteil mit den Augen, bis es sich durch die Ladentür geschoben hatte und in dem Hauseingang auf der gegenüberliegenden Straßenseite verschwunden war.

Frau Berlinger. Als ob! Vor seinem geistigen Auge erschienen eine schmale Silhouette und langes schwarzes Haar, das in der Sonne glänzte. Sie trug das lindgrüne Sommerkleid, und in diesem Moment drehte sie sich zu ihm um und streckte die Hand nach ihm aus. Er spürte ein zartes Flattern hinter seinem Brustbein – als hätten ihre Finger sein Herz berührt und es für einen kurzen Moment aus dem Rhythmus gebracht.

Er straffte den Rücken. Das vertraute Knacken seiner Brustwirbel holte ihn zurück in die Wirklichkeit. Das Sofa! Er verschloss die

Vitrine, in der nun die lindgrüne Seide neben einem weißen Edelbrokat lag, und eilte in die Werkstatt.

Da stand es, ein Skelett aus billigem Sperrholz, ohne Polsterung, ohne Bezug. Der alte Stoff lag zusammengeknüllt in einer Ecke. Daneben standen die neuen Schaumstoffteile. Wenigstens waren sie schon zugeschnitten. Paul machte sich an die Arbeit. Das Material war sperrig und wollte nicht passen. Paul musste am Holzrahmen sägen und hobeln, Leisten anfügen und verleimen. Er war so vertieft in seine Arbeit, dass er heftig zusammenzuckte, als die Ladenglocke ging. Er rutschte mit dem Hobel ab, und ein Splitter fuhr ihm tief in den Handballen.

Wo blieb nur dieser nichtsnutzige Geselle? Das hier war seine Arbeit! Fluchend warf er den Hobel beiseite und richtete sich schwerfällig auf.

Am Durchgang von der Werkstatt zum Verkaufsraum blieb er wie angewurzelt stehen.

Dort stand sie. Mit dem Rücken zu ihm, vor der Vitrine. Sie trug Jeans und ein eng anliegendes T-Shirt. Das schwarze Haar war zu einem Knoten hochgebunden, ein paar feine Strähnen hatten sich gelöst und hoben sich dunkel gegen ihren schneeweißen Nacken ab. Sie hatte den Kopf ein wenig schief gelegt und schien versunken in die Betrachtung der teuren Stoffe hinter dem Vitrinenglas.

Sie war zurückgekommen.

So versunken war sie, dass es ein Leichtes gewesen wäre, an sie heranzutreten und ihr Worte des Erkennens ins Ohr zu flüstern.

Aurelie. Wie schön, dich wiederzusehen!

Lindgrün war schon damals deine Lieblingsfarbe, weißt du noch?

Bei dem Gedanken, der zarten Stelle an ihrem Hals zwischen Ohr und Schlüsselbein so nahe zu kommen, fühlte Paul eine plötzliche Enge in der Hose. Erschrocken wich er in die Werkstatt zurück.

»Hallo, ist jemand da?«

Wie jung ihre Stimme klang.

»Hallo?«

Schritte näherten sich. Paul presste sich in die enge Nische zwischen dem Schrank mit dem Kleinmaterial und dem Regal mit den schweren Polsterstoffen. Er war eindeutig zu groß für die enge Nische.

»Ist hier denn niemand?«

Paul zog den Bauch ein.

»Na so was!« Pause. Paul hörte sich atmen. Er hielt die Luft an.

»Na, das ist ja ein Laden hier …«, murmelte sie. »Dann eben nicht.«

Schritte, die sich entfernten. Die Ladenklingel. Endlich. Mit einem tiefen Seufzer ließ Paul die Luft aus seinen brennenden Lungen entweichen. Seine Knie zitterten. Er musste sich setzen.

Sie musste es sein! Wie anders war zu erklären, dass er so reagierte? So … körperlich.

Wie sollte er sie jetzt nur wiederfinden?

Er war ein Idiot! Er hatte sie gehen lassen. Schon wieder. Aber was tun? Er konnte ihr doch nach fünfundzwanzig Jahren nicht gegenübertreten – mit einer Schwellung in der Hose!

Seine Hand schmerzte. Der Splitter saß tief. Den würde er so leicht nicht wieder herausbekommen.

Kapitel 5

Sechzehn

Es war in der dritten Stunde. Geographie bei Herrn Golombach. Die Erdzeitalter. Wie ein höheres Wesen aus einer fernen Galaxie platzte sie mitten hinein ins Paläozoikum, verdrängte vulkanische Gesteinsbildung und niedere Lebensformen auf unbedeutende Nebenschauplätze und wirbelte auf einen Schlag Pauls pubertierende Hormone durcheinander.

Er wehrte sich schon seit ein paar Minuten mehr oder weniger erfolgreich gegen die lähmende Müdigkeit, die Golombachs Monolog über Ordovizium, Silur und Devon bei ihm auslöste. Als die Tür sich öffnete, brach Golombachs Vortrag mitten im Satz ab. Der Zeigestock, der hektisch über die Tafel gefahren war, verharrte und wies minutenlang ins Nichts. Dann richtete sich die Metallspitze langsam neu aus und deutete auf einen Punkt hinter Paul. Zusammen mit zweiunddreißig anderen Augenpaaren folgte sein Blick dem erhobenen Stock. Vor dem breitschultrigen Schuldirektor, der sie vor sich her in den Raum schob, wirkte sie wie eine Porzellanpuppe.

Sie wurde nicht rot. Sie senkte nicht den Blick. Sie stand einfach da und schaute interessiert in die Runde.

»Hier ist sie!«, sagte der Direktor nur und verschwand.

Mehr gab es wohl nicht zu sagen.

Nach der Schule folgte er ihr. Der Abstand war so groß, dass er sie fast verloren hätte. Das erste Stück des Weges deckte sich mit seinem eigenen Heimweg, aber dann stieg sie in den Bus, während er geradeaus hätte laufen müssen. Sie stieg vorne ein. Er besaß keine Fahrkarte, stieg aber trotzdem ebenfalls ein und versteckte sich in der hintersten Reihe. Der Bus war voll mit Schülern. Er reckte den Hals, um ihren schwarzen Scheitel zu sehen. Gunter stand neben ihr. Sein blonder Schopf kam ihrem schwarz glänzenden Haar unangenehm nahe.

Als sie ausstieg, hätte er es fast nicht geschafft, rechtzeitig aus dem Bus zu springen. Er verbarg sich hinter parkenden Wagen und beobachtete, wie sie um eine Ecke bog. Jetzt war sie endlich allein.

Er fühlte sich wie ein Agent in geheimer Mission.

Die Straße, in der sie wohnte, kannte er. Große Einfamilienhäuser mit breiten Einfahrten und gepflegten Rasenflächen vor dem Haus. Seine Eltern hatten Kunden hier. Einmal war er dabei gewesen, als sein Vater die Fenster ausgemessen hatte. Ein Wohnzimmer mit schwarzen Ledersofas, einem riesigen Kamin und breiten Flügeltüren, die auf eine Terrasse mit schweren Holzmöbeln führten. Im Garten mähte ein Mann im Overall den Rasen. Vor lauter Ehrfurcht war Paul nicht eine Sekunde von der Seite seines Vaters gewichen.

Hier wohnte sie also.

Sie verschwand in einer weißen Villa, und Paul wartete, ob sie an irgendeinem Fenster erschien. Doch nichts regte sich. Es schien, als habe das Haus sie für immer verschluckt.

Zu Hause bekam er Ärger, weil er so spät kam. Er behauptete, die ganze Klasse müsse in dieser Woche jeden Tag eine Stunde nachsitzen. So hatte er einen Vorwand, um ihr auch an den nächsten Tagen folgen zu können. Während sich das Grüppchen, das gemeinsam mit ihr zum Bus lief, jeden Tag vergrößerte, verringerte Paul seinen Abstand zu ihr. Sie gab durch nichts zu erkennen, dass sie ihn bemerkte. In der Schule streifte ihn manchmal ihr Blick, aber er glitt sogleich weiter, als gäbe es an ihm nichts, was interessant genug wäre, um bewusst registriert zu werden.

Am Ende der Woche gab Paul jede Vorsicht auf und stellte sich im Bus direkt an der Tür auf, durch die sie aussteigen musste. Es war wieder voll, und sie musste sich eng an ihm vorbeidrängen. Sie streifte ihn mit der Schulter, und die Berührung versetzte Paul in eine Schockstarre. Erst als sich die Türen bereits zu schließen begannen, besann er sich und sprang im letzten Moment aus dem Bus. Er blieb mit der Schultasche hängen, verlor den Halt und fiel hart auf den Asphalt. Ein paar Schüler lachten. Seine Tasche war aufgegangen, und Stifte und Hefte lagen verstreut auf dem Boden. Mit heißen Ohren sammelte er alles ein, ohne aufzublicken.

»Warum verfolgst du mich?«

Zwei blaue Ballerinas schoben sich in sein Blickfeld. Hastig rappelte er sich hoch. Er wollte antworten, aber seine Lippen bewegten sich, ohne dass ein Ton herauskam. Ein stummes Stottern, das er nur unterbrechen konnte, indem er den Mund schloss und noch einmal neu ansetzte.

»Nnnein … tu ich gar nicht.«

»Und ob du das tust. Seit dem ersten Tag. Meinst du, ich hätte das nicht bemerkt?«

Sie sah ihn herausfordernd an. Er überragte sie um fast zwei Kopflängen. Jetzt, aus unmittelbarer Nähe, konnte er sehen, dass sie ein winziges Muttermal gleich oberhalb der Oberlippe hatte. Ansonsten war ihre Haut alabasterweiß.

»Ich … wohn da hinten.« Er wies mit der Hand unbestimmt in eine Richtung.

»Das stimmt nicht.«

Es war eine Feststellung ohne jegliche Feindseligkeit. »Nein, stimmt nicht«, gab er zu und zuckte die Achseln.

»Du wohnst in der Stadt. Normalerweise nimmst du gar nicht den Bus.«

»Vielleicht.«

»Ich weiß es. Gunter hat es gesagt.«

Gunter. Er redete einfach zu viel. Aber Paul spürte Genugtuung, dass er offenbar wichtig genug war, um Thema eines Gespräches gewesen zu sein. Wenn auch mit Gunter.

»Ist schön hier«, sagte er, weil ihm nichts Besseres einfiel.

Aurelie rollte mit den Augen. »Deswegen bist du aber nicht hier, oder?«

Sie sprach mit einem kaum hörbaren Akzent.

»Nein.«

»Warum dann?«

Sie wusste es genau. Aber er würde ihr nicht den Gefallen tun, es zu sagen.

»Meine Eltern kennen Leute hier in der Gegend. Bei denen bin ich auch manchmal.«

»Leute!«

»Ja, Leute.«

»Du bist ein ziemlich schlechter Lügner!«

»Kann sein. Aber das ist nicht gelogen.«

»Na dann … geh mal zu deinen *Leuten.*« Damit wandte sie sich abrupt um und lief davon. Für Paul sah es aus, als berührten ihre Füße kaum den Boden. Kurz bevor sie um die Ecke bog, drehte sie sich noch einmal zu ihm um. Sie lächelte. Zumindest glaubte Paul, dass sie lächelte. Aber es war auch möglich, dass er sich das nur einbildete.

Nach einem qualvoll langen Wochenende war Paul am Montag schon sehr früh in der Schule. Er drückte sich auf dem Flur vor dem Klassenzimmer herum, bis sie endlich auftauchte. Als sie in seine Richtung sah, winkte sie. Mit strahlendem Blick kam sie auf ihn zu – und ging an ihm vorbei, ohne ihn zu beachten. Sein freudiges Lächeln gefror. Hinter ihm stand Gunter. Die beiden begrüßten sich mit Küsschen links, Küsschen rechts und gingen gemeinsam in die Klasse. Aurelie hatte diese seltsame Art der Begrüßung eingeführt, und immer mehr ihrer Mitschüler taten es. Paul fand das albern. Er würde da nicht mitmachen. Aber bisher hatte auch noch niemand Anstalten gemacht, ihn auf diese Weise zu begrüßen.

Aurelie saß ihm genau gegenüber, vor der Fensterfront. Neben Gunter. Die beiden tuschelten und tauschten heimlich Zettelchen aus. Gunter wurde ermahnt, Aurelie nicht. Sie war zu geschickt, um sich erwischen zu lassen. Vielleicht *wollte* der Mathelehrer, Herr Schneider, sie auch nicht erwischen.

Die Sonne schien und hüllte sie in einen Schleier aus Licht. Paul überlegte, welche Farben er nehmen würde, um dieses fast übernatürliche Leuchten wiederzugeben. Und den rötlichen Schimmer in ihrem Haar. Er hatte am Wochenende eine Skizze von ihr angefertigt. Die gerade Linie ihrer Schultern, der schlanke Hals und der fein geschwungene Mund – all das war ihm gut gelungen. Auch die Form der Augen stimmte genau. Aber das Bild lebte nicht. Es fehlte etwas ganz Entscheidendes. Jetzt wusste er, was es war. Sie leuchtete. Von innen heraus. Egal, wie genau er sie beobachtete, ihre Mimik, ihre Gestik, die Form ihrer Nase – auf dem Papier würden es zwar perfekte, aber isolierte Puzzleteile bleiben, wenn er das alles verbindende Element nicht wiederzugeben vermochte: das Licht. Jetzt, genau in diesem Moment, glaubte er, die Formel verstanden zu haben.

»Paul? Haben Sie nicht gehört?«

Er zuckte zusammen. Die graue Strickjacke des Mathelehrers schob sich vor Aurelie, die gerade ein weiteres Zettelchen zu Gunter hinüberschob. Seit diesem Schuljahr wurden die

Schüler von den meisten Lehrern gesiezt. Über die Ferien hatten sie offenbar eine unsichtbare Schwelle zur Erwachsenenwelt überschritten.

»Äh … doch!«, erwiderte Paul selbstsicher. Angriff schien ihm die beste Verteidigung.

»Dann, bitte.« Herr Schneider wies mit einer auffordernden Geste zur Tafel hin und legte ein Stück Kreide vor ihm auf den Tisch.

Paul starrte darauf, blieb aber reglos sitzen.

»Du sollst an die Tafel!«, zischte seine Sitznachbarin Ilona. Wenn sie ihm jetzt noch verraten hätte, zu welchem Zweck, hätte er ihr sogar ihr schreckliches Parfüm verziehen, aber es kamen keine weiteren Informationen.

Er sammelte seine Beine ein, die mittlerweile deutlich zu lang waren, um sie unter dem Stuhl zusammenzufalten. Zögernd griff er nach der Kreide.

Herr Schneider trat beiseite, und in diesem Moment traf ihn ihr Blick. Es war weder Spott noch Mitleid in ihren Augen zu sehen. Sie sah ihn einfach nur an, so als sähe sie ihn zum ersten Mal richtig. Paul spürte es vor allem an einer Stelle, die er jetzt gerade am allerwenigsten spüren wollte.

Unbeholfen schob er den Stuhl zurück und ging vornübergebeugt zur Tafel. Er zog am Saum seines T-Shirts, was nicht wirklich half, denn es reichte kaum über den Gürtel. Er stellte sich mit dem Rücken zur Klasse und setzte die Kreide an. Was zum Henker wollte Herr Schneider von ihm? Aus dem Raum kamen keine hilfreichen Hinweise. Er räusperte sich.

»Könnten Sie noch mal … äh … die Aufgabenstellung wiederholen?«

»Setzen!«, donnerte Herr Schneider. »Wenn du deine Zeit hier damit verbringst, Mitschülerinnen anzustarren, anstatt dich auf den Stoff zu konzentrieren, wirst du von deiner Fünf nie runterkommen!«

Alles lachte. Nur Aurelie lachte nicht. Sie sah Paul weiter unverwandt an, ohne jedoch durch ihre Mimik zu verraten, was sie dachte.

Paul legte behutsam die Kreide auf das Pult und ging zurück an seinen Platz. Ihr Blick brannte in seinem Nacken.

Als die Schulglocke das Ende der Stunde und damit das Ende des Schultages verkündete, blieb er so lange sitzen, bis alle den Raum verlassen hatten. Aurelie verschwand als eine der Ersten zusammen mit Gunter und ihrem Hofstaat durch die Tür.

Herr Schneider packte seine Tasche und blieb auf dem Weg nach draußen neben Paul stehen.

»Paul, Sie müssen aufwachen. Das Leben da draußen bietet keinen Platz für Träumer. Glauben Sie mir.«

Paul nickte nur. Er brauchte den Lehrer nicht, um ihm das zu sagen.

»Wie stehen Sie in den anderen Fächern? Ist Ihre Versetzung gefährdet?«

»Könnte sein.«

»Ist Ihnen das egal?«

»Nein!«

»Dann sollten Sie sich ein bisschen anstrengen.«

»Ich versuch's.«

»Tun Sie das. Ich weiß, dass Sie das Geschäft Ihrer Eltern übernehmen werden, aber darauf können Sie sich nicht ausruhen. Ein vernünftiger Schulabschluss ist wichtig.«

Paul hasste es, dass offenbar alle zu wissen schienen, wie sein Leben aussehen würde. Bisher hatte ihn noch nie jemand gefragt, was er davon hielt. Es war einfach so.

»Wenn Sie Unterstützung brauchen, helfe ich Ihnen gern. Sie müssen es nur wollen.«

»Geht schon irgendwie«, murmelte Paul.

»Ich hoffe es.« Herr Schneider legte kurz seine Hand auf Pauls Schulter und ging zur Tür. Dann drehte er sich noch einmal um und sagte: »Das Fräulein Aurelie wird sicher das Klassenziel erreichen. Wenn Sie also nicht zurückbleiben wollen …« Er ließ den Satz in der Luft hängen und verschwand um die Ecke.

An diesem Nachmittag beugte sich Paul zum ersten Mal seit langer Zeit wieder über sein Mathebuch. Die Stifte und Farben hatte er beiseitegeschoben, nur die Skizze von Aurelie hing an der Pinnwand über dem Schreibtisch, zur Hälfte verborgen hinter seinem Stundenplan. Er stellte fest, dass er schon seit mehreren Wochen keine einzige Aufgabe mehr gelöst hatte. Er hatte keine Ahnung, was die seltsamen Graphen bedeuten sollten, die er von der Tafel abgeschrieben hatte. Und das Datum, das in flammendem Rot vorne in seinem Heft unter dem Wort »Klausur« leuchtete, ließ keinerlei Hoffnung darauf zu, dass er die Wissenslücke noch würde schließen können.

Seufzend klappte er das Heft zu und zog das Französischbuch aus der Tasche. Auch hier hatte er schon längere Zeit keine Hausaufgaben mehr gemacht. Von dem Text, der für morgen zu lesen war, verstand er kaum ein Wort. Die Vokabelliste im hinteren Teil des Buches half auch nicht weiter. Hatte er wirklich so große Lücken? Er zog sein Taschenwörterbuch aus dem Regal und blies den Staub fort, der sich darauf abgelagert hatte. Entschlossen machte er sich an die Arbeit. Er kam nur langsam voran, und immer wieder schweifte sein Blick zu der Skizze an der Pinnwand. Er schob den Stundenplan zur Seite, um sie besser sehen zu können. Woher konnte sie nur so gut Deutsch? Ob sie früher schon einmal in Deutschland gelebt hatte? Er hätte sie fragen können, gestern, es hätte sich ein Gespräch entwickelt, und vielleicht hätte sie ihn zu sich eingeladen. Aber Unsinn. Wieso sollte sie?

Wenn er nur gewusst hätte, was sie heute gedacht hatte, als er an der Tafel stand. Dieser rötliche Schimmer in ihrem Haar … das tiefe Blau dieser Augen. Als das Licht von hinten kam, hatten sie eine geheimnisvolle Tiefe. Oh, wenn er nur …

Er öffnete die Schublade, in der seine Acrylfarben lagen. Er hatte sie von seinem Taschengeld gekauft. Natürlich waren die Farben, die Geli ihm vor Jahren geschenkt hatte, längst aufgebraucht – auch wenn es lange gedauert hatte. Seine Mutter hatte sich ein Belohnungssystem für ihn ausgedacht. Er durfte sie immer dann haben, wenn er besonders viel in der Werkstatt half.

Inzwischen war er geschickt geworden. Er malte nur noch heimlich – oft nachts, wenn niemand ihn stören konnte. Aber für Aurelie brauchte er das Tageslicht.

Er stand auf und schloss seine Zimmertür ab. Er verteilte die Farben, die er brauchte, auf dem Schreibtisch und drückte aus jeder Tube einen Klecks auf seine Palette. Es ging ihm jetzt erst einmal um die richtige Mischung. Er blickte auf die Skizze und schloss dann die Augen, um sich ihr Bild von heute früh zu vergegenwärtigen. Der Pinsel fuhr hin und her, die Rückseite eines missratenen Schulaufsatzes färbte sich in satten Blau-, Rot- und Brauntönen. Immer wieder hielt er den Bogen ins Sonnenlicht, kniff die Augen zusammen und schüttelte dann den Kopf. Er wurde immer hektischer, malte mit hochrotem Kopf, und bald trat ihm der Schweiß auf die Stirn. Mehrmals dachte er, *jetzt passt es!*, aber im Sonnenlicht erschien die Farbe doch wieder stumpf und falsch. Irgendwann warf er den Pinsel frustriert hin und ließ sich auf den Stuhl fallen.

Vielleicht lag es am Papier. Möglich, dass die Farbe auf einer Leinwand besser zur Geltung kam. Öl auf Leinwand. Aber woher sollte er das Geld nehmen, um echte Ölfarben und Leinwand zu kaufen? Schon die Acrylfarben hatte er sich kaum leisten können. Und je mehr er herumprobierte, desto mehr Farbe ging sinnlos verloren.

In diesem Moment polterte es heftig gegen die Tür.

»Paul? Wieso schließt du dich ein? Mach die Tür auf, ich brauche deine Hilfe!«

Sein Vater.

»Ja, sofort, warte.« Eilig versteckte er die Farbtuben und die Mischpalette wieder in seiner Schublade, wickelte den schmutzigen Pinsel in ein Stück Papier und warf den verschmierten Schulaufsatz in den Müll. Die Schrift war kaum noch zu erkennen.

»Seit wann schließen wir uns hier ein?«, fragte sein Vater, als er die Tür öffnete.

Paul erwiderte nichts darauf.

»Was gibt's?«

»Du musst mir helfen. Ich brauche zwei zusätzliche Hände – auch wenn sie voller Farbe sind.«

Schuldbewusst blickte Paul auf seine Finger.

»Los, geh die waschen. Ich warte unten auf dich«, sagte sein Vater.

»Eigentlich muss ich noch Hausaufgaben machen.«

»Tja.« Sein Vater zuckte die Achseln. »Dann wirst du das nachher erledigen müssen. Wer malen kann, kann auch arbeiten. Ich brauche dich *jetzt!*«

Kapitel 6

Pakt

Es wurde nicht besser – weder in Mathe noch in Französisch. Und auch nicht mit Aurelie. Sie blieb distanziert, betrachtete ihn manchmal mit mildem Interesse, als fragte sie sich, wie man solch ein Versager sein konnte. Zumindest glaubte Paul, dass sie so dachte.

Ihr strahlendes Lächeln schenkte sie anderen, niemals ihm. Innerhalb weniger Wochen hatte sie eine beträchtliche Anzahl Verehrer um sich geschart, die sich um den Sitzplatz neben ihr stritten, mit ihr über den Schulhof wanderten oder sie zum Bus begleiteten. Sie war niemals allein.

Paul war es fast immer. Er galt als Eigenbrötler, zu nett, um ihn zu hänseln, zu langweilig, um mit ihm etwas unternehmen zu wollen. Er wusste das, aber es war ihm egal. Nein, eigentlich war es ihm sogar recht. Aus der Abgeschiedenheit dieser Situation heraus konnte er das Treiben um Aurelie genau beobachten, registrierte jede ihrer Reaktionen auf ihre Mitschüler und die Wirkung, die sie auf andere hatte. So bemerkte er auch, wie schnell ihr Interesse an Gunter verflog und sie sich einem anderen Jungen zuwandte: Ralf.

Ralf war deutlich größer als Gunter und überragte Aurelie um mindestens eine Kopflänge. Er war vielleicht nicht ganz so groß wie Paul, dafür aber deutlich sportlicher und kräftiger in den Schultern. Er war bereits zweimal sitzen geblieben und damit der Einzige in der Klasse, der bereits einen Führerschein hatte. Dieser Umstand machte Paul das erste Mal vertraut mit der Sorge um einen anderen Menschen. Ralf besaß ein Motorrad. Nicht eine von diesen harmlosen Enduros, die man mit sechzehn schon fahren durfte, sondern ein *richtiges* Motorrad. Eine schwere Neunhunderter, die unter dem Hintern eines Vollidioten zu einer richtigen Waffe werden konnte. Und Ralf war ein Vollidiot. Er wohnte unweit der Kleinkölnstraße, und schon mehr als einmal hatte Paul ihn mit Vollgas den Büchel hinaufrasen sehen.

Es dauerte nicht lange, und Aurelie nahm eines Tages nach der Schule hinter ihm auf dem Motorrad Platz, anstatt zum Bus zu laufen. Nicht nur Paul sah den beiden mit offenem Mund hinterher, als Ralf die Maschine hochjagte und vom Schulgelände raste.

»Wenn das mal gut geht«, sagte Gunter neben ihm.

»Es wird nicht gut gehn«, orakelte Paul düster.

»Du bist ein echter Optimist!«

»Nein, durch und durch Realist.«

»Hör auf, Mann, Alter! Was redest du da?«

»Wieso hast du sie dir auch ausgerechnet von *dem* ausspannen lassen!«

»Du hast es ja nicht geschafft!«

»Ich hab es auch nicht versucht.«

»Das ist ein Witz, oder?«

»Nein. Kein Witz.«

Gunter sah ihn von der Seite an und grinste. »Lange keinen besseren gehört.«

»Gern geschehen«, entgegnete Paul. Dann musste auch er grinsen.

»Aurelie ist für uns beide ne Schuhnummer zu groß, fürchte ich«, sagte Gunter und klopfte ihm freundschaftlich auf die Schulter.

»Wenn du meinst«, sagte Paul.

Aurelie überlebte auch die nächsten Tage, obwohl Ralf sie regelmäßig nach der Schule auf seinem Motorrad mitnahm. Sie musste einen guten Schutzengel haben.

Es war an einem Freitag nach dem Kunstunterricht. Paul war nach Schulschluss im Kunstraum geblieben, um an seinem Bild weiterzuarbeiten. Sie sollten ein großformatiges Porträt von einer berühmten Persönlichkeit zeichnen. Paul hatte sich Marilyn Monroe ausgesucht, war aber unzufrieden mit dem ersten Entwurf gewesen und hatte noch einmal von vorne angefangen. Diesmal nahm er sich Albert Einstein vor. Auch die Hässlichkeit hatte ihren Reiz.

Es war nicht das erste Mal, dass Paul länger in der Schule blieb, um ein Bild fertig zu malen, und der Kunstlehrer war stillschweigend einverstanden.

Er zeichnete konzentriert und genoss die Stille im Raum. Er konnte nicht verstehen, wieso die anderen im Kunstunterricht immer so viel reden mussten. Der Geräuschpegel störte die Magie, wenn auf dem Blatt Leben entstand.

Die Tür stand offen – das war die Bedingung, dass Paul alleine im Raum bleiben durfte. Da hörte er Schritte auf dem Flur. Es waren leichte Schritte, Füße, die kaum den Boden berührten. Er brauchte nicht den Kopf zu heben, um zu wissen, wer es war.

Sie legte den Helm vor ihm auf den Tisch und zog einen Stuhl heran.

»Hallo«, sagte sie nur.

»Hi«, erwiderte er und blickte kurz auf. Dummerweise fing sein Herz wild an zu klopfen, als ihr Blick ihn traf. Sie war zu *ihm* gekommen, nicht umgekehrt. Diesmal wollte er gelassen und souverän bleiben, aber er fürchtete, seine roten Ohren würden ihn verraten.

»Deine Marilyn war perfekt. Warum fängst du von vorne an?«

»Sie war nicht perfekt.«

»Doch, war sie.«

Er hielt inne. »Perfekt ist es, wenn du das Gefühl hast, sie fängt jeden Moment an, mit dir zu reden. Wenn du glaubst, sie kommt aus dem Bild auf dich zu. Wenn sie *lebt.*«

Anerkennend sah sie ihn an. »Das war die längste Rede, die ich bisher von dir ge'ört habe.«

An manchen Tagen war ihr französischer Akzent deutlicher herauszuhören. Heute war so ein Tag. Unter ihren Augen lag ein leichter Schatten. Sie sah müde aus.

»Woher kannst du eigentlich so gut Deutsch«, fragte er.

»Wir 'aben schon mal zwei Jahre in Deutschland gelebt. In 'amburg. Da war ich sechs.«

»Du sprichst perfekt!«

»Nein!« Sie lachte. Ihre Augen wurden um eine Nuance heller, und der Schatten schien zu verschwinden. »Perfekt ist, wenn dir niemand mehr sagt, dass du perfekt sprichst.«

»So perfekt muss es ja nicht sein. Ich finde deinen kleinen Akzent …« Er brach ab. Welches Wort passte hier? »Na ja, er gefällt mir«, murmelte er schließlich und blickte angestrengt auf seine Zeichnung.

»Siehst du«, sagte sie nur. Schweigend beobachtete sie ihn, und er wurde immer nervöser. Als die Stille kaum noch zu ertragen war, sagte er: »Hast du deine Mitfahrgelegenheit verpasst?« Es klang hämischer als beabsichtigt.

»Das Motorrad ist kaputt«, sagte sie.

»Unfall?«

»Nein. Keine Ahnung. Die Zündfackeln oder so ähnlich. Weiß nicht.«

Paul grinste. »Du meinst die Zündkerzen.«

»Ja, das war es.«

»Besser so.«

»Bist du neidisch?« Sie sah ihn interessiert an, ein unschuldiges Lächeln auf den Lippen.

»Auf das Motorrad?«

»Nein, auf Ralf! Oder wie sagt man? Eifersüchtig?«

»Quatsch!«

Natürlich wurde er rot. Es war völlig sinnlos, seine Eifersucht zu leugnen, aber er hatte es trotzdem getan und ärgerte sich im gleichen Augenblick darüber. Offensiven pariert man am besten mit einer Gegenoffensive. Eine Weisheit von seinem Vater. Er hatte das immer beim Schachspielen gesagt; auch so eine Sache, für die Paul einfach zu dumm gewesen war.

»Ralf ist verrückt. Er fährt viel zu schnell. Macht er das auch, wenn du hinten drauf sitzt?«

»Oh ja!«, entgegnete Aurelie fröhlich.

»Hast du keine Angst?«

»Doch, und wie! Aber gerade das gibt so ein schönes Prickeln hier!« Sie legte eine Hand auf ihren Bauch, und ihre Stimme wurde um eine Tonlage tiefer.

»Na dann gute Nacht«, murmelte Paul düster.

»Wieso gute Nacht?«, fragte sie verwirrt.

»Sagt man so.«

»Ein Sprichwort? Ihr Deutschen sagt komische Sachen.«

»Und was sagen deine Eltern, wenn du täglich dein Leben riskierst?«

»Meine Eltern? Pff!« Sie machte eine wegwerfende Handbewegung. »Wissen deine Eltern immer alles?«

»Bei mir gibt's nicht viel zu wissen.«

»Wirklich nicht?« Ungläubig zog sie eine Augenbraue hoch. Sie stützte das Kinn auf und sah ihn von unten herauf an. »Wie schade!«

Paul wurde unruhig. Wenn sie ihn weiter so ansah, würde er nachher nicht aufstehen können. Zumindest nicht vor ihr. »Na ja«, sagte er. »*Alles* wissen sie natürlich nicht.«

»Was zum Beispiel?«

»Och …« Er zog mit gespielter Unschuld die Schultern hoch, als müsse er tausend Schandtaten hinter diesem winzigen Wörtchen verstecken. Das einzige Geheimnis, das er vor seinen Eltern hatte, würde er ganz sicher auch mit ihr nicht teilen.

Eine Weile schwiegen sie beide, und Paul strichelte unkonzentriert an seinem Albert Einstein herum. Aus dem Augenwinkel sah er ihre Hände, die inzwischen gefaltet vor ihm auf dem Tisch lagen. Ihre Nägel waren kurz, die Haut um die Fingernägel herum war an einigen Stellen gerötet und eingerissen.

Als sie anfing, mit dem Zeigefinger auf der Tischoberfläche hin- und herzufahren, blickte er hoch und fragte: »Warum bist du eigentlich hier?«

»Du bist doch auch hier.«

»Ich habe einen Grund.«

»Und ich nicht?«

»Keine Ahnung«, sagte er. »Hast du einen?«

Sie war aufgestanden und hatte sich an den gegenüberliegenden Tisch gelehnt. Sie trug einen Rock, der deutlich oberhalb ihrer Knie endete. Graziös schlug sie ihre nackten Beine übereinander. Paul zwang sich, woanders hinzusehen.

»Hat mich interessiert, was du hier so machst.«

»Ich zeichne. Siehst du ja.«

»Ja, sehe ich.« Sie neigte den Kopf zur Seite und setzte hinzu: »Und das sehr, sehr gut!«

»Danke.«

»Bitte sehr. Dafür bist du in Französisch sehr schlecht.«

»Danke!«

»Bitte sehr!« Es folgte eine kurze Pause, dann sagte sie: »Und in Mathe auch!«

Was wurde das jetzt? Paul sah sie stirnrunzelnd an. »Bist du gekommen, um mich fertigzumachen?«

»Nein«, erwiderte sie. »Ich möchte dir einen Vorschlag machen.«

Paul rutschte der Stift ab, und Albert Einstein bekam einen Zacken auf der Nase. »Einen Vorschlag?«

Aurelie löste sich vom Tisch und baute sich vor ihm auf. Sie roch wirklich nach Erde, aber es war die Erde nach einem Sommerregen.

»Ich helfe dir in Französisch und du mir in Deutsch.«

»Was soll ich da helfen? Du kannst es doch!«

»Meine Aufsätze sind schlecht. Ich kann keine Gedichte interpretieren und meine Gedanken nicht strukturieren.«

»Und da suchst du dir ausgerechnet mich aus?« Er war nicht schlecht in Deutsch. Neben Kunst war es tatsächlich das einzige Fach, in dem er gute Arbeiten schrieb. Aber woher wusste Aurelie das?

Sie schob den Helm beiseite und setzte sich genau vor ihn. Er schielte zum geschlossenen Fenster. Ihm wurde allmählich wirklich heiß hier.

»Warum nicht?«, fragte sie.

»Warum nicht Ralf?«

»Ach, Ralf …« Sie schüttelte den Kopf, als wollte sie eine lästige Fliege verscheuchen. »Außerdem bist du der Schlechteste in Französisch. Du sollst doch auch etwas davon haben!« Sie lächelte freundlich.

»Großartig.« Er zog eine Grimasse.

Sie lachte, wurde aber sogleich wieder ernst. »Meine Mutter will, dass ich Nachhilfe nehme« – sie sagte Nach-ilfe –, »aber ich will das nicht. Ich habe gesagt, ich suche mir selbst jemanden. Du bist schlecht in Französisch und gut in Deutsch. Ich finde, das passt!«

Paul wusste nicht, was er sagen sollte. Seine Welt schien plötzlich auf den Kopf gestellt. Aurelie hatte *ihn* ausgesucht, ausgerechnet. Wochenlang hatte er sie angehimmelt wie einen fernen Stern. Und jetzt stand sie hier, und zum ersten Mal galt ihr strahlendes Lächeln ihm. Aber anstatt sich zu freuen, wäre er am liebsten davongelaufen.

»Und? Was sagst du?«, fragte sie.

»Ich … weiß nicht«, stammelte er.

»Bitte«, flüsterte sie, und von einer Sekunde zur anderen war ihre ganze kokette Selbstsicherheit verflogen. Sie sah aus, als stünde sie vor einem Abgrund, vor dem nur er sie retten konnte. Der Moment verging so schnell, wie er gekommen war, und sie zeigte mit einem Lachen auf Albert Einsteins Nase. »Wenn er so ausgesehen hätte, wäre er niemals berühmt geworden.«

Paul ignorierte den Kommentar und fragte noch einmal: »Warum ich?«

Sofort wurde Aurelie wieder ernst. Ihre bergkristallblauen Augen bohrten sich tief in seine, und er hatte das Gefühl, in sie hineinzufallen.

»Weil es einfach passt!«, sagte sie.

Auf dem Nachhauseweg lief er wie durch Watte. Sie hatte ihm ein »einverstanden« abgerungen und war mit den Worten »jetzt muss ich mich aber wirklich beeilen« verschwunden. Vorher aber hatte sie ihm einen Kuss direkt auf die Wange gegeben. Nicht einen rechts und einen links, wie sie es bei allen anderen machte. Nur einen. Und mit diesem einen Kuss erwählte sie ihn zu ihrem Vertrauten, dem Einzigen, dem sie Zugang gewähren wollte zur Welt ihrer unstrukturierten Gedanken. Paul hatte minutenlang wie vom Donner gerührt dagesessen und auf Albert Einsteins missratene Nase gestarrt. Dann hatte er das Bild genommen und es in winzige Fetzen zerrissen. Er würde Marilyn Monroe für die Benotung abgegeben. Vielleicht war sie ja doch perfekt.

Kapitel 7

Nachhilfe

In den nächsten Tagen geschah gar nichts. Aurelie kam mit Ralf in die Schule und fuhr mit ihm nach Hause. In den Stunden dazwischen sah sie an Paul vorbei, als existiere er gar nicht. Das war bei seiner Körpergröße schon ein Kunststück, und Paul gelangte zu der Überzeugung, dass sie sich eines Besseren besonnen hatte. Vielleicht hatte sie jemand anderen gefunden, um ihr zu helfen, oder – was noch wahrscheinlicher war – die ganze Geschichte war ein Spaß gewesen, über den sie sich nun mit Ralf amüsieren konnte.

Er wäre gern wütend auf sie gewesen, aber er brauchte sie nur anzusehen, und seine Wut löste sich auf in dem schmerzhaften Wunsch, sie beschützen zu wollen. Dabei hatte es nicht den Anschein, als brauche sie Schutz. Innerhalb weniger Wochen hatte sie mit ihrer weltgewandten und selbstbewussten Art die Energieströme innerhalb der Klasse verschoben. Sie wurde zum Mittelpunkt in einem Kraftfeld aus Emotionen, ein Magnet, um den herum sich die Sympathien und Begierden der Mitschüler lagerten wie eine undurchdringliche Patina. Paul kreiste am äußeren Rand dieses Kosmos und wünschte sich nichts mehr, als diese Schichten zu durchdringen und sie abzuschirmen gegen die Übermacht an Bewunderung und Freundschaftswillen.

Der Gedanke, am Ende des Schuljahres zurückzubleiben und Aurelie aus dem Blickfeld zu verlieren, war ihm unerträglich. Er *musste* die Versetzung schaffen. Er räumte Pinsel und Farben in die hinterste Ecke seiner Schublade und machte sich an die Arbeit. Mit nie da gewesenem Ehrgeiz paukte er französische Vokabeln und quälte sich durch lange Rechenwege. Im Unterricht zwang er sich, seine Konzentration auf den Lehrer zu richten und Aurelie nur anzusehen, wenn es sich gar nicht vermeiden ließ.

Seine Bemühungen blieben nicht unbemerkt. »Paul ist aufgewacht«, sagte der Mathelehrer anerkennend, als er eine Aufgabe erfolgreich an der Tafel löste. Aus dem Augenwinkel nahm Paul wahr, dass Aurelie für einen winzigen Moment von ihrem Heft aufsah. Er fing ihren Blick auf, und sofort senkte sie die Augen wieder, aber Paul war sicher, dass eine zarte Röte über ihr marmorblasses Gesicht huschte.

An einem Freitag vor Pfingsten, in der Fünf-Minuten-Pause zwischen Deutsch und Geschichte, passierte es dann doch. Wie zufällig kam sie an seinem Platz vorbei, tippte auf das Blatt, das die Deutschlehrerin für die Hausaufgaben ausgeteilt hatte, und sagte mit kaum hörbarer Stimme: »Morgen Nachmittag. Fünfzehn Uhr bei mir. Bei dieser Gedichtanalyse musst du mir helfen.«

Ohne eine Antwort abzuwarten, ging sie weiter und mischte sich unter die Gruppe von Schülern, die draußen auf dem Gang das Eintreffen des Geschichtslehrers erwarteten.

Paul starrte auf das Blatt vor ihm auf dem Tisch. »Themenkreis Liebeslyrik« stand oben über dem Titel des Gedichtes. Friedrich Schiller, *Der Handschuh.*

Er stand auf und ging hinaus auf den Gang, drängte sich durch den Pulk lachender, lärmender Schüler und baute sich vor ihr auf.

»Warum ausgerechnet bei dieser Aufgabe?«

»Weil es passt?«, entgegnete sie und lächelte fein.

Viel zu früh stieg er am Samstagnachmittag in den Bus. Die warnende Stimme in seinem Inneren, die immer wieder flüsterte, *sie macht sich über dich lustig, fahr nicht hin!*, ignorierte er standhaft. Er musste nur an ihre Augen denken, die zarte Kurve ihres Nackens unter dem schwarzen Haar, und er wäre für sie auch in einen Käfig voller Löwen gestiegen.

Als er vor ihrem Haus stand und auf den Klingelknopf drückte, klopfte ihm trotzdem sehr unheldenhaft das Herz bis zum Hals. Die Türglocke hallte durch das große Haus, und eine Weile passierte gar nichts. Vielleicht war sie gar nicht da? Oder sie hatte sich irgendwo im Vorgarten versteckt, zusammen mit einer Horde Mitschüler, und beobachtete den dummen Paul, der tatsächlich glaubte, von ihr auserwählt worden zu sein. Argwöhnisch sah er sich um, doch hinter den Rosenbüschen und Rhododendren blieb alles still. Nochmals klingeln? Er sah auf die Uhr. Eine Minute nach drei. Vielleicht war er zu pünktlich. Aurelie nahm es schließlich mit der Pünktlichkeit nicht so genau. Morgens kam sie häufig erst nach Unterrichtsbeginn in die Klasse. Die Ausrede war immer dieselbe: Bus verpasst. Dabei wusste jeder, dass sie mit Ralf auf seinem Motorrad gekommen war. Auch die Lehrer wussten das, nahmen ihre kleine Lüge aber mit großzügiger Gelassenheit hin. Vielleicht, weil sie Französin war. Vielleicht aber auch, weil sie einfach Aurelie war.

Erneut sah Paul auf die Uhr. Er stand nun schon fast fünf Minuten hier. Entweder ging er wieder nach Hause oder klingelte noch einmal. Gehen, ohne sie gesehen zu haben, war keine Option. Also klingeln.

Sein Finger schwebte noch über dem Klingelknopf, als die Tür aufging. Er hatte keine Schritte gehört, trotz des Marmorbodens. Sie stand einfach da, beinahe durchsichtig zart in dem riesigen Eingangsbereich, und schaute zu ihm auf. Fast hatte Paul das Gefühl, als hätte sie schon die ganze Zeit hinter der Tür gestanden und darauf gewartet, dass er ein zweites Mal klingelte.

»Hallo!«, sagte sie nur.

»Ja, äh, hallo.« Er wartete, dass sie beiseitetrat, um ihn einzulassen, aber sie blieb stehen. »Da bin ich«, sagte er überflüssigerweise.

»Ich sehe es.«

»Kann … soll ich reinkommen?«

»Natürlich.« Sie drehte sich um und ging auf eine breite, geschwungene Treppe zu. Sie war barfuß. Deswegen hatte er sie nicht gehört.

»Soll ich die Schuhe ausziehen?«, fragte er.

»Warum?«

Er zeigte auf ihre nackten Füße. Die Fußnägel waren lackiert. Er hatte noch nicht sehr viele Mädchenfüße gesehen, aber ihre erschienen ihm puppenhaft im Vergleich zu seinen. »Du hast auch keine an.«

»Wenn du willst«, sagte sie nur achselzuckend und ging weiter nach oben.

Paul zögerte kurz, entschied sich aber dann, die Schuhe anzubehalten, denn er war nicht sicher, ob seine Strümpfe in Ordnung waren.

Er folgte ihr die Treppe hinauf und erhaschte einen Blick durch eine weit geöffnete Doppeltür in das Wohnzimmer. Hellgrauer Marmorboden, weiße Ledersofas und ein gläserner Tisch davor. Keine Vorhänge an der großen Fensterfront, dafür ein weiter Blick in den Garten. Am hinteren Ende schimmerte es blau. Ein Pool. Es war niemand zu sehen. Es sah auch nicht aus, als wohnte außer Aurelie noch jemand in diesem Marmorpalast.

Aurelie verschwand durch eine der vielen Türen, die im Obergeschoss rings um eine breite Empore angeordnet waren. Die meisten waren geschlossen, Paul vermutete die Schlafzimmer der Familie dahinter. Er kam an einer offen stehenden Tür vorbei. Ein Arbeitszimmer. Auch hier waren Möbel und Fußboden weiß. Es wirkte wie ein Modellzimmer in einem Designermöbelhaus.

Als er Aurelies Zimmer betrat, war er beinahe erleichtert, dass es nicht weiß war. Die Wände leuchteten lindgrün, und ein warmer Parkettboden glänzte in der Sonne. Sie hatte sogar Vorhänge an den Fenstern. Kleidungsstücke lagen überall herum, und auf dem Schreibtisch stapelten sich Bücher, Hefte, Schallplatten und Schminkutensilien. Paul registrierte, dass ihr Bett ungemacht war. Lindgrüne Bettwäsche, passend zu den Wänden.

»Schön«, sagte er.

»Was ist schön?«

»Dein Zimmer.«

»Ein bisschen unordentlich.« Sie sagte es ganz und gar ungeniert.

»Stimmt.«

»Hast du den Text dabei? Ich habe meinen in der Schule liegen lassen.«

»Na klar!« Er zog den gefalteten Bogen, den er in letzter Minute noch eingesteckt hatte, aus der Hosentasche. »Du hast ihn also noch nicht gelesen?«, fragte er.

»Nein«, bekannte Aurelie ebenso ungeniert, wie sie sich zu ihrer Unordnung bekannte. »Du liest ihn mir vor. Schön betont. Ich muss lernen, das Metrum zu bestimmen.«

Sie schob ihr Federmäppchen, ein paar Strümpfe und einen Bikini von ihrem Schreibtischstuhl und setzte sich mit überschlagenen Beinen vor ihn hin. Paul blickte sich suchend nach einem zweiten Stuhl um, aber es war keiner zu sehen. Also blieb er etwas hilflos vor ihr stehen und versuchte, nicht auf ihre Beine zu starren.

»Bitte. Lies!«, kommandierte sie.

»Äh … darf ich mich irgendwo setzen?«

»Gleich. Erst lesen.«

Also las er. Holprig und stotternd, weil er immer wieder zu Aurelie sah, die ihm konzentriert zuhörte.

Vor seinem Löwengarten,
Das Kampfspiel zu erwarten,
Saß König Franz,
Und um ihn die Großen der Krone,
Und rings auf hohem Balkone
Die Damen in schönem Kranz.
Und wie er winkt mit dem Finger, …

»Was bedeutet das, »Kranz«?

»Äh … keine Ahnung.«

»Wie willst du mir helfen, wenn du es selbst nicht verstehst?«

»Ich habe nicht gesagt, dass ich dir helfen kann.«

»Du bist aber trotzdem gekommen.«

»Weil du gesagt hast, ich soll kommen.«

»Tust du immer, was man dir sagt?« Ihre Augen blitzten herausfordernd.

Hilflos hob Paul die Achseln. Er wusste nicht, was er erwidern sollte.

»Ich les jetzt weiter, ja?«, fragte er fast flehend.

»Bitte sehr«, sagte sie gnädig.

Langsam und betont las er weiter. Bei den letzten Zeilen hob er seine Stimme an:

Und er wirft ihr den Handschuh ins Gesicht:
»Den Dank, Dame, begehr ich nicht«,
Und verlässt sie zur selben Stunde.

»Er wirft ihr den Handschuh ins Gesicht?«, rief Aurelie empört aus.

»Mit Recht!«

»Findest du? So etwas darf doch ein Ritter nicht tun! Immerhin ist sie eine Edeldame!«

»Aber eine mit schlechtem Charakter.«

Aurelie zog die Stirn in Falten. »Spielt das eine Rolle? Bestimmt hat er ihr schöne Augen gemacht, obwohl ihm das nicht zusteht. Das hat er nun davon.«

»Warum darf er ihr keine schönen Augen machen? Das ist doch nichts Schlechtes.«

»Aber sie kann doch seine Liebe nicht erwidern, selbst wenn sie es wollte!«

»Vielleicht will er das ja gar nicht. Vielleicht will er sie einfach nur bewundern. Aus der Ferne.«

»Aus der Ferne?« Aurelie legte den Kopf schief. »Glaubst du, ihm reicht das?«

Paul überlegte. »In der höfischen Liebe ist das so. Die Edeldame ist doch immer unerreichbar für den Ritter. Aber er liebt sie trotzdem und würde für sie in den Tod gehen.«

»Selbst wenn sie ihn nicht liebt?«

»Selbst wenn sie ihn nicht liebt.«

»Wie dumm von ihm.«

»Ja, sehr dumm.«

»Und was, wenn sie ihn doch liebt?«

Für einen Moment war es vollkommen still. Selbst die Vögel draußen vor dem Fenster schienen die Luft anzuhalten.

»Dann hätte sie den Handschuh nicht in den Zwinger voller Raubtiere fallen gelassen«, presste Paul schließlich zwischen zwei Atemzügen hervor. Als Aurelie schwieg, setzte er hinzu: »Vielleicht ist sie einfach komplett gefühllos.«

Aurelie schien durch ihn hindurchzusehen.

Paul wurde unruhig und überlegte, was er noch sagen könnte, aber ihm fiel nichts ein. Also blieb er stehen und wartete einfach ab, bis die klare Kühle wieder in ihre eisblauen Augen zurückgekehrt war.

»Im Nebenzimmer steht ein Stuhl. Den kannst du nehmen«, sagte sie unvermittelt und bückte sich nach ihrem Federmäppchen.

»Äh … soll ich …?«

»Ja, geh einfach rein. Ist eh niemand zu Hause.«

»Hast du Geschwister?«

»Nein. Keine.«

»Und deine Eltern? Arbeiten?«

»Meine Mutter arbeitet nicht. Sie hat genug damit zu tun, sich ständig scheiden zu lassen und neu zu heiraten. Jetzt gerade ist es ein Professor am Klinikum. Der Letzte war ein Unternehmer, aber der ist pleitegegangen. Hast du vielleicht eine Patrone für mich?«

Paul starrte sie mit offenem Mund an.

»Was ist? Hast du oder hast du nicht?«

»Ja. Nein … äh, also vielleicht …« Er wühlte in seinen Hosentaschen und förderte ein paar Münzen und einen abgerissenen Knopf von seiner Windjacke zutage, die er vor drei Monaten das letzte Mal getragen hatte.

»Trägst du Patronen in der Hosentasche herum?«, fragte Aurelie.

»Nein.«

Aurelie sah ihn argwöhnisch an. »Hast du mir überhaupt zugehört?«

»Doch, natürlich. Ich … warte mal. Ich sehe nach.«

In seinem Rucksack waren nur das Heft und ein Kugelschreiber. Füller benutzte er schon lange nicht mehr, aber er wünschte verzweifelt, dass sich durch irgendeinen verrückten Zufall doch eine Patrone in die Tasche verirrt haben möge. Absurd lange suchte er jede Nische und jede Falte im Innern des Rucksacks ab.

»Lass mal«, sagte Aurelie. »Mein Glück hängt nicht an dieser Patrone.«

»Natürlich nicht«, sagte Paul.

Sie verschwand im Nebenzimmer und kam mit einem silbernen Montblanc-Füller zurück. »Von meinem Stiefvater. Sein Heiligtum. Für Schiller gerade gut genug.« Sie lächelte zufrieden.

Als sie nebeneinander über die Ballade gebeugt saßen, wurde Paul fast schwindelig von ihrer Nähe. Wenn ihr Ellbogen seinen Arm berührte, durchfuhren die Schockwellen seinen ganzen Körper, der Duft ihres Haares nahm ihm fast den Atem. Er versuchte, den größtmöglichen Abstand zu wahren, doch sie durchbrach diese unsichtbare Grenze mit der größtmöglichen Selbstverständlichkeit. Immer wieder berührte ihr Knie sein Bein oder ihre Hand seinen Arm, ganz so, als säßen sie seit Jahren schon gemeinsam an diesem Schreibtisch und diskutierten über das Versmaß der Liebe.

Am Ende des Nachmittags hatten sie tatsächlich eine dreiviertelseitige Analyse zustande gebracht, die Aurelie in ihr Heft geschrieben hatte. Paul schrieb nichts auf. Er war gefesselt von der Eleganz der Buchstaben, die durch den silbernen Füllfederhalter aufs Papier flossen. Hin und wieder stand Aurelie auf, um etwas zu trinken zu holen oder für eine Weile im Bad zu verschwinden. Gedankenverloren kritzelte Paul währenddessen mit dem Bleistift in seinem Heft herum und zeichnete einen Zaunkönig, der auf dem Ast einer Rotbuche vor Aurelies Fenster herumhüpfte.

»Du bist ein Künstler«, sagte sie leise und voller Anerkennung, als sie mit zwei Gläsern eisgekühlter Limonade aus der Küche zurückkehrte.

»Ach was …«, sagte Paul nur und schob die Skizze beiseite.

»Wirklich! Ich kenne niemanden, der so gut zeichnen kann. Du solltest Kunst studieren!«

Paul konnte nicht verhindern, dass er rot wurde. Viel zu hastig nahm er einen tiefen Schluck von seiner Limonade und verschluckte sich prompt.

Aurelie lachte. »Es ist dir peinlich!«

»Quatsch.«

»Doch, ist es.«

»Nein. Ist es nicht.«

»Schenkst du mir die?« Sie zeigte auf die Zeichnung.

»Nein, die ist nicht gut.«

»Ich finde sie perfekt.«

»Ist sie nicht. Ich … du bekommst eine andere. Eine bessere.«

»Einverstanden. Aber warte nicht zu lange damit!«

Paul faltete die Skizze zusammen und steckte sie in die Hosentasche. Er würde ihr den besten Zaunkönig zeichnen, den die Welt je gesehen hatte.

»Ich würde gern Kunst studieren«, sagte er. »Aber ich glaube nicht, dass meine Eltern mich lassen.«

»Wieso nicht?«

»Ach …«, Paul winkte ab. »Mit Kunst verdient man nicht genug Geld«, sagte er nur. Seine Eltern verdienten zwar auch mit Stoffen nicht viel, aber das musste Aurelie nicht wissen. Auch nicht, dass über seine Zukunft schon entschieden worden war, als er noch in den Windeln lag.

»Ich möchte Architektin werden«, erklärte Aurelie und sah versonnen aus dem Fenster. »Ich möchte Häuser bauen, in denen Menschen ein ganzes Leben lang wohnen wollen – und nicht nur für ein paar Jahre. Sie sollen diese Häuser so sehr lieben, dass sie mit ihnen verwachsen und nicht mehr wegkönnen.«

»Bist du schon oft umgezogen?«

»Alle zwei bis drei Jahre. Manchmal hat es nur ein Jahr gedauert.«

»Oh. Dann hast du schon viel gesehen.«

»Ich habe schon viel kaputtgehen sehen«, sagte sie mit weicher Stimme, aber in ihren Augen gefror das fließende Blau zu Eis.

»Das … äh … tut mir leid.«

»Das muss dir nicht leidtun. Ich lebe ganz gut damit, wie du siehst«, sagte sie leichthin und beschrieb einen großen Bogen mit dem Arm, der den Garten und das Haus mit all seinem Reichtum zu umfassen schien. Dann prostete sie ihm mit dem Limonadenglas zu, in dem die Eiswürfel laut klirrten.

Kapitel 8

Kleinkölnstraße, Ende April 2017

»Paul, wo sind die Lieferscheine der letzten beiden Monate? Und zu den Aufträgen von Frau Berlinger und diesem Hotel in Monschau habe ich keine Kostenaufstellung. Wie soll ich da Rechnungen schreiben?«

Barbara hatte sich im Durchgang zur Werkstatt aufgebaut und wedelte mit einem Stapel Papiere. Sie hatte die Lesebrille bis zur Nasenspitze hinuntergeschoben und sah mit ihrem grauen Wutblick zu ihm auf.

»Lieferscheine? Irgendwo werden sie schon sein«, murmelte Paul. Er stand auf der obersten Sprosse seiner Leiter und schob einen sonnengelben Voile-brodé-Ballen auf die venezianischrote Webspitzengardine aus der neuen Lieferung. Ein schöner Kontrast.

Erst als er mit der neuen Anordnung der Ballen zufrieden war, stieg er die Leiter hinunter und ging an seiner Frau vorbei in die Werkstatt. Er wühlte eine Weile in dem Durcheinander an Stoffresten, Lederstücken, Werkzeugen und Papieren auf dem großen Arbeitstisch und hob dann seufzend die Achseln. »Hier sind sie nicht.«

»Nein, da sind sie nicht. Das habe ich selbst schon festgestellt.« Barbaras Kinn ruckte vor, und ihre Lippen wurden zu einem schmalen Strich. Die Falten, die sich von ihren Mundwinkeln zum Kinn hinunterzogen, wurden tiefer.

Paul holte einen Karton mit alten Papieren unter dem Tisch hervor und hielt ihn ihr unter die Nase. »Hast du darin schon nachgesehen?«

»Hast du darin schon nachgesehen?«, äffte sie ihn nach. »Ist das meine Aufgabe? Warum machst du es nicht selbst, wenn die Möglichkeit besteht, dass du sie da hineingetan hast?«

Paul nahm jeden einzelnen Bogen aus dem Karton, legte ihn auf den Tisch und strich ihn sorgfältig glatt. Es waren handgekritzelte Aufzeichnungen, Aufträge von Kunden, die er vor langer Zeit entgegengenommen hatte, Skizzen von Fenstern, die er ausgemessen hatte. Lieferscheine waren nicht darunter. Es dauerte lange, aber Barbara blieb die ganze Zeit vor ihm stehen und atmete Ungeduld in die ohnehin schon stickige Luft im Raum.

»Du findest sie nicht. Natürlich findest du sie nicht! Du findest nie etwas!«

»Vielleicht haben wir keine bekommen.«

»Keine bekommen? Wir sollen keine bekommen haben?« Barbaras Stimme vollführte ein Crescendo und endete auf der letzten Silbe in einem spitzen Schrei.

Paul hob die Hände, wie um sich die Ohren zuzuhalten, besann sich aber rechtzeitig und fuhr sich stattdessen durch das schüttere Haar.

»Du ruinierst uns, wenn du so weitermachst! Was ist los mit dir? Ist dir das alles hier egal?« Barbara sah ihn fassungslos an. In diesem Moment tat sie ihm leid. Sie lebte für das Geschäft, mehr als er es jemals gekonnt hatte. Von dem Tag an, als sie ihn geheiratet hatte, war sie in seinem kleinen Universum auf der Kleinkölnstraße aufgegangen, als wäre es das Herzstück ihrer eigenen Familie.

»Natürlich nicht«, seufzte Paul. »Ich kann mich einfach nicht erinnern.« Hilflos hob er die Achseln.

Barbara schüttelte langsam den Kopf und tippte ihm mit ihrem Zeigefinger mehrmals gegen die Stirn. »Ich wüsste zu gern, was bei dir da drin vorgeht.«

Damit wandte sie sich ab und ging.

Paul sah ihr nach. Es hatte sie noch nie interessiert, was in seinem Kopf vorging. Sie hatte ein Geschäft geheiratet, keinen Mann. Damit war es ihr im Grunde egal, was in seinem Kopf vorging. Und das war gut so, denn insbesondere in den vergangenen zwei Monaten hätte sie nicht gutgeheißen, womit seine Gedanken beschäftigt waren, während er Kunden bediente, Lieferungen entgegennahm und Räume ausmaß. Es war ein kleines Wunder, dass nur ein paar Lieferscheine und Kostenaufstellungen fehlten. Aurelie war zu jeder Sekunde des Tages bei ihm gewesen. Mehrmals in der Nacht war er aufgestanden und hatte das Porträt ausgewickelt und es betrachtet. Es war, als hätte ihr Erscheinen in seinem Geschäft vor nun bald zwei Monaten ein Leck in das Gefäß mit Erinnerungen geschlagen, welches er vor so vielen Jahren für immer weggesperrt zu haben glaubte. Aus diesem strömten nun unablässig Bilder, Gesten, Worte, Blicke und Gefühle, in denen er manchmal zu ertrinken drohte.

Immer wenn die Ladenglocke ging, zuckte er zusammen, voller Hoffnung und zugleich voller Angst, *sie* könnte es sein. Doch sie war nicht zurückgekehrt. Er hatte sie endgültig vergrault, feige und unentschlossen wie er war.

Er wandte sich wieder der heutigen Stofflieferung zu. Es waren Polsterstoffe in kräftigen Erdtönen. Umbrafarbener Jacquard, olivgrüner Kattun, Würfeldamast in Sepia. Es regnete und stürmte an diesem frühen Montagmorgen im April, und so waren keine Kunden im Laden zu erwarten. Er konnte in aller

Ruhe sortieren. Einige Muster dieser wunderschönen Stoffe wollte er im Schaufenster auslegen. Zwar bestand Barbara immer auf einer jahreszeitgerechten Schaufensterdekoration, aber der herbstgoldene Samt aus dieser Lieferung würde in der Sonne leuchten und ganz gewiss die Blicke der Passanten auf sich ziehen. Er stieg hinter die Sperrholzwand, die den Schaufensterraum vom Verkaufsbereich abteilte. Die Trennwand war dem Dekorateur ein Dorn im Auge, er wollte den Laden zur Straße hin öffnen. Barbara fand die Idee gut – ja, sie hatte sogar ohne sein Wissen einen Innenarchitekten beauftragt, einen Modernisierungsvorschlag für das Geschäft zu erstellen. Aber Paul war strikt gegen jegliche Veränderung in seinem kleinen Reich, und der Gedanke, Passanten könnten ihn von der Straße aus sehen, war ihm höchst unangenehm. Er mochte die Intimität seines Lieblingsplatzes hinter der Ladentheke. Sollte er den auch noch verlieren?

Kritisch betrachtete Paul die Auslagen. Zu viel Pink und Rosa für seinen Geschmack. Vor allem diese rüschenbesetzten Sofakissen waren grauenhaft. Hatte *er* die bestellt?

Entschlossen griff er nach den Kissen und warf sie in eine Ecke. Er schob die pastellfarbenen Gardinenstoffe ein wenig zusammen und schuf Platz für die venezianisch-roten und herbstgoldenen Polsterstoffe, die es ihm so angetan hatten. Er stellte die Tischlampe mit dem schwarz-weiß gemusterten Schirm dazu, die seit einigen Wochen unbeachtet in der Ecke mit den Accessoires stand. Die würde nachts ein wunderbar warmes Licht über die beiden Stoffe werfen. Zufrieden betrachtete er sein Werk. Leuchtende Farben, starke Kontraste – der Anblick tat ihm gut. Er rührte an etwas tief in ihm. Ein Wunsch, eine Hoffnung, vielleicht auch eine Begierde, deren Quelle lange verschüttet gewesen war.

Als er sich aufrichten wollte, knackte es laut und vernehmlich, und ein heftiger Schmerz schoss in die Gegend um seine Lendenwirbel. Fluchend stützte er sich ab, unfähig, den Rücken durchzustrecken. Er hing mit der Nase wenige Zentimeter vor der Glasscheibe seines Schaufensters, gegen die der Regen prasselte.

Da sah er sie.

Sie stand auf der gegenüberliegenden Straßenseite und blickte zu ihm herüber. Die Kapuze ihres Regenumhangs hatte sie tief ins Gesicht gezogen, und so konnte er weder ihre Haare noch das Gesicht deutlich erkennen – und trotzdem war er überzeugt, dass sie es war. Der dunkle Poncho reichte ihr bis zu den Knien und verlieh ihr die Form einer Regentonne, wie sie hinten in seinem Hof standen. Sie schob ein Fahrrad neben sich her. Als sein Blick sie traf, blieb sie für einen kurzen Augenblick stehen. Dann zog sie die Kapuze noch ein Stückchen tiefer ins Gesicht, stieg auf das Rad und verschwand in den grauen Regenschleiern.

»Halt, warte!«, rief Paul und klopfte gegen die Scheibe. Die eine Hand im Kreuz, die andere gegen die gefährlich nachgebende Sperrholzwand gestützt, zwängte er sich durch den schmalen Spalt zurück in den Verkaufsraum, hastete vornübergebeugt zur Ladentür und riss sie auf. Ein heftiger Windstoß riss sie ihm fast aus der Hand. Ein paar Passanten eilten an ihm vorbei. Er humpelte auf die Straße hinaus und machte ein paar Schritte in die Richtung, in die sie verschwunden war. Der Wind trieb ihm den Regen direkt ins Gesicht und benetzte seine Brille, sodass er kaum noch etwas sehen konnte. Ein Regenschirm, er brauchte einen Schirm! Ohne auf den schneidenden Schmerz in seinem Kreuz zu achten, hinkte er eilig in den Laden zurück. Am Eingang stand ein Schirmständer, in dem immer mindestens ein Schirm von einem vergesslichen Kunden zurückblieb. Heute war keiner da. Wütend trat er gegen den metallenen Kübel und lief zurück in den Regen. Vielleicht kam sie zurück. Vielleicht hatte sie ihn im ersten Augenblick nicht erkannt und besann sich jetzt, im Nachhinein. So etwas passierte doch manchmal. Das Gehirn brauchte immer eine Weile, um Sinneseindrücke zu verarbeiten und Verknüpfungen herzustellen. Fünfundzwanzig Jahre waren eine so lange Zeit. Und bei diesem Regen über die Straße hinweg …

Er blinzelte durch die Tropfen auf seinen Brillengläsern und suchte die beinahe menschenleere Straße ab. Ein Kleinlaster fuhr vorbei, mitten durch eine Pfütze. Das Wasser spritzte hoch auf und ergoss sich über Pauls Hose. Seine Füße wurden pitschnass. Er sah an sich hinunter und stellte fest, dass er Hausschuhe trug. Graue Filzpantoffel.

»Paul, was tust du denn da?«

Die Stimme kam von oben. Barbara hatte das Küchenfenster geöffnet und sah kopfschüttelnd auf ihn herunter. »Merkst du nicht, dass es in Strömen regnet?«

Natürlich merkte er das! Was dachte sie denn?

Mit hängenden Schultern kehrte er in den Laden zurück. Er war bis auf die Haut nass. Das Wasser lief ihm über die Stirn in die Augen und tropfte auf das sauber gewienerte Parkett. Um seine Füße bildete sich eine Pfütze. Vor dem Spiegel gegenüber der Vitrine blieb er stehen. Das graue Flanellhemd klebte an seinem Oberkörper und an den Armen. Das Hemd spannte ohnehin über seinem Bauch. Nun sah es aus, als würde es jeden Moment platzen. Der Haaransatz über der Stirn hatte sich schon vor geraumer Zeit weit zurückgezogen, und über seine Nase zogen sich feine Äderchen. Seine einst breiten Schultern fielen nach vorne, und der obere Rücken war so krumm wie der seiner Mutter nach jahrelanger Arbeit an der Nähmaschine. Er nahm die Brille ab und trat einen Schritt näher an den Spiegel heran. Schon lange hatte er sich selbst nicht mehr in die Augen gesehen. Waren seine Augen früher nicht braun gewesen? Braun mit einem leichten Grünstich, je nachdem wie das Licht in sie hineinfiel? Diese Augen dort waren nicht mehr braun. Sie waren auch nicht grün. Eigentlich hatten sie gar keine Farbe. Nichts an ihm hatte noch eine Farbe.

Plötzlich tauchte Barbara mit einem Lappen hinter ihm auf und wischte die Pfützen auf, die er überall hinterlassen hatte.

»Ich geh mich eben umziehen«, murmelte Paul.

»Das ist ja ausnahmsweise mal eine gute Idee«, sagte sie mehr zu sich selbst und wischte wortlos weiter.

Nachts um zwei war er plötzlich hellwach. Wenn es passierte, dann immer um diese Uhrzeit. Er wusste genau, er würde nicht wieder einschlafen können. Meist versuchte er es gar nicht erst. Er stand leise auf, zog sich den Morgenmantel über und schlich in den Keller.

Eine frische weiße Leinwand stand schon bereit. Sie war beinahe so groß wie Paul selbst. Er hatte vor ein paar Tagen erst in der Mittagspause für Nachschub gesorgt, als Barbara ihren Damentag hatte. Den Inhaber des kleinen Ladens für Künstlerbedarf kannte er gut. Ein mürrischer älterer Herr, der nie irgendwelche Fragen stellte. Zwischen ihnen herrschte ein stilles Einvernehmen, dass Paul keinerlei Beratung bedurfte und sich somit jegliches Gespräch über die Verwendung der erworbenen Pinsel, Farben und Leinwände erübrigte.

Paul zog den von dicken Farbschichten steifen Kittel über seinen Bademantel und drückte große Portionen schwarze, braune und weiße Ölfarbe auf die Palette. Er brauchte nichts vorzuzeichnen. Der Pinsel wusste ganz von alleine, was er zu tun hatte. Er wusste es sogar besser als Paul. Farbstriche wurden zu vagen Umrissen, Schraffierungen zu Konturen, Schichten von grau, weiß und braun zu Teilen eines gebeugten Körpers. Er malte über mehrere Stunden, ohne ein einziges Mal zu zögern oder einen Schritt zurückzutreten, um aus der Distanz heraus zu betrachten, was dort auf der Leinwand entstand. Die Augen halb geschlossen, den Blick zugleich nach innen und auf die Leinwand gerichtet, überließ er sich dem Willen seines Pinsels, und erst als die Bewegungen seiner Hand langsamer wurden und nur noch hier und dort kleine Korrekturen vornahmen, öffnete er die Augen ganz und sah, was er geschaffen hatte.

Vor ihm stand er selbst. Ein graues Schattenwesen, die Schultern hängend, der Rücken krumm, der Blick unbestimmt. Er hatte sich gut getroffen. Bis auf ... Stirnrunzelnd betrachtete Paul seine Hände. Die Fingerknöchel waren dick und schmerzten, die Handinnenflächen voller Schwielen, und der Splitter von Frau Berlingers Sofa hatte sich zu einer eitrigen Wunde entzündet. Die Hände auf dem Bild jedoch waren makellos und feingliedrig. Die rechte Hand hielt einen Pinsel, die linke schien in eine Richtung zu weisen, die außerhalb des Bildes lag. Es waren junge Hände. Künstlerhände.

Er spürte eine intensive Übelkeit aufsteigen. Sie drückte gegen das Zwerchfell, sodass er kaum Luft bekam.

Rot, er brauchte rot!

Er stürzte zum Tisch, wo die Farben verstreut lagen. Wo war das verdammte Rot?

Als er die Tube schließlich in den Händen hielt, drehte er mit zitternden Fingern den Deckel ab und spritzte mit einem einzigen machtvollen Druck die Farbe in Richtung Leinwand. Sie war dickflüssig und landete auf dem Boden. Er bückte sich, wischte sie mit den Fingern auf und schmierte sie auf das Bild. Auf die Hände.

Dann drehte er sich um und verließ den Raum, ohne sich noch einmal umzusehen.

Es war am darauffolgenden Vormittag. Er blätterte durch das Auftragsbuch und blieb an einem Eintrag hängen, den der Geselle am Vortag gemacht hatte. *Meterware Material Faconné*

Rayé, Siegler, als Schlaufengardine, 4 Stück, 150 breit, 120 hoch, Farbe Taupe. Der Name des Kunden fehlte.

»Reinhard!«, brüllte er durch den Laden in Richtung Werkstatt.

»Ja, Chef?«, tönte es zurück.

»Herkommen!« Er legte einen grollenden Unterton in seine Stimme.

Vorsichtig lugte Andreas Reinhard, der Geselle, um die Ecke.

»Was gibt's?«

»Wer hat das hier eingetragen?«

Mit hochgezogenen Schultern kam der junge Mann näher und schielte in das Auftragsbuch, das Paul ihm unter die Nase hielt.

»Das war wohl ich.«

»Und wo ist der Name des Kunden?«

»Äh … den habe ich wohl vergessen einzutragen.«

»Gehen Sie mir aus den Augen«, knurrte Paul ihn an und warf das Auftragsbuch mit einem lauten Knall auf die Ladentheke.

Sie war es! Ohne Namen, ohne Adresse, aber sie war zurückgekehrt. Tief in seinem Bauch perlte die Freude, die er sich nicht anmerken lassen durfte.

Sie würde wiederkommen, um die Gardinen abzuholen. Er würde da sein. Und dann – das schwor er sich – würde er sich nicht verstecken.

Kapitel 9

Verletzungen

Am Mittwoch nach Pfingsten fehlte Aurelie in der Schule. Zuerst dachte Paul noch, sie würde sich wieder verspäten, aber als er Ralf in der Fünf-Minuten-Pause über den Gang humpeln sah, schwante ihm Übles.

»Hast du gesehen, Ralf humpelt?«, sagte er zu Gunter, der mit ihm zusammen zum Physikraum ging.

»Der hatte am Wochenende einen Unfall. Musste ja irgendwann mal passieren«, sagte Gunter düster.

»Und was ist mit …?« Er wagte nicht, ihren Namen auszusprechen.

Es war auch nicht nötig. »Liegt im Krankenhaus«, knurrte Gunter. »Dieser verdammte Idiot!«

Der Rest des Tages lief an Paul vorbei wie ein schlecht inszeniertes Drama. Er stand wortlos dabei, wie die anderen die wildesten Mutmaßungen anstellten, wie es um Aurelie stand. Von gebrochener Nase bis Koma war alles dabei. Irgendwann wehte der warme Sommerwind einen Gesprächsfetzen zwischen Ralf und Aurelies Freundin Isabell zu ihm herüber. *Knieverletzung,* hörte er, *steif bleiben, Schürfwunden* und *Glück gehabt.*

Ralf hatte nur einen verstauchten Fuß. Ein blöder Schlenker. Er hatte einem Kanaldeckel ausweichen wollen. Er war noch nicht einmal besonders schnell gefahren, hatte ein Auto übersehen, das ihn überholte. Sein Motorrad war aus dem Gleichgewicht geraten und zur Seite gekippt. Aurelie hatte auch nur einen kurzen Rock getragen. Im Grunde war es kein schlimmer Unfall gewesen, einfach nur ärgerlich.

Am Nachmittag erweckte Paul den Zaunkönig zum Leben, den er bei Aurelie so achtlos skizziert hatte. Er hatte jedes Detail noch genau vor Augen. Genauso wie jede Minute in ihrem Zimmer und der Abschiedskuss auf seiner Wange in seine Erinnerung eingebrannt waren. Sie hatte ihm versprochen, mit ihm für die nächste Französischarbeit zu üben, als Gegenleistung für die Hilfe mit Schillers Ballade. Die Arbeit war nächste Woche. Daraus würde nun nichts werden.

Von Isabell wusste er, dass die Hälfte der Klasse sich verabredet hatte, um Aurelie gemeinsam zu besuchen. Er wollte nicht mit. Er würde sie alleine aufsuchen und ihr den Zaunkönig schenken. Er solle nicht zu lange damit warten, hatte sie gesagt. Es blieb ihm also nichts anderes übrig, als sie im Krankenhaus zu besuchen. Die Sache duldete keinen Aufschub.

Er wählte den Vormittag des folgenden Tages. Er würde eine Entschuldigung fälschen müssen für die versäumten Stunden in der Schule. Seine Mutter hatte eine klare, geradlinige Schrift, einfach zu kopieren.

Sie lag im Marienhospital. Auf dem Weg dorthin kaufte er eine Schachtel Pralinen. Die Zeichnung legte er in die Packung, auf das Seidenpapier, in das die Pralinen eingebettet waren.

Als er vor ihrem Zimmer stand, verließ ihn der Mut. Was für eine wahnwitzige Idee, sie zu besuchen! Vielleicht war sie gar nicht richtig angezogen. Nein, bestimmt war sie das nicht. Wer lag schon mit Straßenkleidung in einem Krankenhausbett? Die Vorstellung, ihre Brüste durch ein dünnes Nachthemd schimmern zu sehen, verursachte ihm weiche Knie. Er ließ die Hand, mit der er hatte anklopfen wollen, wieder sinken und ging den Gang zurück zum Aufzug.

Er starrte auf die Aufzugtür, die sich währenddessen mehrmals öffnete und wieder schloss.

Aber er musste ihr doch den Zaunkönig geben! Seine Hände klammerten sich um die Pralinenpackung. Bestimmt waren die Pralinen inzwischen geschmolzen. Vielleicht sollte er sie zu Hause noch mal in den Kühlschrank legen. Aber dort würde seine Mutter sie entdecken.

Als die Aufzugtür sich zum vierten Mal öffnete, wurde aus dem Aufzug daneben ein Krankenbett herausgeschoben. Darin lag ein blasses Mädchen. Ihre Haare waren auf dem weißen Kissen ausgebreitet wie ein schwarzes Tuch.

»Paul!« Ihre Augen leuchteten auch ohne die Sonne. Sie leuchteten von innen.

»Oh, hallo Aurelie. Was machst du denn hier?«

Sie trug kein durchsichtiges Nachthemd. Es war ein graues Sweatshirt mit einer aufgedruckten Mickymaus. Die Bettdecke war zurückgeschlagen und gab das rechte Bein frei. Das Knie steckte in einem gruseligen Metallgestell.

»Natürlich wolltest du nicht mich besuchen«, sagte sie mit einem spöttischen Lächeln. Sie wies auf die Pralinen und fügte hinzu: »Aber, wenn du schon mal hier bist, möchtest du die vielleicht dalassen?«

Paul nickte nur und trottete hinter dem Krankenpfleger her, der Aurelie in ihr Zimmer schob.

Sie war die einzige Patientin im Raum, und es sah aus wie in einem Blumenladen.

»Gestern war die halbe Klasse hier«, sagte Aurelie.

»Ich weiß«, erwiderte Paul.

»Du konntest sicher gestern nicht. Und heute bist du auch nur rein zufällig hier.«

»Ein bisschen zufällig vielleicht.«

Sie sah auf die Uhr. »Haben wir jetzt nicht gerade Französisch?«

»Haben wir. Aber ich hatte etwas Wichtiges zu erledigen.«

Sie sah ihn nur an, und jeglicher Spott war aus ihrem Blick verschwunden.

»Willst du … willst du dich nicht setzen?« Sie sah zur Seite, und ein zartrosa Schimmer legte sich über ihre Marmorblässe. Aurelie konnte also tatsächlich auch rot werden.

Paul zog einen Stuhl heran und legte die Pralinen auf ihr Bett.

»Danke!«, sagte sie mit aufrichtiger Freude. »Diese Sorte liebe ich. Magst du eine?« Sie öffnete die Schachtel und hielt sie ihm hin. Die Zeichnung fiel heraus und glitt zu Boden. »Oh«, machte sie nur.

Paul hob sie auf und reichte sie ihr.

»Paul«, flüsterte sie. »Der ist wunderschön.« Lange sah sie das Bild an, und Paul wurde unruhig.

»Ich hab's signiert«, sagte er, um die unangenehme Stille zu unterbrechen. Er zeigte auf das kleine Kürzel in der rechten unteren Ecke des Bildes. *P. Tissu.* Sie nickte nur. Sie hatte die Haare hochgesteckt. Eine einzelne Strähne hatte sich gelöst und fiel über ihr linkes Ohr. Ihre Ohren waren klein und eng anliegend. Bestimmt hatte er in seinem Leben noch niemals so perfekte Ohren gesehen. Und ihr Nacken …

Schnell musste er woanders hinsehen. Sie wirkte so wehrlos in ihrem Krankenbett.

»Jetzt verstehe ich, was du gemeint hast«, sagte sie. »Was *perfekt* für dich bedeutet. Es sieht aus, als würde er jeden Moment davonfliegen.«

»Na ja«, setzte er an, »hier an dieser Stelle hätte ich …«

»Hör auf!«, unterbrach sie ihn streng. »Du bist nie zufrieden! Es geht nicht besser! Nimm das doch hin!«

Sie legte die Zeichnung auf ihren Nachttisch, schob sich ein Stückchen höher und schlang einen Arm um ihn. »Danke!«, flüsterte sie ihm ins Ohr, und Paul bekam die Gänsehaut seines Lebens.

Als sie sich wieder in ihre Kissen zurücklehnte, verzog sie vor Schmerz das Gesicht.

»Tut weh?«, fragte er.

»Geht so. Ich bekomme noch Schmerzmittel. Aber dieser Apparat ist furchtbar lästig. Ich kann mich kaum regen damit.«

Sie zeigte auf die Schrauben, die rechts und links in ihrem Knie verschwanden. Das Bein steckte von der Mitte des Oberschenkels bis zur Wade in einem Verband. Paul wollte nicht wissen, wie es darunter aussah.

»Wird es … wird es steif bleiben?«, fragte er.

»Nein. Der Arzt hat gesagt, ich muss eine Reha machen, und dann wird es wieder genauso werden wie vorher.«

»Glück gehabt!«

»Nur die Narbe wird bleiben.«

»Dann hatte Ralf mehr Glück«, sagte Paul.

»Ralf«, machte Aurelie verächtlich und verzog das Gesicht. »Ich hab mit ihm Schluss gemacht.«

»Deswegen?« Er zeigte auf ihr Bein.

»Nein. Vorher schon.«

»Und wieso bist du dann noch mit ihm gefahren?«

»Ich wollte nicht nach Hause laufen. Es war kurz danach.«

»Scheiße!«, entfuhr es Paul.

Aurelie zuckte die Achseln. »Blödes Pech«, sagte sie.

In diesem Moment ging die Tür auf, und eine Dame mit weißem Kostüm und riesiger Sonnenbrille kam herein. Ohne Paul zu beachten, stolzierte sie um Aurelies Bett herum, schob den Nachttisch beiseite und drückte Aurelie einen schmatzenden Kuss auf die Wange.

»Schätzchen, ich habe nicht viel Zeit, aber ich wollte dir rasch ein paar Grüße ausrichten. Ich habe eben mit deinem Onkel aus São Paulo gesprochen. Meine Schwester hat ihn aus Mauritius angerufen und ihm von deinem Unglück berichtet. Er fragt, wann du ihn mal wieder besuchen kommst. Und André hat eine Genesungskarte aus Paris geschickt. Bei mir meldet er sich nie, du kannst dir darauf also etwas einbilden. Ach ja, und Franco lässt dir ausrichten, dass du immer noch seine Lieblingsstieftochter bist, auch mit zerstörten Knien!«

»Ich habe keine zerstörten Knie!«, sagte Aurelie.

»Oh doch, diese Narbe wird bleiben«, sagte die Dame in Weiß und zeigte auf das verschraubte Gestell an Aurelies Knie.

»Es hätte auch schlimmer kommen können.«

»Natürlich, natürlich. Aber so ein vernarbtes Knie ist auch nicht sehr hübsch. Aber mach dir nichts draus, Liebes. Was zählt, sind die inneren Werte. Und Röcke, die die Knie umspielen, sind ohnehin viel schöner als Miniröcke.«

Paul räusperte sich. »Ich werde dann mal wieder …«, sagte er mit einem Kopfnicken Richtung Tür.

»Oh, du hast Besuch!«, rief Aurelies Mutter aus, als bemerke sie erst jetzt, dass noch jemand im Raum war. Zumindest vermutete Paul, dass es ihre Mutter war, auch wenn sie Aurelie überhaupt nicht ähnelte.

»Das ist Paul«, sagte Aurelie tonlos. »Er ist in meiner Klasse.«

»Aha«, sagte die weiße Dame nur, mit einem flüchtigen Seitenblick auf Paul. »Na ja, auf jeden Fall hat dein Vater dafür gesorgt, dass dich der beste Chirurg hier im Haus operiert. Es war wohl nicht ganz leicht, denn eigentlich hatte der Urlaub. Aber dein Vater ist …«

»Er ist nicht mein Vater!«, fuhr Aurelie dazwischen.

»Schätzchen, Stiefvater, Vater – das ist doch alles eins. Wir sollten …«

»Ich habe nur *einen* Vater!« Aurelies Blick war eisig. Paul rutschte unruhig auf seinem Stuhl hin und her. Er überlegte, wie er sich am geschicktesten aus der Kältezone zurückziehen konnte.

»Und ausgerechnet den kenne ich nicht.« Die Temperatur fiel um einige Grade tiefer, wenn das überhaupt möglich war.

»Ja, meine Liebe.« Aurelies Mutter wühlte in ihrer Handtasche herum und zog einen Lippenstift hervor. Damit stöckelte sie ins Bad und rief von dort: »Brauchst du irgendetwas? Vielleicht einen anderen Pullover?«

Aurelie sagte zu Paul gewandt: »Sie weiß es selbst nicht. Sie weiß nicht einmal genau, ob sie wirklich meine Mutter ist.«

»Ähm ... ja, also ... ich glaub, ich muss dann mal wieder«, stammelte Paul und stand auf.

»Nein«, sagte Aurelie streng. Dann setzte sie etwas freundlicher hinzu: »Bitte bleib noch ein bisschen. Es ist sterbenslangweilig hier.«

Paul sah hilflos zur Tür. Dann setzte er sich wieder. »Wenn du meinst ...«

Aurelies Mutter kam aus dem Bad. Ihre Lippen waren sorgfältig nachgezogen. Paul fragte sich, ob sie ihre Sonnenbrille jemals absetzte.

»So, mein Liebes«, sagte sie. »Ich muss los. Unterhaltet euch noch schön!« Sie warf ihrer Tochter eine Kusshand zu und ging.

»Sie glauben, sie tun mir einen Gefallen, mich hier in diese Isolierzelle zu stecken. Einzelzimmer, Liebes!«, äffte Aurelie ihre Mutter nach. »Niemand, der nachts schnarcht oder stinkt oder laut fernsieht, wenn du schlafen willst.« Sie rollte mit den Augen. »Und dann kann ich nicht mal aufstehen. Weißt du, wie schrecklich das ist, hier zu liegen und auf Besuch zu hoffen, weil die Stille so laut ist?«

Paul hatte noch nie davon gehört, dass Stille laut sein konnte. Aber er hatte von vielen Dingen noch nie gehört, die für Aurelie selbstverständlich waren.

»Wie lange musst du hierbleiben?«, fragte er, weil er nicht wusste, was er dazu sagen sollte.

»Eine Woche, dann Reha. Ich werde die nächsten Klausuren nicht mitschreiben können.«

»Och, das fänd ich nicht so schlimm.«

»Du könntest mir die Aufgaben bringen. Damit ich nicht so viel verpasse.«

Pauls Herz machte einen Satz, aber er versuchte, seine Freude nicht allzu deutlich zu zeigen. »Ja, könnt ich machen«, sagte er leichthin.

»Aber ich könnte auch Isabell fragen«, meinte Aurelie.

»Nein, nein. Ich mach das schon. Kein Problem!«

»Fein!«

»Tja, also dann … komm ich morgen wieder«, sagte Paul und stand auf.

»Fein!«, wiederholte Aurelie mit ihrem strahlenden Lächeln. Für dieses Lächeln hätte Paul ihr die ganze Schule ins Krankenhaus getragen.

Es dauerte drei ganze Wochen, bis Aurelie wieder zur Schule gehen konnte. Während dieser Zeit besuchte Paul sie jeden Tag gleich nach Schulschluss und sprach mit ihr den Unterrichtsstoff durch. In Mathe und Französisch begriff sie schneller als er, was er ihr zu erklären versuchte. Er stellte fest, dass sich hinter ihrem schönen Gesicht eine blitzschnelle Auffassungsgabe verbarg, die ihn seine eigene Unzulänglichkeit noch deutlicher spüren ließ.

Manchmal fragte er sich, mit welchem Recht er neben ihr sitzen, in ihre bergkristallblauen Augen sehen und ihren erdigen Geruch einatmen durfte. Er konnte es kaum fassen, aber Aurelie freute sich wirklich, wenn sie ihn sah. Aus dem Kuss auf die

Wange wurde eine Umarmung, aus flüchtigen Blicken wurden offene und auch schon mal länger andauernde Augenkontakte, die Pauls Knie weich werden ließen.

Sie erzählte ihm von ihren verschiedenen Stiefvätern und den zugehörigen Wohnorten. Ihre Mutter lebte inzwischen in der fünften Ehe; wenn man die drei Monate währende Ehe mit einem steinreichen, aber steinalten Griechen dazuzählte, sogar sechs. Er sei aber schon bei der Hochzeit die Stufen der Kirche fast nicht hinaufgekommen und dann schnell und schmerzlos an einem Herzinfarkt verstorben. Eigentlich, so sagte Aurelie, sei er ihr von allen Stiefvätern der liebste gewesen, weil er gar nicht erst versucht hatte, sich bei ihr einzuschmeicheln. Er habe ihr gleich zu Beginn gesagt, er erwarte nicht, dass sie ihn möge, und schon gar nicht, dass sie ihn als Vater anerkenne, dafür sei er viel zu alt.

»Er wollte nur nicht sterben, ohne dass an seinem Grab eine schöne Ehefrau um ihn trauert. Deswegen hat er meine Mutter geheiratet.«

»Oh«, machte Paul nur.

»Der schlimmste war dieser Franco, ein Italiener. Ich glaube, der hat meine Mutter wegen mir geheiratet.«

»Wegen dir?«, fragte Paul.

»Ich war zwölf, und er kam ständig zu mir ins Bad, wenn ich unter der Dusche stand.«

Mit offenem Mund starrte Paul sie an.

»Wir wohnten in dieser Villa in Rom, wo man die Türen nicht abschließen konnte«, fuhr sie unbeeindruckt fort. »Bestimmt hat er die Schlüssel alle versteckt, damit niemand sich einschließen konnte. Ich war ja noch total unentwickelt, aber ich glaube, er stand darauf.«

Paul zwang sich, nicht auf ihre Brüste zu starren, die sich unter ihrem dünnen T-Shirt deutlich abzeichneten. Sie saß auf ihrem Bett und trug keinen BH.

»Einmal hat meine Mutter ihn dabei erwischt. Sie hat sich sofort scheiden lassen.«

»Sehr vernünftig«, sagte Paul und nickte heftig mit dem Kopf.

»Pah«, machte Aurelie. »Sie war nur eifersüchtig. Das war alles.«

»Das kann ich nicht glauben!«

»Nein, lieber Paul«, sagte Aurelie sanft. »Und genau deswegen mag ich dich.«

Kapitel 10

Schatten

Paul erlebte die drei schönsten Wochen seines Lebens. Die Minuten mit Aurelie tauchten den ganzen Rest des Tages in ein warmes Sonnengelb. Der Tag ihrer Rückkehr in die Schule jedoch hing wie ein schwarzer Schlusspunkt am Ende dieser glücklichen Zeit. Manchmal wünschte Paul, dass ihr Knie sich niemals wieder erholen würde. Dann erschrak er über sich selbst.

Von Aurelie wusste er, dass sie an den Nachmittagen und Abenden viel Besuch bekam, aber Paul sorgte immer dafür, dass er niemandem begegnete. So konnte er mit dem Gefühl nach Hause gehen, dass sie ihm gehörte, ihm allein.

Als es dann schließlich so weit war, wartete er am Schultor auf sie. Sie kam mit dem Taxi – natürlich zehn Minuten zu spät. Der Unterricht hatte bereits begonnen. Mühsam sortierte sie ihre Krücken, um aussteigen zu können. Paul sprang herbei, um ihr zu helfen, doch sie wies ihn zurück.

»Das muss ich alleine schaffen. Wieso bist du überhaupt hier? Die Stunde hat doch schon angefangen!«

»Ich dachte, du brauchst vielleicht Hilfe.«

Sie schüttelte den Kopf. »Ich komme gut alleine klar.«

Das Klassenzimmer befand sich im dritten Stock. Zu Hause hatte Aurelie verbissen geübt, mit den Krücken die Treppen zu bewältigen. Jetzt wusste Paul, warum. Sie wollte nicht auf fremde Hilfe angewiesen sein.

Langsam und stetig arbeitete sie sich die vielen Stufen hoch. Paul ging hinter ihr her, bereit, sie aufzufangen, wenn sie abrutschen sollte. Nach der Hälfte der Stufen sagte Aurelie:

»Schon peinlich, wenn wir jetzt zusammen zu spät kommen.«

»Wieso?«

Sie antwortete nicht, und Paul fragte nicht weiter. Über das Sonnengelb der letzten Wochen legte sich ein Schatten.

In der dritten Stunde hatte Paul Religion und Aurelie eine Freistunde. Er saß am Fenster und konnte den kleinen Park überblicken, der hinter dem Schulgebäude lag. Während der Lehrer über den ersten Brief des Paulus an die Korinther dozierte, wanderte Pauls Blick immer wieder nach draußen.

Da sah er Aurelie. Gestützt von einem Jungen, humpelte sie auf eine Parkbank zu. Diese Hilfe akzeptierte sie also.

Der Junge war einer von denen, die den Scheitel an der Seite trugen und die lange Tolle ständig zur Seite werfen mussten, um überhaupt etwas sehen zu können. Einer von denen, die rosafarbene Polohemden und College-Schuhe trugen und die den Wohlstand der Eltern mit Freuden in Alkohol, Zigaretten und Drogen umsetzten. Solche gab es an seiner Schule auch. Aber den da unten kannte er nicht.

Mit diesem Jungen saß Aurelie nun auf der Bank. Diesen Jungen küsste sie. Lange und ausgiebig. Paul hatte sie noch nie küssen sehen. Wenn sie es mit Ralf getan hatte, dann nicht so – vor den Augen der ganzen Schule. Sicher war er nicht der Einzige, der in diesem Moment in den Park hinuntersah.

Paul hatte noch nie ein Mädchen geküsst. In ganz verwegenen Momenten hatte er sich vorgestellt, wie es wohl sein mochte, Aurelie zu küssen. Ob sie auch nach Erde *schmeckte,* oder ganz anders?

Ein Stoß in die Seite holte ihn zurück in die Klasse. Sein Sitznachbar flüsterte: »Paulusbriefe, los, aufschlagen!« Paul riss den Blick von dem Pärchen auf der Bank los und blätterte hektisch in seiner Bibel herum. Wo war die Textstelle, um die es gerade ging?

Der Schatten auf dem Sonnengelb vertiefte sich.

Nach Ende der letzten Schulstunde bot Paul Aurelie an, ihr die Treppe hinunterzuhelfen. Sie war gerade dabei, ihre Bücher in die Tasche zu packen, und schaute nur kurz auf, ohne ihm eine Antwort zu geben. Geduldig blieb er vor ihrem Tisch stehen. Gunter, Isabell und noch zwei weitere Mitschüler fragten ebenfalls, ob sie ihr helfen könnten.

»Nein danke«, sagte sie jedes Mal. »Paul macht das schon.«

Dann zog sie sich hoch und griff nach den Krücken, die Paul für sie bereithielt. Mittlerweile war die Klasse leer.

»Fährst du wieder mit dem Taxi?«, fragte er.

»Thomas nimmt mich mit nach Hause.«

Thomas hieß er also.

»Ich hab euch gesehen eben, da unten.« Er nickte mit dem Kopf zum Fenster hin.

Aurelie zog die Augenbrauen hoch, sagte aber nichts.

»Seit wann bist du …?« Paul brachte die Worte nicht über die Lippen.

»Mit ihm zusammen? Seit einer Woche.«

»Und woher kennst du ihn?«

»Er wohnt bei uns um die Ecke. Seine Eltern sind mit meinem Stiefvater befreundet.«

»Ach so«, machte Paul nur.

Er trug Aurelies Tasche bis zum Schulparkplatz, wo Thomas an einen schwarzen VW Golf gelehnt wartete. Er war also schon achtzehn. Er schnippte einen Zigarettenstummel weg, als sie sich näherten.

Unbeholfen hielt Paul ihm Aurelies Tasche hin. Thomas gab Aurelie einen Kuss auf den Mund, bevor er die Tasche entgegennahm.

»Das ist Paul«, sagte Aurelie. »Er ist in meiner Klasse.«

»Danke, Paul«, sagte Thomas betont freundlich und half Aurelie ins Auto.

Dann warf er seinen langen Scheitel zur Seite und stieg selbst ein, ohne Paul noch einmal anzusehen.

Als der Wagen vom Schulgelände fuhr, verschwand der letzte Rest Sonnengelb in einer Wolke aus stinkenden Abgasen.

Die Sommerferien nahten. Mit ihnen würde Aurelie für sechs lange Wochen in unerreichbare Ferne rücken. Sie hatte ihm erzählt, dass sie ihre verschiedenen Verwandten in allen Teilen der Erde besuchen würde. Paul selbst verbrachte eine Woche bei seiner Tante in Belgien. Den Rest der Zeit würde er im Geschäft aushelfen. Das letzte Mal war er mit seinen Eltern verreist, bevor er in die Schule kam. Fünf Tage Nordsee, mehr war nie drin gewesen.

Am 12. Juli hatte Aurelie Geburtstag. Sie wurde siebzehn und lud die ganze Klasse zu einer großen Party in »die weiße Villa« ein. So nannte sie das Haus, in dem sie lebte.

»Ich habe kein Zuhause«, hatte sie einmal zu Paul gesagt. Nur vorübergehende Wohnorte, Provisorien bis zur nächsten Trennung. Aber die weiße Villa gehörte mit zu den schönsten Provisorien, in denen sie bisher gelebt hatte.

»Warum?«, hatte Paul gefragt.

»Weil ich mir mein Zimmer selbst gestalten durfte«, hatte sie geantwortet. »Und es gibt noch einen Grund.«

»Welchen?«

Sie hatte ihn nicht verraten, ihn nur auf eine sehr seltsame Weise angesehen, die seinen Magen durcheinandergebracht hatte.

Am Abend der Party kam Paul zu früh. Genau genommen kam er eine Viertelstunde zu spät, aber er war der Erste. Bis auf Thomas. Der saß im Wohnzimmer und rauchte. Weder Aurelies Mutter noch der Stiefvater waren da.

»Setz dich«, sagte Aurelie. »Ich geh mich eben fertig machen.«

War sie es nicht schon? Für Paul sah sie nicht so aus, als gäbe es noch irgendetwas an ihr »fertig« zu machen. In ihrem Sommerkleid und mit den schwarzen Haaren, die glatt und glänzend über ihre nackten Schultern fielen, war sie perfekt. Am liebsten hätte er sie auf der Stelle gezeichnet.

Unschlüssig blieb er mitten im Raum stehen. Wo sollte er Platz nehmen? Er hatte Angst, die weißen Ledersofas schmutzig zu machen, auch wenn er überhaupt nicht schmutzig war. Schließlich entschied er sich für einen Stuhl, der neben dem Fenster stand. Der war wenigstens nicht weiß.

Thomas sah unter seinem Scheitel hervor und musterte ihn. Paul konnte den Blick nicht deuten.

»Hi«, sagte Paul und hob ein klein wenig die Hand. Vielleicht hätte er sie ihm zur Begrüßung reichen müssen?

Aber Thomas schien nicht beleidigt zu sein. Er bot ihm eine Zigarette an.

»Nein danke, ich rauche nicht«, winkte Paul ab.

»Wenn du was trinken willst, ist alles in der Küche«, sagte Thomas. Vor ihm stand ein Glas mit einer braunen Flüssigkeit.

Daneben stand ein weiteres Glas, vermutlich das von Aurelie. Es war, bis auf einen kleinen bernsteinfarbenen Rest, leer.

»Danke, später vielleicht.«

»Ihr seid befreundet?«, fragte Thomas und warf die Haare beiseite.

»Nein! Also ich meine, doch. So … locker. Wir machen manchmal Hausaufgaben zusammen.«

»Soso.« Thomas trank einen tiefen Schluck aus seinem Glas.

»Also«, sagte er dann. »Damit die Sache klar ist. Du lässt ab sofort die Finger von ihr, hörst du?«

»Aber ich hab sie gar nicht angefasst!«

»Das ist mir egal. Auch wenn du sie nicht anfasst. Lässt. Du. Die. Finger. Von. Ihr. Klar?«

Zum Glück ging in diesem Moment die Türglocke, und Aurelie rief von oben herunter: »Macht mal einer die Tür auf?«

Da Thomas keine Anstalten machte, wollte Paul die Gelegenheit nutzen, um der unangenehmen Situation zu entkommen. Bevor er aus dem Raum flüchten konnte, sprang Thomas blitzschnell auf und packte ihn am Arm. »Hast du mich verstanden?«

Paul überragte ihn um eine halbe Kopflänge und hatte die kräftigeren Oberarme, aber das half nicht. Der Seitenscheitel hatte die teureren Schuhe an, und sein Polohemd war von Lacoste. *Er* saß auf diesen weißen Ledersofas, und Aurelie küsste *ihn,* nicht Paul. Jedes Kräftemessen war überflüssig. Die Dinge lagen auf der Hand.

»Ja, hab verstanden«, sagte Paul, und der Seitenscheitel ließ ihn los.

Die Türglocke ging erneut, diesmal gleich zweimal hintereinander.

»He, ihr zwei da unten! Sitzt ihr auf den Ohren?«

Aurelie stand oben auf der Galerie und beugte sich über das Geländer. Paul sah zu ihr hinauf und stolperte fast über seine eigenen Füße. Sie trug ein karminrotes, eng anliegendes, tief ausgeschnittenes Kleid. Die Haare waren hochgesteckt, und sie hatte irgendetwas mit den Augen gemacht. Das also hieß »fertig machen«.

»Was starrst du so? Mach doch auf!«

»Geh ja schon«, murmelte er. Nicht anfassen, hatte Thomas gesagt. Von an*sehen* war nicht die Rede gewesen. Aber irgendetwas sagte ihm, dass er sich auch dabei nicht erwischen lassen durfte.

Vor der Tür standen drei weitere Seitenscheitel. Alle trugen Lacoste-Hemden und Hosen mit Bundfalten. Sie schienen sich auszukennen, denn sie liefen an Paul vorbei, als wäre er unsichtbar, und steuerten direkt auf das Wohnzimmer zu, wo sie sich ohne Umstände zu Thomas auf die weiße Ledercouch fallen ließen. Paul ging in die Küche und nahm sich eine Cola. Im Kühlschrank standen Whisky, Rum und verschiedene Liköre, von denen Paul nicht gewusst hatte, dass es sie gab. Irgendwann kam Thomas in die Küche, um eine Flasche Whisky zu holen.

Nach und nach trafen auch die anderen ein. Bald waren Küche und Wohnzimmer vollgestopft mit Leuten – bekannte Gesichter aus der Schule, aber auch viele, die Paul noch nie gesehen hatte. Einige waren wesentlich älter als Aurelie. Zu essen gab es hübsche, bunte Häppchen, die innerhalb von wenigen Minuten verschwunden waren. Die leeren Mägen füllten sich mit Bier, Wein und Hochprozentigem. Zwischendurch erhaschte Paul immer mal wieder einen Blick auf Aurelie, die in ihrem roten Kleid wie ein Rubin inmitten grauer Kieselsteine leuchtete. Sie tauchte mal hier, mal dort auf, wechselte ein paar Worte, lachte, tanzte und trank bunte Cocktails. Manchmal lag sie in Thomas' Armen und küsste ihn lange und ausgiebig. Einmal kam einer von den Seitenscheiteln auf Paul zu und bot ihm einen Joint an. Paul winkte ab.

»Rauchst nicht?«

»Nein«, sagte Paul und wollte sich abwenden.

»Die schon mal probiert?«

Der Typ hielt ihm eine winzige Pille unter die Nase. »Geht echt ab damit.«

»Nein«, sagte Paul wieder, diesmal mit mehr Nachdruck.

»Komm, Alter, kriegst sie auch für'n halben Preis.«

»Spinnst du?«, fragte Paul und ließ ihn stehen.

Die Musik dröhnte, und die Stimmen schrillten in Pauls Ohren. Er scannte die Menge ab, auf der Suche nach Aurelie. Thomas lag inzwischen lang ausgestreckt auf dem Boden vor dem Sofa. Er blies Rauchringe in die Luft und starrte an die Decke. Die Luft war zum Schneiden, der süßliche Geruch der Joints mischte sich mit dem Schweiß der Tanzenden. Aurelie war nirgends zu sehen.

Er lief die Treppe hinauf und öffnete die Tür zu ihrem Zimmer. Dort lag ein Pärchen auf Aurelies Bett und kopulierte.

»Tschuldigung«, murmelte er und schloss hastig die Tür. Es war mittlerweile weit nach Mitternacht, und er hätte längst zu Hause sein müssen. Wenn seine Mutter noch wach war, würde es Ärger geben, aber er konnte nicht gehen, ohne Aurelie gefunden zu haben.

Er lief zurück ins Wohnzimmer. Die Terrassentür stand offen, und der Lärm schallte in die Nacht. Paul wanderte auf den Rasen hinaus, wo vereinzelt Pärchen herumstanden oder lagen und knutschten.

Ganz am Ende des Grundstücks sah er sie. Ihr rotes Kleid schimmerte im Widerschein des Pools. Sie stand dort mit einem von Thomas' Freunden. Paul konnte nicht sehen, ob der sie »anfasste« oder sie ihn, er hörte nur ihr perlendes Lachen. Er setzte sich auf eine Gartenliege und wartete. Nach einer Weile kam Aurelie alleine zum Haus zurück. Sie war barfuß und lief unsicher.

Paul stellte sich ihr in den Weg.

»Ich gehe jetzt nach Hause«, sagte er.

»Paul, mein liiiieber Paul«, gurrte sie und legte ihm die Hand auf die Wange. »Ww-willst du mich schon verlassen?«

»Du bist betrunken.«

»Nee-eiin, nnnich betrunken. Bekifft bin ich, Paul, total bekifft. Und jetzt 'ab ich noch so eine süüße kleine Pille …« Sie kicherte.

»Lass die Finger von dem Zeug!«

»Och, Paul, sei doch nicht so langweilig.«

»Dieser Thomas – der ist nicht gut für dich.«

»Nein?«

»Nein.«

»Wer ist denn gut für mich, Paul?«, fragte Aurelie. Sie legte den Kopf schief und sah ihn von unten herauf an. Ihr Gesicht leuchtete weiß in der Dunkelheit. Sie machte einen Schritt auf ihn zu und schwankte leicht. Um sich abzustützen, legte sie ihre Hand auf seine Brust. Die Berührung war federleicht, aber sie nahm Paul den Atem. Für einen kurzen Moment dachte er, er könne sie einfach küssen. Die Musik im Hintergrund, die Blicke der Mitschüler auf der Terrasse, Thomas, die weiße Villa mit all ihrer geldstrotzenden Kälte, all das ertrank im Sog eines Schwindels, der sich von seinen Lenden über den ganzen Körper ausbreitete. Doch der Moment ging vorbei, die Lautstärke der Musik schwoll wieder an, und er sah sich mitten auf dem Rasen stehen, groß und unbeholfen, mit einem Mädchen, das zu erfahren für ihn war, zu reich, zu schön. Er wusste nicht einmal, wie man küsste.

Aurelie ließ ihre Hand sinken und sagte: »Weißt du, ich komme nach den Ferien nicht wieder.«

»Was?«

»Ich komme nicht wieder zurück in die Schule.«

Sie schien auf einmal völlig nüchtern zu sein.

»Was soll das heißen?«

»Ich gehe auf ein Internat in der Schweiz. Meine Mutter will es so.«

»Aber … das versteh ich nicht.«

»Sie will mich weghaben.«

»Das glaube ich nicht.«

»Doch, und es ist besser so. Ich kann sie auch nicht mehr ertragen. Ich kann das alles hier nicht mehr ertragen, Paul!«

Bei den letzten Worten hakte etwas in ihrer Stimme. Paul stand mit hängenden Armen vor ihr. Er sah das Schimmern in ihren Augen und spürte ihre Verzweiflung in seiner Brust. Er konnte den Schmerz kaum aushalten und hätte alles gegeben, um ihn ihr zu nehmen.

Aber er wusste nicht wie.

Kapitel 11

Verpasst

Er hätte sie in den Arm nehmen können, damals. Er könnte auch Barbara jetzt in den Arm nehmen.

Seine Frau stand vor ihm, Tränen in den Augen. Paul hielt die Hände in den Hosentaschen vergraben und versuchte, die Bilder abzuschütteln, die ihn zu den unpassendsten Momenten heimsuchten. Das hier war real. Seine Frau mit ihrer Verzweiflung. Die Näherin hatte die Gardinen für eine gute Kundin um ganze zehn Zentimeter zu kurz angefertigt. Nun musste alles neu gemacht werden, dabei war ohnehin so viel zu tun.

Früher hatte Paul seine Frau manchmal umarmt, als sie noch jung und hübsch war, mit ihren runden Augen und den tiefen Grübchen in den prallen Wangen. Er hatte aber recht bald damit aufgehört. Und nun war es zu spät, um es wieder anzufangen. Es geschah auch nicht oft, dass sie so verzweifelt war. Wenn etwas schiefging, war sie in der Regel wütend – meistens auf ihn. Diesmal aber trug Paul keine Schuld, das konnte selbst Barbara nicht anders wenden.

Er versuchte ein paar tröstende Worte und erntete ein vernichtendes: »Dir ist doch sowieso alles egal!«

Er wandte sich ab und ging zurück in den Laden. Dabei streifte er mit einer Hand wie zufällig über die fertigen

Schlaufengardinen, die auf dem Tisch mit der abzuholenden Ware lagen. Sie war noch nicht gekommen.

Seine Frau hatte sich anfangs geweigert, die Gardinen zu nähen. Ohne Namen und Adresse des Kunden bearbeite sie den Auftrag nicht. Was der Herr Geselle sich dabei gedacht habe, ob er denn zum ersten Mal einen Auftrag angenommen habe. Paul vermutete, der junge Mann war so geblendet von Aurelies Schönheit gewesen, dass ihm der Sinn für die naheliegenden Dinge abhandengekommen war. Das allein wäre Grund genug, den jungen Mann mit einem kräftigen Tritt in den Hintern an die Luft zu setzen. Aber ein neuer Mitarbeiter war nicht so leicht zu bekommen. Schon gar keiner, der mit einer ähnlichen Präzision und Geschwindigkeit Sofas aufzupolstern vermochte. So hatte Paul seine Frau mit dem Versprechen besänftigt, er würde sich höchstselbst darum kümmern, dass die Gardinen ihren Abnehmer finden würden. Schließlich könne man Fertiggardinen ja durchaus anderweitig verkaufen, sollte die Kundin sich tatsächlich nicht mehr blicken lassen. Standardmaße, ein wenig Spiel im Saum, so sollte es gehen.

Seit einer Woche lagen sie nun hier. Keine Sekunde hatte Paul den Laden verlassen. Irgendwann *musste* sie doch wieder auftauchen!

Er war gerade dabei, eine Reihe von Kissenbezügen in die entsprechenden Schubladen zurückzuräumen, als er lautes Fluchen und Heulen von hinten hörte.

Er eilte in die Werkstatt, wo sein Geselle sich die bluttropfende Hand hielt.

Auf dem Boden lag das Teppichmesser, und Barbara wischte das tropfende Blut hastig mit einem Stoffrest auf.

»Nun tun Sie doch ein Pflaster drauf!«, schimpfte sie den Gesellen an, der in eine Schockstarre gefallen zu sein schien.

»Hab keins«, presste der junge Mann zwischen kreidebleichen Lippen hervor.

Barbara rollte mit den Augen. »Der Verbandskasten, Paul, wo ist der?«

»Der steht da in der Ecke, aber ich glaube …« Er zog den Kopf ein, noch bevor er den Satz zu Ende gesprochen hatte. Im Verbandskasten waren keine Pflaster mehr. Das hatte er bereits festgestellt, als er sich selbst bei der Arbeit an Frau Berlingers Sofa verletzt hatte. Doch er hatte versäumt, neue Pflaster zu kaufen. Vergessen, einfach vergessen. Dummerweise vergaß er in letzter Zeit sehr viele Dinge. Seine Frau bedachte ihn mit dem bösesten Blick, zu dem sie fähig war, und Paul sagte hastig: »Jaja, ich geh ja schon.«

In der Apotheke ein paar Häuser weiter herrschte Hochbetrieb. Alle Senioren der Nachbarschaft schienen sich verabredet zu haben, gemeinsam und genau zu dieser Stunde die Apotheke zu belagern. Eine lange Schlange hatte sich gebildet, und Paul reihte sich ein. Es ging einfach nicht vorwärts. Er sah auf die Uhr und seufzte. Als er endlich mit dem Pflaster aus der Apotheke trat, war es fast ein Uhr. Wahrscheinlich war der Geselle inzwischen verblutet.

Aber der kam ihm mit einem Verband um die verletzte Hand auf halbem Wege entgegen.

»Ich mach Mittagspause, Chef«, sagte er. »Brauch 'nen starken Kaffee auf den Schreck.«

»Wo haben Sie den Verband her?«

»Ihre Frau. Hatte Pflaster und Verband in der Wohnung.«

Dafür hatte er sich also eine geschlagene Viertelstunde die Krankengeschichten der Nachbarschaft anhören müssen. Paul unterdrückte einen deftigen Fluch.

Der junge Mann war noch immer ein wenig bleich um die Nase.

»Dann erholen Sie sich mal«, sagte Paul und klopfte ihm auf die Schulter, während er insgeheim dachte, dass er zwar ein begnadeter Polsterer war, ansonsten aber zu herzlich wenig taugte.

»Ach ja«, sagte der Geselle noch, bevor er sich zum Gehen wandte. »Die Kundin war eben da und hat ihre Gardinen abgeholt.«

»Welche Kundin?«

»Na, die mit den Schlaufen! Sie kam, als Sie gerade weg waren. Ist also alles prima!«, erwiderte der Geselle und strahlte.

»Wieso hast du keine Rechnung ausgestellt?«

»Sie brauchte keine. Hat bar bezahlt.«

»Keine Quittung?«

»Wollte sie nicht.«

»Kein Name, keine Adresse für die Kundendatei?«

»Nein. Sie hatte es eilig. Kam nur schnell reingesprungen, hat bezahlt, und weg war sie.« Argwöhnisch sah Barbara ihn an. »Wieso interessiert dich das so?«

»Tut's nicht«, sagte Paul.

»Natürlich nicht«, entgegnete Barbara zynisch.

Barbara war schon längst ins Bett gegangen. Paul saß auf dem Sofa im Wohnzimmer und starrte die gegenüberliegende Wand an. Der Fernseher lief ohne Ton, und das Flackern des Bildschirms erleuchtete den Raum. Grün, blau, gelb, rot, violett. Ein paarmal war er kurz davor, aufzustehen und die Situation zu verändern. Ins Bett zu gehen. Oder in den Keller. Oder in die Küche und sich ein Bier zu holen. Oder besser gleich einen Whisky. Doch er tat nichts davon. Eine lähmende Müdigkeit hatte ihn erfasst. Nicht einmal die Augen konnte er schließen, um einfach einzuschlafen. Die Zeit war eingefroren im Jetzt.

* * *

Die Tage wurden immer länger. Noch erhellte ein Rest Abendsonne die kleine Wohnung. Genug Licht, um die neuen Gardinen aufzuhängen. Es wurde auch Zeit. Dieser schmierige Kerl von gegenüber hing schon wieder im Fenster.

Sie zog die Leiter herbei, stellte sich darauf und winkte zu ihm hinüber. Dann streckte sie ihm die Zunge raus. Irritiert schnippte er seine Zigarette in den Innenhof und zog den Kopf zurück. Sie lachte zufrieden.

Eine nach der anderen schob sie die Schlaufen auf die Gardinenstange. Der Stoff fiel leicht und war doch fest gewebt. Ein helles Taupe, so wie man es in Frankreich in vielen Landhäusern fand. Sie liebte diese Farbe, in Kombination mit Weiß sah sie sehr edel aus. Die Sache war deutlich teurer geworden, als sie geplant hatte, aber dafür war es gute Handarbeit. Jetzt würden ein paar Bezüge im selben Stoff für die Stuhlkissen gut passen. Vielleicht sollte sie sich die auch noch leisten.

Es war ein seltsamer kleiner Laden. Wenn sie ihn betrat, hatte sie das Gefühl, die Zeit wäre darin stehen geblieben. Die Regale aus den Fünfzigern, der Teppich aus den Siebzigern, der unbeholfene junge Kerl, der sie zweimal bedient hatte, fast so verstaubt wie die Stoffe auf den obersten Regalen. So muffig und gestrig dieser Laden auch sein mochte, irgendetwas berührte sie eigenartig, wenn sie an dieser altmodischen Ladentheke stand. Es war wie ein Déjà-vu, aber ohne das passende Bild dazu.

Sie stieg vom Stuhl hinunter, zog die Gardinen zu und zündete ein paar Kerzen an, obwohl es draußen noch nicht ganz dunkel war. Ein wunderbares Licht, warm und gemütlich. Sie kochte eine Tasse Tee und setzte sich mit überkreuzten Beinen aufs Sofa. Sie liebte ihre neue Wohnung. Klein zwar, aber die hohen Decken gaben ihr das Gefühl von Freiheit. Endlich Raum zum Atmen. Vieles hatte zurückbleiben müssen, weil in den knapp fünfunddreißig Quadratmetern gerade das Sofa, ein Bett, ein Tisch und ein paar Stühle Platz fanden. Einige ihrer Bilder standen mit dem

Gesicht zur Wand gelehnt neben dem Bücherregal. Sie hatte sie aufhängen wollen, aber das erschien ihr mit einem Mal nicht mehr richtig. Die großen Leinwände hatte sie nicht mitnehmen können. Die würden nun im Keller der Villa in Saint-Cloud vermodern. Wer sollte sie auch aufhängen, diese überdimensionalen Farbpanschereien. Es wurde Zeit, all das hinter sich zu lassen.

* * *

Paul schreckte hoch und sah verwirrt um sich. Er war sicher gewesen, noch auf dem Sofa zu sitzen, doch er lag im Bett, und neben ihm schnarchte seine Frau. Wann war er zu Bett gegangen? Aber nein, richtig, es waren bereits zwei Tage vergangen, seit er Aurelie wieder einmal verpasst hatte. Wegen eines Pflasters.

Die Zeit war zu einer amorphen Masse geworden, die sich rücksichtslos durch sein Leben wälzte und ihn an den Rand seiner Tage drängte. Dahinter war nur noch das Nichts. Das Leben schien sich in Zwischenräumen abzuspielen, zu denen er keinen Zugang hatte.

Er schwitzte. Er stand auf und öffnete das Fenster, aber draußen herrschte eine drückende Schwüle, die nicht in diese Jahreszeit gehörte. Oder hatte er auch verpasst, dass der Frühling bereits vergangen war?

Die Leuchtanzeige des Weckers warf ein grellrotes 3:45 in die Nacht. An Schlaf war nicht mehr zu denken. Also zog er sich leise an und schlich in den Keller. Er zuckte beinahe zusammen, als er das Licht einschaltete. Sein Konterfei auf der großen Leinwand schien ihm entgegenzuspringen. Das Bild war fertig, aber er hatte es nicht begraben. Er *konnte* sich nicht selbst begraben. Aber auch den Anblick dieses gebeugten alten Mannes mit den blutigen Händen konnte er nicht ertragen. Er drehte das Bild zur Wand und packte eine neue Leinwand aus. Das dünne

Zellophan knisterte. Es war wie das Flüstern einer Geschichte, die noch zu erzählen war. Er liebte dieses Geräusch.

Er begann mit den Augen. Braun mit einem leichten Grünstich. Die große Nase, leicht gekrümmt, die großen Ohren. Das noch volle Haar. Eine schlechte Haltung hatte er als junger Mann schon gehabt. Er malte sich mit ernstem Blick, die Stirn gerunzelt, das Kinn vorgeschoben. Ein paar Fältchen schon um Mund und Augen. So hatte er mit Mitte dreißig ausgesehen, als sein Vater gestorben war und er das Geschäft endgültig übernommen hatte. Gerade frisch verheiratet. Es war ein Herzenswunsch seiner Mutter gewesen, dass Barbara seine Frau würde. Sie war ja auch ein nettes Mädchen damals. Die Grübchen, das herzliche Lächeln, ihre weiblichen Rundungen. Warum also nicht? Selten hatte Paul seine Mutter so glücklich und stolz gesehen wie am Tag seiner Hochzeit. Es hatte auch sicher nicht an Barbara gelegen, dass sie nie Kinder bekommen hatten. Gewiss hatte der jahrelange Umgang mit den Farben und Lösungsmitteln ihn zeugungsunfähig gemacht.

Paul setzte den Pinsel ein letztes Mal an und zeichnete ein paar Striche um Lippen und Nase. Der junge Paul bekam einen energischen Zug um den Mund. Er schien ihn plötzlich auffordernd anzusehen. Fast ein wenig erschrocken wich Paul zurück.

»Was willst du von mir?«, fragte er. »Schau mich nicht so an! Ich bin ein alter Mann. Es ist zu spät!«

Er packte das Bild und drehte es zur Wand, genau wie das andere. Nachdenklich betrachtete er die Rückseiten der beiden Leinwände.

Aachen war keine große Stadt. Er hatte sie ein paarmal gesehen. Einmal auf dem Rad. Das konnte nur bedeuten, dass sie in Aachen lebte. Eine kleine Wohnung. Die Länge der Gardinen ließ darauf schließen, dass die Wohnung hohe Decken hatte. Also ein Altbau. Die gab es nur in der Innenstadt. Eine kleine, geschmackvolle Innenstadtwohnung, in der sie alleine lebte. Geschieden? Verwitwet?

Er streckte die Hand aus und berührte den Rahmen des Porträts, das er heute gemalt hatte. Aurelie hatte niemals erfahren, dass seine Eltern Raumausstatter waren und auch er diesen Beruf ergreifen würde. Für sie war es eine ausgemachte Sache gewesen, dass er Kunst studieren musste. Wäre sie enttäuscht, wenn sie erführe, dass er ein einfacher Handwerker geworden war?

Langsam drehte er das Porträt wieder um. Der energische Zug um den Mund war verschwunden. Jetzt schien es, als lächle ihm sein Konterfei zu. Die Aufforderung im Blick war jedoch geblieben. »Du solltest sie suchen«, schien dieser Blick zu sagen. »Geh raus, setz dich in Cafés, beobachte die Leute. Genieße! Vielleicht triffst du sie!«

»Es ist zu spät!«, wollte er antworten. »Sie wird mich vergessen haben.«

Dumpf hörte er oben in der Werkstatt, die genau über dem Keller lag, ein Poltern. War etwa der Geselle schon da? Hastig stellte er den Pinsel in die Terpentinlösung und zog seinen Kittel aus. Kurz bevor er das Licht löschte, trat er noch einmal an das Porträt heran.

Es war gelungen. Vielleicht hatte er nie wirklich so ausgesehen, aber das spielte keine Rolle. Es war gut zu wissen, dass er ihn noch immer in sich trug, diesen jungen Mann mit all seinen Hoffnungen und Träumen. Wenn er es recht bedachte, könnte es ihm schon gefallen, einmal wieder die Mittagspause für einen Spaziergang zu nutzen. Er könnte gleich heute damit anfangen. Er mochte schon fast fünfzig sein, aber zum Leben war es vielleicht doch noch nicht zu spät.

Kapitel 12

Abschied

Am letzten Schultag war Aurelie eine der Ersten, die nach Unterrichtsschluss die Klasse verließen. Es hatte eine kleine Abschiedsfeier gegeben, mit Kuchen und einem Abschiedsgeschenk für Aurelie. Alle hatten ein Klassenfoto unterschrieben, auf dem sie ursprünglich nicht zu sehen gewesen war, weil sie zum Zeitpunkt der Aufnahme noch gar nicht zur Klasse gehört hatte. Gunter war auf die Idee gekommen, ein Foto von ihr zurechtzuschneiden, sie in die Lücke zwischen dem Lehrer und den Schülern der 10b zu kleben und das Bild zu einem Poster zu vergrößern. Nun sah es aus, als schwebe Aurelie über dem Boden. Sie war auch ein klein wenig größer als die übrigen Schüler auf dem Bild. Teil und doch nicht Teil einer Gemeinschaft, die nach ihrem Weggang einfach weiterbestehen würde wie bisher. Für keinen von ihnen würde sich etwas ändern, wenn sie nicht mehr da war. Darüber konnten auch die Tränen nicht hinwegtäuschen, die bei dem einen oder anderen Mädchen flossen, das glaubte, in Aurelie eine Freundin gefunden zu haben.

Aurelie selbst weinte nicht. Sie nahm die überschwänglichen Umarmungen mit großer Gelassenheit hin und verschwand, bevor Paul sich von ihr verabschieden konnte.

In den Tagen nach der Party hatten sie kaum miteinander gesprochen. Er war einfach gegangen, nachdem Aurelie ihm gesagt hatte, dass sie die Schule verlassen würde. Er hatte gewusst, dass sie die Pille nehmen würde, die Thomas' Freund ihr gegeben hatte. Wahrscheinlich hatte sie auch weitergeraucht und -getrunken. Und dennoch war er gegangen. Er wusste nicht, was er sonst hätte tun sollen.

Missmutig packte er seine Sachen zusammen und schlich als einer der Letzten aus der Klasse. Er hatte die Versetzung geschafft, aber das war vollkommen gleichgültig geworden. Die allgemeine Ferienstimmung brandete gegen die unsichtbare Wand, die ihn seit der Party in der vergangenen Woche umgab. Die Geräusche der Umgebung erreichten ihn nur noch in Schüben, so als öffne sich hin und wieder eine Tür hinaus in die Welt.

Er wollte keine Ferien. Er wollte einfach weiter in die Schule gehen, darauf warten, dass Aurelie wie immer morgens ein paar Minuten nach Unterrichtsbeginn in die Klasse schlüpfte, weil sie mit Thomas noch knutschend vor dem Schultor gestanden hatte. Er wollte sie während des Unterrichts betrachten können und während der Pause beobachten, wie sie sich bewegte. Er wollte weiterhin die Nachmittage an den vielen Skizzen und Studien arbeiten, die er von ihr anfertigte. Natürlich gab es ihm jedes Mal einen Stich, wenn er sah, wie sie sich zu Thomas hochreckte und ihm einen Kuss gab, wie sie die Haare in den Nacken warf und sich in sein Auto setzte. Aber dieser kleine Schmerz war nichts im Vergleich zu dem gähnenden Abgrund, der sich vor ihm auftat, wenn er daran dachte, sie womöglich niemals wiederzusehen. Eine Weile würde er sie vielleicht aus der Erinnerung zeichnen können, aber auch die würde irgendwann verblassen. Und dann blieb ihm nichts mehr, außer den stümperhaften Skizzen, die daheim in seiner Schublade lagen. Die Zeit hatte nicht gereicht, um hinter das Geheimnis ihrer

Schönheit zu kommen und sie in Farbe auf das Papier zu bannen. Er war einfach nicht gut genug. Er wusste, er könnte es irgendwann werden, aber noch war er es nicht. Er war bereit zu üben, bis ihm vor Müdigkeit der Pinsel aus der Hand fiel. Doch ohne Aurelie konnte er es nicht. Ohne Aurelie fehlte ihm sein Modell, seine Inspiration, sein Antrieb. Ohne Aurelie fehlte ihm alles.

Er stocherte lustlos in seinem Mittagessen herum, als das Telefon klingelte. Seine Mutter nahm den Hörer ab. Er konnte sie von seinem Platz am Tisch sehen. Sie stand mit ihrem krummen Rücken im Halbdunkel des Flures und fragte: »Wer ist da? Entschuldigung, aber ich habe den Namen nicht verstanden.«

Dann ließ sie den Hörer sinken und sagte: »Paul, das ist für dich.«

Es war Aurelie.

»Hast du Zeit 'eute Nachmittag?« Ihre Stimme klang dünn.

Er brauchte eine Weile, bis er seinen Atem unter Kontrolle gebracht hatte und sagen konnte: »Ja, habe ich.«

»Kommst du zu mir?«

»Wenn du willst.«

»Ich will.«

»Und Thomas?«

Sie erwiderte nichts. Er hörte sie atmen, dann ein gepresstes: »Bis nachher.«

Wie betäubt legte er den Hörer auf und wollte in sein Zimmer gehen.

»Paul, du hast noch nicht aufgegessen!«

»Ich hab keinen Hunger mehr.«

»Aber du hast kaum etwas gegessen! Komm wieder her«, befahl seine Mutter. Paul kehrte an den Tisch zurück.

»Was ist denn los?«, fragte sie.

»Nichts.«

Eine Augenbraue der Mutter wanderte hoch, und ihr Blick bohrte sich in seinen. »Wer war denn das?«

»Jemand aus der Schule.«

»Ein Mädchen.«

»Ja, ein Mädchen.«

»Deine Freundin?«

»Quatsch.«

»Jetzt iss. Lass dir von den Mädchen nicht den Appetit verderben.«

Paul gehorchte und zwang sich, so viel von dem Bohneneintopf auf seinem Teller zu essen, dass ein »Ich bin satt« legitim war.

Nachdem er seiner Mutter sein Zeugnis vorgelegt hatte, das sie mit einem »Da hast du ja noch mal Glück gehabt« quittierte, durfte er sich endlich zurückziehen. Aurelie hatte nicht gesagt, wann er kommen sollte. Am liebsten wäre er sofort aufgebrochen, aber er hatte den Auftrag bekommen, noch den großen Sack mit den Stoffresten in den Hof zu tragen und die Werkstatt zu fegen.

Vorher jedoch zog er sämtliche Skizzen von Aurelie aus der Schublade und legte sie nebeneinander. Die von letzter Woche war einigermaßen gelungen. Natürlich nicht gut und weit entfernt von *perfekt,* aber Aurelie trug auf dem Bild das Kleid von der Party, und sie hatte dem Betrachter den Rücken zugewandt. Sie blickte über die Schulter zurück und lächelte. So hatte sie dagestanden, als er gegangen war letzte Woche. Er hatte ihren Blick nicht deuten können, aber auf dem Bild war es ein freundliches Abschiedslächeln. Er nahm noch ein paar Korrekturen vor, faltete die Skizze zusammen und legte sie zwischen die Seiten eines Buches, das Aurelie ihm geliehen hatte. *Der große Gatsby.* Sie hatte es nicht fassen können, dass er das Buch nicht kannte, und darauf bestanden, dass er es las. Es gefiel ihm, aber er war nicht sicher, ob er es wirklich verstand.

Er hatte es heute schon in der Schule dabeigehabt, aber Aurelie hatte ihm keine Gelegenheit geboten, es ihr zurückzugeben. Nun bekam er die Gelegenheit doch. Und die zu einem richtigen Abschied.

Wie verabschiedete man sich *richtig* von einem Mädchen? Von einem Mädchen wie Aurelie? Mit einem Kuss auf die Wange? Einer Umarmung? Oder doch lieber nur einem Handschlag? Gunter hatte sie in den Arm genommen und ungebührlich lange festgehalten. Die anderen Jungen hatten sie geküsst, einmal rechts, einmal links. Der Lehrer hatte ihre Hand in beide Hände genommen und ein paar warme Worte gesagt. In welche Kategorie gehörte er?

Er mochte sich nicht vorstellen, wie sie sich von Thomas verabschieden würde. Thomas, der sie berühren durfte. Thomas, der sie küssen durfte. *Richtig.*

Als er seine Aufträge erledigt hatte, schlich er sich einfach fort, ohne um Erlaubnis zu fragen. Das würde Ärger geben. Aber er konnte nicht riskieren, dass seine Mutter ihn mit weiteren lästigen Pflichten aufhielt.

Die Tür der Villa war nur angelehnt, als er kam. Verwundert trat Paul einen Schritt ins Haus.

»Hallo?«, rief er, und das Echo hallte von den steinernen Fußböden wider. Es brauchte eindeutig mehr Stoff in diesem Haus, um den Schall zu dämpfen.

»Ich bin hier draußen!«, hörte er Aurelie rufen. Es kam vom Garten her.

Er schloss die Haustür, durchquerte die Halle und ging ins Wohnzimmer. Die Terrassentüren standen ebenfalls weit offen. Aurelie saß mit angezogenen Beinen auf einem Stuhl. Vor ihr auf dem Tisch lagen ein paar zusammengeknüllte Taschentücher. Sie trug einen Bikini. Aurelie hatte keine sehr großen Brüste, aber sie waren prall und rund wie zwei wohlgeformte Äpfel. Die winzigen Dreiecke des Oberteils waren so knapp, dass sie mehr entblößten als verdeckten. Er zwang sich, woanders hinzusehen, aber er konnte nicht verhindern, dass ihm das Blut gleichzeitig in den Kopf und in die Lenden schoss.

»Hi«, sagte sie.

»Hi«, entgegnete er und setzte sich hastig auf einen Stuhl an der gegenüberliegenden Tischseite.

»Die Tür war auf«, sagte er.

»Ich hab sie aufgelassen. War hinten im Pool, da hör ich die Klingel nicht.«

»Kann jeder reinkommen«, stellte Paul fest.

»Stimmt. Ich dachte nicht, dass du so lange brauchst.«

»Ich musste noch ein paar Sachen erledigen.«

»Schon okay.« Sie sagte es mit abgewandtem Blick, und es klang, als wäre es alles andere als okay.

»Du hast keine Uhrzeit gesagt«, murmelte er entschuldigend, aber sie ging nicht darauf ein. Stattdessen stand sie auf und sah ihn auffordernd an.

»Magst du schwimmen?«

Ihre Augen und die Nase waren gerötet, als hätte sie geweint, aber es konnte auch vom Chlorwasser des Pools kommen.

»Ich habe keine Badehose dabei.«

»Ist doch egal.«

»Aber …«

»Komm!«, sagte sie und nickte in Richtung Pool. Paul schüttelte den Kopf. Seine Ohren brannten.

»Traust du dich nicht?«

Es war heiß, und er wäre liebend gern in den kalten Pool gesprungen, aber die Vorstellung, sich vor Aurelie nackt auszuziehen, war absurd.

»Na los, komm schon. Kannst ja die Unterhose anlassen. Ich guck auch nicht hin!«

Sie packte seine Hand und zog ihn einfach mit sich. Der Pool lag in der prallen Sonne und glitzerte einladend. Aurelie sprang ohne Umschweife mit einem Kopfsprung hinein. Paul beobachtete, wie ihr schmaler Körper unter Wasser zum anderen Beckenrand glitt. Die langen Haare breiteten sich über ihrem Rücken aus wie ein samtschwarzer Teppich.

»Los, Paul. Das tut so gut! Zieh dich aus. Ich guck auch nicht!«, rief sie, als sie auftauchte, und drehte sich weg.

Paul wusste nicht, was peinlicher war. Sich Hemd und Hose auszuziehen und nur mit Unterhose ins Wasser zu springen oder sich weiterhin zu zieren. Er trug eine dunkelblaue Unterhose, wenigstens das. Die kleine Erektion würde sie nicht sehen, wenn er nur schnell genug ins Wasser sprang. Das kalte Wasser würde das Übrige erledigen.

Schnell entledigte er sich seiner Schuhe und Socken, zog hastig das T-Shirt über den Kopf und öffnete den Gürtel. Da sah Aurelie sich nach ihm um.

»Und? Kommst du?«, fragte sie.

»Guck weg!«, befahl er.

Sie lachte und tauchte unter.

Hastig schlüpfte er aus der Hose und sprang ins Wasser. Es war kälter, als er gedacht hatte. Er schwamm ein paar kräftige Züge, und plötzlich tauchte Aurelie neben ihm auf.

»Siehst du, war doch gar nicht so schwer!«

»Coole Sache, so ein Pool.«

»An manchen Tagen ja. Im Internat in der Schweiz gibt es auch ein Schwimmbad. Größer als das hier.«

»Freust du dich?«

»Auf das größere Schwimmbad?«

Paul rollte mit den Augen. »Aufs Internat!«

Aurelie zog sich aus dem Wasser und setzte sich vor ihm auf den Beckenrand. Die Wassertropfen glitten an ihrem gebräunten Körper herab, und trotz des kalten Wassers spürte Paul, wie sich seine Hoden zusammenzogen. Er presste sich eng an die Beckenwand und legte die Arme neben Aurelie auf die warmen Steine.

»Nein, ich freue mich nicht«, sagte Aurelie. Sie sah zum Haus hinüber und fügte hinzu: »Aber ich bin froh, hier rauszukommen.«

»So schlimm?«

»Grässlich.«

»Und Thomas?«

»Ach Thomas«, sagte Aurelie nur und zuckte mit den Achseln.

»Wirst du ihn nicht vermissen?«, fragte Paul und versuchte, sich seine Freude darüber nicht anmerken zu lassen, dass Thomas ihr nur noch ein Achselzucken wert war.

»Ich habe mir das Vermissen abgewöhnt«, sagte sie und sah auf ihn herunter. Er versank in ihrem Blick, in dem so viel Traurigkeit lag. Ihre Hand berührte wie durch Zufall seinen Arm. »Glaube ich zumindest«, fügte sie hinzu und glitt zurück ins Wasser.

Sie schwammen mehrere Bahnen um die Wette. Paul war keine Sportskanone, aber schwimmen konnte er ganz gut. Trotzdem war Aurelie schneller als er. Eine Weile lachten und tobten sie ausgelassen im Wasser herum, Aurelie spritzte mit Wasser nach ihm, und er tauchte sie unter. Aurelie hängte sich von hinten an seine Schultern und ließ sich ziehen. Ihre Brüste berührten seinen Rücken.

Irgendwann vergaß Paul, dass er nur eine Unterhose trug, und vollführte mehrere Kopfsprünge vor ihr. Sie tat es ihm gleich, und dabei verrutschte ihr Bikinioberteil, sodass er ihre Brustwarzen sehen konnte. Sie waren klein und dunkel, mit festen, vorstehenden Nippeln.

Als ihre Lippen blau wurden und sie vor Kälte zitterte, zog er sie aus dem Wasser, und sie legten sich nebeneinander auf den Rasen in die Sonne.

»Manches werde ich schon vermissen«, sagte sie unvermittelt.

»Ja?«, fragte er.

»Mein Zimmer, Herrn Schneider, die Printen von Nobis und …«

»Und?«

»Meinen Nachhilfelehrer.«

Paul stützte sich auf. »Du hast einen Nachhilfelehrer?«

Aurelie hatte noch immer eine Gänsehaut, und die Nippel ihrer Brustwarzen zeichneten sich deutlich unter dem Bikini ab. Er spürte das intensive Verlangen, seine Hand auf ihre Brust zu legen. Aber er schüttelte die Vorstellung ab. Das durfte nicht sein.

Aurelie sah ihn mit einem merkwürdigen Gesichtsausdruck an. Dann lachte sie und sagte: »Mann, Paul, du bist echt schwer von Begriff manchmal!«

»Ich dachte, du wolltest keine Nachhilfe?«

Wieder lachte Aurelie laut und herzlich, dann zog sie ihn zu sich herunter und küsste ihn – erst sanft und keusch, dann drängte sich ihre Zunge plötzlich in seinen Mund und spielte mit seinen Zähnen und seiner Zunge. Paul war kurz ein wenig erschrocken, dann aber wurde er forscher und überließ sich dem ungekannten Gefühl, das seine Haut zum Prickeln brachte und seinen Penis hart werden ließ.

Sie schmeckte nicht nach Erde. Sie schmeckte süß, wie eins dieser Kaugummis aus den Automaten, die überall an den Ausgängen der Supermärkte standen und die er als kleiner Junge manchmal hatte ziehen dürfen, wenn seine Mutter besonders gute Laune hatte.

Aurelie sah ihn lange an, als sie mit dem Küssen aufgehört hatten. Er war nicht sicher, ob er etwas sagen hätte müssen nach diesem Kuss, aber sein Kopf war leer. Vielleicht gab es auch nichts zu sagen. Vielleicht war dieses wortlose Einander-in-die-Augen-Sehen genau das, was richtig war in diesem Moment. Er hätte niemals damit aufhören mögen, doch von einer Sekunde zur anderen sprang Aurelie auf und lief zum Haus zurück.

»Wo gehst du hin?«, fragte er.

»Mich anziehen«, rief sie zurück.

Kopfschüttelnd stand auch er auf und zog sich an.

Aurelie kam nicht zurück. Als er lange genug gewartet hatte und sicher sein konnte, dass sie inzwischen bekleidet war, ging er ins Haus. Er fand sie in ihrem Zimmer. Sie hockte, wie eben unten auf der Terrasse, mit angezogenen Beinen auf dem Bett. Sie verbarg das Gesicht zwischen den Knien, und die nassen Haare fielen nach vorne.

»Aurelie?«, fragte Paul vorsichtig.

»Du musst jetzt gehen!«, hörte er sie dumpf murmeln.

Paul machte einen Schritt auf sie zu, wagte aber nicht, sie zu berühren.

»Was … ist etwas passiert?«

Sie hob den Kopf. Erleichtert stellte Paul fest, dass sie nicht weinte. Aber ihr Blick war stumpf, und ihre Stimme kam wie aus weiter Ferne. »Ich hasse Abschiede, Paul. Also geh jetzt einfach.«

»Kommst du … kommst du irgendwann wieder?«, fragte er.

Sie sah ihn lange an und nickte dann.

»Bestimmt. Ich komme bestimmt irgendwann wieder«, sagte sie und versuchte ein Lächeln.

Paul sah auf seine Hände. Selten waren sie ihm so groß erschienen. Er konnte damit hämmern und sägen. Er konnte damit zeichnen. Aber Aurelie berühren konnte er nicht.

»Tja, dann …«, murmelte er und hob die Achseln. Er ging rückwärts zur Tür und stützte sich kurz im Türrahmen ab, um den leichten Schwindel abzuschütteln, der ihn erfasst hatte.

Aurelie hatte das Gesicht wieder zwischen den Knien verborgen.

»Mach's gut«, flüsterte er und lief schnell die Treppe hinunter. Er war schon fast an der Tür, als ihm das Buch einfiel, das in seinem Rucksack auf der Terrasse lag. Der Fluchtinstinkt war plötzlich so groß, dass er ihn am liebsten einfach dagelassen hätte, aber dann kehrte er doch noch einmal nach draußen zurück, nahm das Buch aus der Tasche und legte es auf den Tisch, neben Aurelies Taschentücher. Nach kurzem Zögern zog er die Zeichnung zwischen den Buchseiten heraus und steckte sie ein. Das Mädchen, das dort oben allein in ihrem Zimmer saß, hatte nichts zu tun mit der jungen Frau auf dieser stümperhaften Skizze. Wie hatte er nur auf die Idee kommen können, sie ihr schenken zu wollen!

Auf dem Weg nach Hause kaufte er seine erste Leinwand. Er schmuggelte sie in sein Zimmer und stellte sie auf dem Schreibtisch an die Wand gelehnt auf. Es war nicht die richtige Höhe, und er musste sich beim Malen weit vorbeugen, weil der Schreibtisch zu breit war. Aber es war ein Anfang. Er verbrauchte viel Farbe, vor allem die satten Primärfarben. Er malte ohne Konturen, ein wildes Durcheinander aus Farbe und Schmerz. Die Hitze staute sich und fraß zusammen mit den Dämpfen der Terpentinlösung den Sauerstoff im Zimmer auf. Der leichte Schwindel, den er eben in Aurelies Nähe gespürt hatte, nahm zu, und irgendwann drehte sich alles. Kurz vor der Ohnmacht warf Paul den Pinsel hin und riss das Fenster auf. Dann ließ er sich aufs Bett fallen und starrte an die Decke. Er dachte an Aurelies Brustwarzen unter dem winzigen Bikinioberteil und bekam eine heftige Erektion. Mit zitternden Fingern öffnete er seine Hose und masturbierte. Danach konnte er freier atmen, auch wenn die Hitze im Zimmer immer noch unerträglich war. Im Nebenzimmer hörte er die Nähmaschinen rattern, und in einem der Nachbarhäuser klapperte Geschirr. Geräusche, die zu seinem Leben gehörten, so wie die Stille in der weißen Villa zu Aurelies Leben. Jetzt wusste er, was Aurelie gemeint hatte, als sie sagte, dass Stille laut sein könne. Die Stille in der weißen Villa war so laut, dass sie wehtat.

Kapitel 13

Sternenstaub

Im August wurde Paul siebzehn, und seine Eltern beschlossen, er sei nun alt genug, um das Metier in all seinen Facetten kennenzulernen. Wenn es nach seiner Mutter gegangen wäre, so hätte er schon jetzt seine Lehre als Raumausstatter begonnen, doch der Vater bestand auf dem Abitur. Er sagte, ungeachtet dessen mache es aber Sinn, dass er lerne, wie man Fenster und Räume vermaß und notwendige Stoffmengen bestimmte. In den Ferien habe er ja genügend Zeit dazu. Da Paul nicht wusste, was er sonst hätte tun sollen, wehrte er sich nicht.

Zwei Wochen vor den Herbstferien legte ihm Herr Schneider nach der Mathestunde einen Brief auf den Tisch. Paul erkannte Aurelies Schrift sofort. Der Brief steckte in einem weißen Umschlag ohne Anschrift und Briefmarke. Nur »An Paul Tissu« stand vorne drauf.

Fragend sah er den Lehrer an.

»Sie hat wohl deine Adresse nicht. Ich hatte sie gebeten zu berichten, wie es ihr im Internat ergeht. Das hat sie getan – und diesen Brief an dich mitgeschickt.«

Paul öffnete den Brief erst, als er alleine zu Hause in seinem Zimmer war. Er überflog ihn hastig und las ihn dann noch einmal, langsam und Wort für Wort.

Lieber Paul,
jetzt bin ich schon seit vier Wochen hier am Internat Internationale Pour Filles de Lausanne. Die Schule liegt direkt am See, wir haben eigene Tennisplätze, einen Pool und einen eigenen Anlegesteg mit Ruderbooten. Meine Zimmernachbarin kommt aus England und ist entfernt verwandt mit Queen Elizabeth. Sagt sie. Seit ich gesagt habe, dass alle Engländer entfernt miteinander verwandt sind, spricht sie nicht mehr mit mir. Nächste Woche tauschen wir Zimmer. Sie hat sich über mich beschwert, weil ich schlafwandeln würde und sie sich dann nachts immer so erschreckt. Ich glaube, sie hat Angst, ich würde ihr im Schlaf etwas antun. Manchmal habe ich auch große Lust dazu, sie ist einfach zu schrecklich. Meine neue Zimmernachbarin ist eine von *Bismarck. Na ja, da kann sie nichts für, aber wenn niemand sie beobachtet, popelt sie in der Nase. Ich bin gespannt, ob sie auch schnarcht.*

Hier schaffen selbst die Dümmsten den Abschluss, Hauptsache die Eltern zahlen.

Meine Mutter hat mich hergeschickt, damit ich mich auf die Schule konzentrieren kann und nicht ständig mit Jungs »rummache«. Das hat sie wirklich gesagt. Auf dem Nachbargrundstück ist ein Jungeninternat. Gegenseitige Besuche in den Schlafräumen sind strikt verboten, aber wenn du hier mal nachts durch den Park läufst, stolperst du an jedem Busch über ein Pärchen. Die Lehrer tun so, als wüssten sie nichts. So viel also dazu.

Wie läuft es bei dir mit Französisch? Und Mathe? Deutsch brauche ich hier fast gar nicht mehr, Unterrichtssprachen sind Englisch und Französisch. Mein Deutsch werde ich wohl verlernen.

Deine Aurelie

PS: Ich weiß deine Adresse gar nicht. Ich weiß nicht einmal genau, wo du wohnst. Schreibst du mir?

Paul faltete den Brief zusammen und verdrängte den Gedanken an Aurelie mit einem Jungen hinter einem Busch. Lieber stellte er sie sich in einer Schuluniform vor, mit Büchern unter dem Arm und inmitten einer Gruppe stinkreicher, adeliger Mädchen, von denen keine auch nur annähernd so schön war wie sie.

Was sollte er ihr antworten?

Liebe Aurelie, danke für deinen Brief. Ich habe mich sehr darüber gefreut?

Nein. Viel zu unpersönlich.

Liebe Aurelie, die Schule hat auch hier wieder angefangen, aber ohne dich sind die Schultage langweilig und grau?

Auf keinen Fall. Viel zu ehrlich und zu intim.

Liebe Aurelie, wenn du dein Deutsch nicht verlernen willst, musst du mir einfach nur oft genug schreiben.

Ja, das ginge.

Nur wie weitermachen? Er legte sich Sätze im Kopf zurecht, flüsterte sie leise vor sich hin, um ihren Klang auszuprobieren, und verwarf sie dann. Nichts von dem, was er hätte schreiben können, schien ihm würdig genug, um von Aurelies wunderbaren bergkristallblauen Augen gelesen zu werden.

Schließlich schrieb er:

Ich würde dir ja auf Französisch antworten, aber ich habe niemanden mehr, der meine Fehler verbessert.

Alles, was es aus der Schule zu berichten gäbe, erzähle ich dir, wenn wir uns wiedersehen. Ich denke, zehn Minuten werden reichen, denn, wie du ja weißt, passiert hier in Aachen nicht viel. Den Rest der Zeit darfst du dann erzählen. Ich bin gespannt.

Dein Paul

Stirnrunzelnd starrte er auf die letzten beiden Wörter. Durfte er schreiben, *Dein Paul?* War dieses »dein« nicht viel zu vertraulich? Er hatte sie geküsst, einmal, aber was war schon ein Kuss? Er durfte sich nicht einbilden, dass er ihr wirklich etwas bedeutete. Wahrscheinlich hatten auch Gunter und Ralf und Thomas und wer weiß wer sonst noch alles einen Brief von ihr bekommen. Also nahm er einen neuen Bogen, schrieb die Zeilen noch einmal ab und setzte ein »Liebe Grüße, Paul« darunter.

Danach hörte er von ihr nichts mehr. Die Wochen vergingen, aber es kam kein Brief zurück. Anfangs fragte er sich, ob sie seine Antwort nicht erhalten hatte, und überlegte, einen zweiten Brief zu schreiben. Aber wenn sie ihn doch erhalten hatte, dann bedeutete ihr Schweigen wohl, dass sie keinen weiteren Kontakt mehr wünschte. Bestimmt war sie zu beschäftigt mit den Jungen vom Nachbarinternat, um an ihn zu denken. Also ließ er es bleiben. Eine Zeit lang holte er noch beinahe täglich seine Skizzen und Zeichnungen von ihr hervor. Jedes Mal schien das Mädchen auf den Bildern weniger Ähnlichkeit mit Aurelie zu haben, so wie er sie in Erinnerung hatte. Irgendwann glaubte er ein ganz anderes, fremdes Mädchen zu betrachten, und er warf ein Bild nach dem anderen fort. Dann begann auch die Erinnerung an sie zu verblassen. Manchmal fragte er sich, ob sie je existiert hatte.

Er hörte auch auf zu malen. Seine erste Leinwand, auf die er die Farbe so dick aufgetragen hatte, dass sie nach dem Trocknen bröckelte, steckte zwischen Schrank und Zimmerwand. Die Farbtuben und Pinsel lagen im hintersten Winkel seiner Schreibtischschubladen verborgen.

In der Schule wählte er Kunst ab und quälte sich durch einen ermüdenden Musikunterricht, der ihm seine schlechtesten Noten einbrachte. Aus irgendeinem Grund hatte sich der Schmerz, Aurelie wahrscheinlich nie wiederzusehen, genau da eingenistet, wo früher immer die kleine Flamme der Freude getanzt hatte, wenn er malte.

Er kam in die Oberstufe. Seiner Mutter musste er versprechen, sich ins Zeug zu legen. Eine Ehrenrunde würde es nicht geben, hatte sie gesagt. Entweder er meisterte die letzten Schuljahre auf Anhieb, oder er würde abbrechen und die Lehre machen. Es gab keine Zeit zu verlieren.

Er schaffte das Abitur und begann unverzüglich seine Lehre bei einem Raumausstatter im benachbarten Jülich. Er war langsam und träumte oft. Häufig passierten ihm dumme Fehler, und er flog mehrmals beinahe aus dem Betrieb, weil er morgens oft zu spät kam und ein paarmal gar nicht erst zur Arbeit erschien. Das waren Tage, an denen der Ekel vor den Stoffen, dem Geruch von Polsterleim und Holzspänen so groß war, dass die Übelkeit ihn glauben machte, er müsse ernsthaft krank sein. Da seine Mutter ihn trotzdem unnachgiebig aus dem Haus zur Arbeit trieb, stieg er einfach in eine Bahn nach Düsseldorf oder Köln, um dort durch die Straßen zu streifen, wie auf der Suche nach etwas, von dem er nicht wusste, was es war. Nur seinen geschickten Händen und seinem großen Vorwissen war es zu verdanken, dass sein Lehrmeister ihn letztlich doch nicht hinauswarf. So blieb er und lernte das Handwerk, das ihn für den Rest seines Lebens ernähren sollte.

An Wochenenden ging er manchmal aus. Ein paar Freunde aus der Schule waren ihm geblieben. Es waren nicht viele, denn die meisten seiner Mitschüler verließen Aachen, um in anderen Städten zu studieren. In der Oberstufe hatte er sich mit ein paar Jungen aus dem Mathe-Leistungskurs angefreundet – zunächst mehr aus Berechnung, weil er Hilfe brauchte, dann aber entwickelte sich aus den gemeinsamen Treffen eine Art Gelegenheitstrinkerei, die sich nach dem Abitur fortsetzte, weil die Freunde ebenfalls in Aachen blieben, um an der Technischen Hochschule zu studieren. So verkehrte er häufiger in den Studentenkneipen der Aachener Innenstadt, als seiner Mutter lieb war und als es sich für ihn selbst legitim anfühlte. Schließlich war er nur ein einfacher Handwerker, der zwischen all den angehenden Ingenieuren und Architekten nichts verloren hatte. Oft empfand er sich als Gast im eigenen Team bei einem Heimspiel.

Es war an einem warmen Sommerabend im Juni, als er Aurelie in einer dieser Studentenkneipen nach fast fünf Jahren zum ersten Mal wiedersah.

Er war gerade zur Theke gegangen, um für eine Runde Bier zu sorgen. Als er sich mit dem Tablett voller Gläser umdrehte, stand sie plötzlich vor ihm.

Sie trug ein Sommerkleid. Ihre Haare waren hochgesteckt, und ihre nackten Schultern glitzerten im schummrigen Licht der Kneipe. Auch auf ihren Wangen glitzerte es. Paul kniff einmal fest die Augen zu. Er hatte eine Menge getrunken an diesem Abend, und es war schon öfter vorgekommen, dass er in einem solchen Zustand Mädchen mit langen schwarzen Haaren nachgelaufen war, in der Überzeugung, es wäre Aurelie.

Heute war es sogar möglich, dass vor ihm gar kein Mädchen stand und dieser leuchtende Engel reine Halluzination war. Diese Reaktion hatte er auf Alkohol zwar bislang noch nicht gezeigt, aber es war extrem heiß in der Werkstatt gewesen, und Alkohol in Verbindung mit den Dünsten des Polsterleims mochte eine halluzinatorische Wirkung haben.

Als er die Augen öffnete, stand der Engel noch immer vor ihm. Paul sah, wie sich ihre Lippen bewegten, hörte jedoch nicht, was sie sagte, denn es war laut in der Kneipe, und zudem rauschte es in seinen Ohren, als wäre plötzlich ein Sturm um ihn herum losgebrochen.

Der Lärm, das Glitzern auf der Haut des Zauberwesens vor ihm, das Strahlen dieser bergkristallblauen Augen und die plötzlich einsetzende heftige Reaktion in seinem Lendenbereich überforderten ihn vollständig, und er verlor die Kontrolle über seine Hände. Die randvollen Gläser rutschten vom Tablett, und noch während sie auf dem Weg zum Kneipenboden waren, fuhr es ihm wie ein Blitz durch das bierumnebelte Hirn: Aurelie!

Er hörte die Biergläser klirren, die umstehenden Gäste kreischen und Aurelie mit lautem Lachen ausrufen: »Oh Paul! Du bist ganz der Alte!«

Danach herrschte erst einmal Chaos. Glasscherben mussten beseitigt, eine Bierlache aufgewischt, Hosenbeine getrocknet und ein Mädchen verarztet werden, das von einem Glassplitter am Fuß getroffen worden war.

In der Zwischenzeit tauchte Aurelie in der Menschenmenge unter, und Paul wurde furchtbar nervös, weil er glaubte, sie sei angesichts seiner unfassbaren Tollpatschigkeit auf Nimmerwiedersehen verschwunden.

Aber als alles sich wieder beruhigt hatte und er sich auf den Schreck ein neues Bier bestellen wollte, war sie auf einmal wieder da. Sie umfasste seinen Arm und zog ihn aus der Kneipe. Seine Trinkbegleiter schienen in der Zwischenzeit weitergezogen zu sein.

Es war schon spät, aber immer noch hing ein rötlicher Schimmer am Abendhimmel.

»Ich hatte dich von hinten gesehen, war mir aber nicht sicher, ob du es warst. Ich hätte dich ansprechen sollen, *bevor* du dich mit dem Tablett umdrehst.«

»Ich dachte, ich halluziniere«, sagte Paul. Er konnte den Blick nicht von ihren sanft schimmernden Schultern losreißen. »Was machst du in Aachen?«

»Ich habe Semesterferien. Bin zu Besuch.«

»Bei deiner Mutter?«

Aurelie lachte kurz und trocken auf. »Die ist schon lange nicht mehr hier. Hat sich getrennt von ihrem Medizinprofessor und lebt jetzt in London. Diesmal ist es ein Investmentbanker. Zehn Jahre jünger als sie.«

»Alle Achtung. Zumindest musstest du nicht mit zu ihm ziehen.«

»Dafür hat sie rechtzeitig gesorgt.«

»Wie lange bleibst du?«

»Morgen früh um neun geht mein Zug.«

Ihre Worte stießen das kleine helle Fenster in seinem Inneren, das sich bei ihrem Anblick geöffnet hatte, mit einem lauten Knall wieder zu. Morgen früh.

»Ich war viel unterwegs in Aachen, tagsüber und auch abends. Ich dachte mir, dass ich dich irgendwann treffen würde«, sagte sie.

»Wie lange warst du hier?«

»Drei Tage.«

Drei Tage. Warum hatte sie sich nicht gemeldet? Aber Unsinn. So wichtig war er ihr gewiss nicht. Und wie hätte sie ihn auch finden sollen, schließlich war sie nie bei ihm gewesen. Den Brief mit seiner Adresse, den er ihr vor Jahren geschickt hatte, gab es sicher längst nicht mehr.

»Bei wem bist du zu Besuch?«, fragte Paul und bereute die Frage sofort. Er wollte gar nicht wissen, welcher ihrer vielen Verehrer sie zu sich eingeladen hatte.

»Bei Isabell. Wir sind in Kontakt geblieben, und sie hat mich vor ein paar Wochen auch in Paris besucht.«

Isabell. Die hatte er selbst gänzlich aus den Augen verloren. Dummer Fehler.

»Du studierst in Paris?«, fragte er.

Aurelie nickte nur kurz, als sei das die selbstverständlichste Sache der Welt.

Paul ließ den Blick über die Menge schweifen, die dicht gedrängt vor der Kneipe stand. Sie hatten sich etwas abseits auf eine niedrige Mauer gesetzt.

»Wo ist Isabell denn? Bist du alleine hier?«

»Sie ist schon nach Hause, schreibt morgen eine Klausur. Ich habe ihr gesagt, dass ich später nachkomme.«

Ihre Blicke trafen sich. Sie war nur für ihn geblieben.

»Dann können wir … Wollen wir ein paar Schritte gehen?«

»Gern!«, sagte sie, stand auf und streckte die Hand aus. Er ließ sich von ihr hochziehen. Ihre Finger waren kühl, und jetzt sah Paul, dass auch ihre Arme schimmerten, als wäre Sternenstaub auf sie niedergefallen.

»Du leuchtest«, sagte Paul.

»Immer. Wusstest du das nicht?«

»Ich habe dich fünf Jahre nicht gesehen.«

»Sind es schon fünf Jahre? Es kommt mir vor wie gestern.«

Mir kommt es vor wie eine Ewigkeit, dachte Paul.

»Du lebst immer noch in Aachen«, stellte sie fest. »Studierst du?«

»Äh … nein, zurzeit nicht. Ich, also, ich versuche, ein bisschen Geld zu verdienen. Und dann, mal sehen.«

»Wo wohnst du? Noch bei deinen Eltern?«

»Ja.«

»Aha«, machte sie. Eine Weile gingen sie schweigend nebeneinanderher. Paul überlegte, was er sie fragen könnte, aber es gab so vieles, was er wissen wollte, dass er nicht entscheiden konnte, welche Frage am wichtigsten war. Er wurde das Gefühl nicht los, dass dieser kostbare Moment ganz plötzlich enden könnte, und dann hätte er vielleicht die falschen Fragen gestellt. So schwieg er lieber auch und überließ sich dem intensiven Glücksgefühl, ihr nahe zu sein.

»Hast du dich an der Kunsthochschule beworben?«

Es war zu erwarten gewesen, dass sie das Thema ansprechen würde, aber ihre Frage traf ihn wie ein Messerstich. Seit sie weg war, hatte er erfolgreich jeden Gedanken an das Malen verdrängt. Oder nein. Das war nicht ganz richtig. Er hatte den bohrenden Schmerz verdrängt, der mit dem Gedanken an die Farben und Pinsel und Stifte in seiner Schublade verbunden war.

Aber all das durfte sie nicht wissen. Also sagte er: »Noch nicht. Aber du, erzähl von dir! Studierst du Architektur?«

»Nein.«

»Aber du wolltest doch immer Architektin werden.«

Aurelie stieß verächtlich die Luft durch die Nase und sagte: »Was ich will, spielt keine Rolle, Paul.«

»Das versteh ich nicht.« Er verstand es wirklich nicht, obwohl er selbst oft so gefühlt hatte. Aber für ihn passte es nicht zu Aurelie, ihren Berufswunsch nicht verwirklichen zu können.

»Ich hätte gern Architektur studiert, aber meine Mutter war der Meinung, ich sollte an einer dieser Pariser Elitehochschulen studieren. Nicht wegen der besseren Jobchancen, sondern wegen der Jungs. Sie meint wahrscheinlich, ich könnte da die bessere Partie an Land ziehen.«

»Das meinst du nicht ernst.«

»Todernst.«

»Und?«

»Was und?«

»Hast du die Partie schon gefunden?«

Aurelie lachte herzlich auf und schmiegte sich für einen kurzen Moment an ihn. Wenn er sie doch jetzt nur festhalten könnte.

»Was ist mit dir? Bist du mit jemandem zusammen?«, fragte sie und sah ihn von unten herauf an. Sie waren inzwischen im Kurpark angekommen. Es hatte sich zugezogen, und ein böiger Wind war aufgekommen. Vielleicht würde es Gewitter geben.

»Nein.« Nach kurzem Zögern fügte Paul hinzu. »Du?«

»Mal so, mal so«, antwortete sie. »Meistens endet es, bevor es angefangen hat.«

»So wie deine Zeit hier in Aachen.«

»So wie meine Zeit überall.«

Sie wanderten eine Weile schweigend nebeneinanderher. Plötzlich blieb Aurelie unvermittelt stehen und sagte: »Nimmst du mich mal in den Arm, Paul?«

Paul streckte die Arme nach ihr aus und zog sie mit unendlicher Vorsicht zu sich heran. Ihre sternenstaubbedeckten Schultern waren kühl, und ihr zarter Körper bebte leicht.

»Ist dir kalt?«, fragte er.

Sie schüttelte den Kopf und legte ihm beide Hände auf die Brust. Dann schmiegte sie das Gesicht in sein T-Shirt und atmete tief ein und aus.

Paul hielt sie so fest, wie er es wagen durfte, sog ihren Duft ein und wünschte, das ewig fortschreitende Universum möge dieses eine Mal ein Einsehen haben und einfach im Jetzt stehen bleiben. Doch das Universum hatte es anders vorgesehen. Der Wind schwoll zu einem handfesten Sturm an, und von einem Augenblick zum nächsten platschten dicke Regentropfen auf sie nieder.

Sie suchten Schutz unter einem weit ausladenden Baum.

»Und jetzt?«, fragte Aurelie.

»Keine Ahnung«, sagte Paul. »Vielleicht ist es nur eine dicke Wolke.«

Aber es war keine dicke Wolke, es war ein ausgewachsenes Unwetter. Nach wenigen Minuten drang der Regen durch das Blätterdach, und wenig später zuckte ein greller Blitz über den Himmel, dem kurz darauf ein krachender Donner folgte. Eine heftige Sturmböe fuhr in den Baum, und direkt vor ihnen landete ein dicker Ast.

»Hier können wir nicht bleiben!«, rief Paul gegen den tosenden Wind an.

Hand in Hand liefen sie zu einer Kapelle am Rand des Parks. Auch hier fegte der Wind hindurch, aber zumindest waren sie vor Regen und Blitz geschützt. Aurelies Kleid klebte an ihrer Haut, und das Wasser rann ihr aus den Haaren über das Gesicht. Paul sah, dass sie keinen BH trug. Mittlerweile zitterte sie vor Kälte.

»Komm her«, sagte er und zog sie an sich, um sie zu wärmen, was Unsinn war, denn er war selbst bis auf die Unterhose nass. Aber Aurelie wehrte sich nicht. Im Gegenteil, sie schmiegte sich an ihn und ließ es zu, dass seine Hände von ihrem Rücken über ihre Taille nach vorne zu ihren Brüsten wanderten. Und während um sie herum der Sturm tobte, Donner auf Blitz folgte und der Regen auf das Dach der Kapelle prasselte, küsste er sie lange und gierig. Er hatte nicht das Gefühl, betrunken zu sein, obwohl er es eben in der Kneipe noch gedacht hatte. Ganz gewiss aber brachte der Alkohol in seinem Blut in Verbindung mit Aurelies weichen Lippen, ihrer forschenden Zunge und den festen runden Brüsten unter dem nassen Kleid chemische Prozesse in Gang, die seine natürliche Zurückhaltung vollständig außer Kraft setzten. Als er begann, die Träger ihres Kleides abzustreifen, sagte sie:

»Bitte nicht.«

Sofort ließ er sie los.

»Verzeih«, murmelte er.

»Können wir zu dir gehen? Es ist kalt hier.«

»Nein!« Es klang viel zu harsch. Aber er konnte Aurelie unmöglich in sein Jungenzimmer mitnehmen, in dem immer noch der Schreibtisch aus Schultagen stand und neben dem morgen früh um Punkt 7.30 Uhr die Nähmaschinen losrattern würden.

»Ok, verstehe«, sagte sie. »Dann lauf ich jetzt am besten schnell nach Hause zu Isabell. Es ist ja auch schon spät.«

Sie sah prüfend zum Himmel. »Es hört sicher gleich auf zu regnen. Das Gewitter ist vorbei.«

Tatsächlich hatte der Sturm nachgelassen, und der Donner grollte nur noch dumpf in der Ferne.

»Ich bringe dich.«

»Nicht nötig. Es ist nicht weit von hier.«

»Unsinn. Natürlich bringe ich dich!«

»Wenn du unbedingt willst.«

Schweigend liefen sie nebeneinanderher, bis sie vor Isabells Haus standen. Aurelie kramte den Schlüssel aus ihrer durchnässten Handtasche und steckte ihn ins Schloss.

»Mach's gut, Paul«, sagte sie, während sie die Haustür öffnete.

»Aurelie, ich …« Er wollte sich entschuldigen, dass die Gefühle mit ihm durchgegangen waren. Er wollte ihr sagen, dass er sie wiedersehen wollte. Dass er ständig an sie gedacht hatte in den fünf Jahren und dass das vielleicht bedeutete, dass er sie liebte. Er wollte so vieles sagen, und doch brachte er nicht ein Wort heraus. Er sah zu, wie sie in den Hausflur trat und noch ein letztes Mal die Hand zum Abschied hob. Sie lächelte dabei, aber diesmal erreichte das Lächeln ihre Augen nicht. Die Tür fiel mit einem leisen, endgültigen Klicken ins Schloss.

Kapitel 14

Aachen, im Juni 2017
Suche

In jener Nacht war er noch stundenlang durch die nächtlichen Straßen gewandert, zu aufgewühlt, um nach Hause ins Bett zu gehen.

Am nächsten Morgen hatte er seinen Lehrmeister angerufen und sich krankgemeldet. Dann war er zum Bahnhof gelaufen, hatte auf dem Bahnsteig gestanden und noch auf sie gewartet, als der Zug nach Paris längst abgefahren war. Sie war nicht gekommen. Schließlich war er zu Isabells Wohnung gegangen und hatte bei ihr geklingelt. Niemand hatte ihm geöffnet.

Paul betrachtete die Kapelle, in der er Aurelie vor so vielen Jahren geküsst hatte. Die Erinnerung an jene Nacht, lange erfolgreich verdrängt, war plötzlich so klar und präsent, dass er beinahe den Sturm heulen und ihren nassen Körper unter seinen Händen spüren konnte.

Er zwang sich, mit den Gedanken in die Gegenwart zurückzukehren, und sah auf die Uhr. Viertel nach drei, er müsste längst zurück im Geschäft sein. Seit einer Woche nutzte er nun die Mittagspause, um durch Aachen zu streifen, in Straßencafés zu sitzen und jeden einzelnen Passanten genauestens zu betrachten. Er suchte nicht nur nach diesem einen, unverwechselbaren Gesicht. Zum ersten Mal nach fast dreißig Jahren versuchte er, ehemalige Mitschüler wiederzuerkennen, Isabell zum Beispiel, die möglicherweise noch immer in Kontakt zu Aurelie stand, oder auch Ralf oder Thomas oder Gunter – lose Fäden der Vergangenheit, die er aufnehmen und an denen entlang er sich zu Aurelie hangeln könnte. Doch bislang vergeblich. Die Gesichter waren ihm unbekannt, ja selbst die Straßen und Cafés kamen ihm fremd vor. Es war, als betrete er jeden Mittag, wenn er die Kleinkölnstraße verließ, auf mysteriöse Weise eine völlig andere Stadt. Die Menschen waren jung, die Geschäfte bunt, ja selbst die Pflastersteine schienen weniger grau und schmutzig zu sein als in seiner Straße. Wenn er sich einen Kaffee bestellte und ihn langsam trank, während er die vorbeiziehenden Gesichter beobachtete, flackerte in seinem Inneren etwas auf, das ihm das Gefühl einer verwirrenden Substanzlosigkeit gab. Es war wie ein leichtes Flattern in der Magen-, oder nein, vielleicht eher in der Brustgegend. Die plötzliche Leichtigkeit, die ihn dann erfasste, war manchmal beängstigend, so, als könne er jeden Augenblick von seinem Stuhl aufschweben und in den unendlichen Raum entgleiten, ohne Möglichkeit der Steuerung oder Kontrolle. In solchen Momenten klammerte er sich unwillkürlich am Stuhl fest und musste mehrmals tief durchatmen, um durch die Schwere der Luft in seinem Brustkorb wieder Erdung zu finden.

Wenn er in den Laden zurückkehrte, fiel das ganze Gewicht seines tatsächlichen Lebens auf seine Schultern zurück, und er vermochte kaum einen Fuß vor den anderen zu setzen. Irgendwie überlebte er dann den langen Nachmittag und beriet Kunden, ohne je wirklich zu wissen, was er da über Stofffarben und Qualitäten, über Zuschnitte und Raumwirkung faselte. Erst wenn er den Laden abschloss und eine weitere Runde durch die Stadt drehte, hob sich die Schwere, und die warme

Abendluft des frühsommerlichen Aachens durchdrang seine Lungen bis in die letzten Winkel.

Er rasierte sich jeden Morgen sorgfältig – was er sonst nicht immer tat – und ging zum Friseur. Er war in experimentierfreudiger Stimmung an jenem Tag und ließ sich dazu hinreißen, die grauen Haare, die täglich mehr wurden, zu färben. Er kaufte ein paar neue Schuhe und eine Jeans. Die preisgünstigen Oberhemden, die ihm Barbara immer bei einem Versandhandel bestellte, tauschte er gegen zwei sportliche Hemden mit modernem Schnitt. Wenn es sehr warm war, trug er manchmal sogar ein Poloshirt. Barbara beobachtete diese Veränderungen mit Misstrauen. Anfangs quittierte sie seine mittäglichen Ausflüge noch mit einem Achselzucken. »Tu, was du willst. Aber um drei machst du den Laden auf«, sagte sie. Als er aber eines Mittags mit den sportlichen neuen Schuhen, der Jeans und den Worten »bin um drei wieder da« den Laden verlassen wollte, stellte sie sich ihm in den Weg und wollte wissen: »Wo gehst du denn da jeden Mittag hin? Hast du eine Affäre?«

»Quatsch.«

»Du lügst.«

»Albern. Ich geh spazieren und trinke manchmal einen Kaffee, wenn du es genau wissen willst.«

»Dann nimm mich mit«, sagte sie herausfordernd.

Das hatte gerade noch gefehlt. Aber er sagte: »Dann komm.«

Barbara bohrte ihren Blick in seinen. »Das willst du doch gar nicht.«

»Doch«, entgegnete er. »Lass alles liegen und komm.«

»Du weißt genau, dass ich hier nicht alles liegen lassen kann.«

Natürlich wusste Paul das. Niemals würde Barbara eine unaufgeräumte Ladentheke oder unfertige Näharbeiten zurücklassen, um ziellos durch die Gegend zu streifen oder gar am helllichten Tag in einem Straßencafé herumzulungern. Sie konnte das gar nicht. Paul hatte auch nicht gewusst, dass er es konnte. Aber es war wie ein Rausch, der ihn erfasst hatte und nun nicht mehr losließ.

»Dann kann ich dir auch nicht helfen«, sagte er und wollte an ihr vorbeigehen.

»Wenn du jetzt gehst …«, zischte sie in seinem Rücken.

»Was dann?«

»Kannst du deinen Kram hier alleine machen!«

Er drehte sich um und trat ganz nah an sie heran. Er wusste, dass das bedrohlich wirken musste, und er wollte ihr nicht drohen. Aber in ihm bäumte sich etwas auf, das nach Raum verlangte, nach Kraft und Ausdruck.

»Meinen Kram? Es ist doch viel mehr dein Kram als meiner!«

Damit drehte er sich um und ging.

Auf diese Auseinandersetzung folgte ein mehrtägiges eisiges Schweigen. Es war Paul egal. Er war endlich mal wieder *laut*, ohne laut geworden zu sein. Es wurde Zeit.

Mittlerweile malte er jede Nacht. Sobald seine Frau ins Bett ging, schlich er sich in den Keller und überließ es seinem Pinsel, die richtigen Farben für dieses laute Gefühl in ihm zu finden. Kraftvolles Blau, sinnliches Orange, lebensbejahendes Gelb und animalisches Rot. Dazu alle Spielarten von Grün, optimistisch, erwartungsvoll, hoffnungsfroh. Lange wusste er nicht, was entstehen würde aus dem wilden Farbpuzzle, das Nacht um Nacht auf seiner Leinwand heranwuchs. Sein Pinsel eroberte die weiße Fläche von den Rändern her, füllte Stück um Stück die Leere mit der Wucht der Farben und arbeitete sich langsam und zielsicher auf das Zentrum der Leinwand zu. Noch lag der Kern dessen, was sich da aus dem Zusammenspiel des Pinsels mit seiner so plötzlich erwachten, rasenden Lebensgier herausschälte, verborgen, doch Paul wusste, er würde dieses Bild niemals begraben. Auch die beiden Selbstporträts, die hinter ihm an der Wand lehnten und sein Tun zu beobachten schienen, hatte er nicht verscharren können. Es war, als warteten sie auf ihre Vervollkommnung durch dieses dritte Bild, welches sie ihrer eigentlichen Bestimmung zuführen würde.

Sein ganzes Leben lang hatte Paul naturalistisch gemalt, hatte versucht, die Wirklichkeit mit maximaler Präzision abzubilden, wenn überhaupt, dann nur ein klein wenig intensiviert durch die Leuchtkraft der Farben, einer Lupe gleich, die den Dingen Macht und Bedeutung zu verleihen vermochte, allein durch den Effekt der Vergrößerung. Dieses Bild verriet sein Geheimnis nicht. Erst ganz zum Schluss, wenn der letzte Pinselstrich gesetzt war, so glaubte Paul, würde er erkennen, worum es ging. Worum es die ganze Zeit gegangen war.

* * *

Sie schloss die Haustür auf und schob ihren kleinen Handkoffer in den engen Hausflur. Ein aufdringlicher Geruch von gebratenem Fleisch durchzog die muffige Feuchte des Treppenhauses. Im obersten Stock ging eine Wohnungstür auf, eine wütende Männerstimme brüllte: »Dann hau doch endlich ab!«, und eine Tür knallte laut. Eilige Schritte auf der Treppe, und dann lief die junge Frau aus der Wohnung über ihrer eigenen mit verquollenem Gesicht an ihr vorbei und rannte aus dem Haus. Die Streitereien des Paares dauerten manchmal die halbe Nacht. Hoffentlich trennen sich die beiden bald, dachte sie und sah der jungen Frau mitleidig nach. Der Typ war ein widerlicher Kerl, niemand, mit dem man sich lange aufhalten sollte.

Der Briefkasten quoll über. Dabei war sie nur drei Tage fort gewesen. Jede Menge Werbung. Sie sollte ein Schild außen aufkleben, Werbung unerwünscht. Kritisch betrachtete sie das Namensschild auf dem Kasten. Es war selbst geschrieben, noch war sie nicht dazu gekommen, ein Metallschild anfertigen zu lassen. Sie wusste auch noch nicht, ob sie wirklich beide Nachnamen eingravieren lassen wollte und welchen sie wählen würde, wenn es bei nur einem Namen bleiben sollte. Irgendetwas sagte ihr, dass das eine wichtige Entscheidung war.

In der Wohnung war es warm. Es war also schönes Wetter gewesen in Aachen. In Paris hatte es geregnet, aber das hatte sie nicht gestört. Für Spaziergänge und gemütliches Herumsitzen in Straßencafés mit Freundinnen war sowieso keine Zeit gewesen. Sie hatte letzte Dinge regeln müssen, um unter ihren Auszug aus der Villa in Saint-Cloud endlich einen Schlussstrich ziehen zu können. Ihr Abschiedstreffen mit Eric war wie erwartet schwierig gewesen. Er wollte einfach nicht verstehen, dass es vorbei war.

»Warum?«, hatte er wieder und wieder gefragt. »Du hast doch hier alles! Wir könnten zusammenziehen, wenn du es in Saint-Cloud nicht mehr aushältst. Meine Wohnung ist groß genug.«

Das war sie tatsächlich. Ein Luxusdomizil im achten Arrondissement, mit Blick auf den Eiffelturm. Das Badezimmer war beinahe so groß wie ihre ganze Wohnung.

»Du verstehst das nicht.«

»Ich kann für dich sorgen!«

»Ich will niemanden, der für mich sorgt! Ich will für mich selber sorgen. Ich will *meinen* Weg finden. Es wird höchste Zeit.«

»Gibt es einen anderen?«

»Blödsinn. Es gibt keinen anderen.«

»Wieso ausgerechnet Aachen?«

»Wieso nicht?«

Sie hatte keine Lust, ihm zu erklären, dass Aachen für sie eine besondere Bedeutung hatte. Es wäre zu kompliziert gewesen, und Eric hätte das alles sowieso nicht verstanden. Er war durch und durch ein *Parisien,* für ihn war kein Grund der Welt bedeutsam genug, um in einer anderen Stadt als Paris leben zu wollen.

Sie räumte ihren Koffer aus, kochte Kaffee und setzte sich auf ihr Sofa. Die Sonne schien und ließ den alten Esstisch glänzen. Die Gardinen waren wirklich schön. Noch hatte sie es nicht geschafft, die Stuhlkissen zu bestellen. Nicht dass keine Gelegenheit dazu gewesen wäre. Es war eines dieser Dinge, die man sich vornahm und die so lange Vorsatz blieben, bis man sich an die Ist-Situation gewöhnt hatte. Vieles blieb so im Zustand der Unvollkommenheit. Was zurückblieb von den Vorsätzen und nicht umgesetzten Ideen, war eine bohrende Unzufriedenheit, mit der man sich irgendwann auch arrangierte. Und so verging die Zeit.

Sie sah auf die Uhr. Viertel nach drei. Ihr Blick wanderte wieder zu den Stühlen. Sie sahen nackt aus.

Mit einem lauten Knall setzte sie die Kaffeetasse auf dem Beistelltisch ab und stand auf. Sie zog die Leiter heran, nahm eine der Gardinen von der Stange herunter und verstaute sie in einem Beutel. Dann zog sie den Zollstock aus der Kommodenschublade und maß die Sitzflächen aus. Noch mal würde sie nicht so dumm dastehen und etwas anfertigen lassen wollen, ohne die genauen Maße zu kennen. Um kurz nach halb vier verließ sie ihre Wohnung.

Im Laden war wieder einmal niemand. Es dauerte eine ganze Weile, bis der junge Typ, der sie auch beim letzten Mal bedient hatte, auf das Läuten der Ladenklingel und ihr wiederholtes »Hallo, jemand da?« reagierte. Das war ihr schon einmal passiert. Viel Interesse an Laufkundschaft schienen die hier nicht zu haben.

»Ah, hallo!«, sagte der junge Mann, den sie auf Anfang zwanzig schätzte. Er war groß und dünn, offensichtlich zu schnell gewachsen, denn er ging vornübergebeugt, und seine

Arme hingen wie Fremdkörper zu beiden Seiten herunter. Über den verschlafenen Blick und seine mürrische Art hatte sie sich schon bei ihrem ersten Besuch geärgert. Aber heute wusste sie ja genau, was sie wollte.

»Hallo«, sagte sie. »Ich habe neulich hier Schlaufengardinen gekauft, und jetzt hätte ich gern Stuhlkissen aus demselben Material.« Sie zog die Gardine aus ihrem Beutel.

»Ja, klar, erinner' mich.«

»Geht das? Machen Sie so etwas?«

»Logo.«

»Ja, dann …«

»Wie viele wollen Sie denn?«

»Sechs Stück.«

»Wie groß?«

Sie zückte den Zettel mit den Maßen und hielt ihn dem jungen Mann unter die Nase.

Er nickte, ging um die Ladentheke herum und schlug ein großes, schwarzes Buch auf. Darin trug er etwas ein und sagte dann: »Ich brauche dann mal Ihren Namen und die Adresse.« Nach kurzem Zögern fügte er hinzu: »Telefonnummer auch. Wenn's geht.« Dabei überzog sich sein blasses Gesicht mit einer zarten Röte. Er war einer von diesen hellhäutigen Menschen, die bei jeder Kleinigkeit rot wurden.

»Kann ich Ihnen denn meine Telefonnummer anvertrauen?«

Aus dem zarten Rosa wurde ein tiefdunkles Rot, das sich bis unter die Haarspitzen zog. Manchmal hatte sie eine diebische Freude daran, Männer in Verlegenheit zu bringen.

»Nur wenn was ist, damit wir Sie erreichen können«, stammelte er. »Die Chefin will's so.«

»Na dann. Wenn die Chefin es so will«, sagte sie und schenkte ihm ihr strahlendstes Lächeln. Dann buchstabierte sie ihren Namen, und es brauchte mehrere Ansätze, bis der verunsicherte Feuerkopf die lange und für ihn offenbar komplizierte Buchstabenfolge richtig notiert hatte.

Fünf Minuten später verließ sie beschwingt das Geschäft und lief die Kleinkölnstraße in Richtung Katschhof. Die Domglocken läuteten viermal. Es war ein wunderbar warmer, sonniger Frühsommernachmittag. Jetzt würde sie sich bei Nobis einen richtig schönen Kaffee gönnen. Eric konnte erzählen, was er wollte, Paris war Aachen *nicht* in allem überlegen.

* * *

Paul erhob sich von der Parkbank, auf der er nun eine ganze Weile gesessen und die Menschen beobachtet hatte, die vorbeischlenderten oder -radelten. Er musste nun endlich in sein Geschäft zurückkehren, irgendwie den Nachmittag und Abend hinter sich bringen, um in der Nacht zu vollenden, was in den letzten beiden Wochen in seinem Keller entstanden war. Ohne allzu große Eile machte er sich auf den Heimweg. Er bog gerade von der Großkölnstraße in die Kleinkölnstraße ein, als er die Domglocken viermal läuten hörte. So spät war es geworden! Paul atmete tief durch. Er würde viel Gelassenheit benötigen, um Barbaras Zorn mit der gebotenen Zerknirschung begegnen zu können.

Seine Frau war gar nicht im Laden. Er atmete erleichtert auf.

»Reinhard?«, rief er laut. Wieso kam der Kerl bloß nicht sofort, wenn die Ladenklingel ging?

»Ja, Chef?«

Der rotblonde Schopf des Gesellen lugte um die Ecke. »Bin hier!«

»Wieso kommen Sie nicht nach vorne, wenn ein Kunde reinkommt?«

»Ich bin doch da!«

»Sind Sie nicht. Ich musste Sie erst rufen.«

»Hab grad eine Kundin bedient.«

»Und wieso sind Sie da hinten und nicht hier?«

»Der Sessel muss doch fertig werden, haben Sie gesagt!« Reinhard klang weinerlich. Manchmal hätte ihm Paul am liebsten einen beherzten Tritt in den Hintern versetzt.

»Wo ist meine Frau?«, fragte er.

»Heute ist doch Donnerstag«, gab Reinhard zurück.

Richtig. Donnerstags ging sie nachmittags immer zu ihrer Damenrunde. Paul hatte jegliches Zeitgefühl verloren. Die Wochentage waren zu einem Einheitsbrei verschmolzen, aus dem nur die Mittagspausen und die Nächte im Keller hell hervorleuchteten.

Er wollte das Auftragsbuch zuklappen, das aufgeschlagen auf der Ladentheke lag, da fiel sein Blick auf den letzten Eintrag: *Stuhlkissen, 40 x 40, Material Faconné Rayé, Siegler. Frau de Florenville, Mariahilfstraße 21.* Dahinter eine Telefonnummer.

Hitze schoss ihm in den Kopf, und er klammerte sich an der Ladentheke fest. *De Florenville!* Sie trug wieder ihren Mädchennamen!

Ein plötzliches Schwächegefühl erfasste ihn, und er tastete nach dem Stuhl, der immer hinter der Theke stand. Schwer ließ er sich darauffallen. Sie war hier gewesen. Gerade eben musste es gewesen sein, denn vor der Mittagspause gab es den Eintrag noch nicht. Und wieder hatte dieser grünschnabelige, nichtsnutzige Reinhard sie bedient!

»Reinhard!«, brüllte er, und seine Stimme überschlug sich fast.

»Ja, Chef?« Der junge Mann kam mit für seine Verhältnisse eiligem Schritt erneut aus der Werkstatt.

»Wann war sie da?«

»Aber ich sagte Ihnen doch, dass heute Donnerstag …«

»Ich meine Aur… also die Kundin mit den Stuhlkissen.«

»Ah, *die!*« Reinhard streckte ein klein wenig die Brust heraus, so als habe er Grund, auf die Annahme dieser Bestellung stolz zu sein. »Kurz bevor Sie wiederkamen.«

Paul ächzte.

»Wieso?«, fragte Reinhard vorsichtig. »Es ist doch alles in Ordnung mit der Bestellung. Name, Adresse, Telefonnummer ...« Er zeigte auf den Eintrag im Auftragsbuch, das noch immer offen auf der Ladentheke lag und Pauls neuerliche Nichtanwesenheit in diesem entscheidenden Moment vor wenigen Minuten anklagend in den Raum schrie.

Paul schloss kurz die Augen und sammelte sich. Dann stand er auf, trat hinter der Ladentheke hervor und baute sich vor seinem Gesellen auf. Er überragte ihn tatsächlich um wenige Zentimeter, auch wenn das im Wesentlichen der schlechten Körperhaltung des Gesellen geschuldet war.

»Und wie«, hob er an, die Stimme tief und drohend, »*wie* sollen diese Stuhlkissen befestigt werden? Schleifenbindung? Klett? Geknöpft? Welche Füllung? Dicker Schaumstoff? Dünn? Hä?«

»Äh ...«, machte Reinhard nur und kratzte sich am Hinterkopf.

»Sie sind wirklich ...« *Ein Nichtsnutz,* hatte Paul sagen wollen, aber er ersetzte das Wort durch einen tiefen Stoßseufzer. Der Geselle erinnerte ihn in vielem an sich selbst, als er in der Lehre war. Gerade jetzt, als er so zerknirscht vor ihm stand, glaubte Paul beinahe, sich selber zu sehen.

»Sie können Sie anrufen«, merkte der junge Mann an, als er sah, dass Paul sich ein wenig beruhigt hatte.

»Ja«, sagte Paul und wandte sich ab. »Ich kann sie anrufen.« Was er aber dachte, war: *Ich werde zu ihr gehen.*

Doch vorher gab es noch etwas Wichtiges zu tun.

Kapitel 15

Ein Frühling in Paris

Das Telefon klingelte mitten in der Nacht. Pauls Mutter hatte einen leichten Schlaf und war als Erste auf den Beinen. Paul stolperte gerade aus seinem Zimmer, als sie den Hörer abnahm.

»Hallo?« Ihre Stimme klang atemlos, als erwarte sie eine Hiobsbotschaft. In der Zwischenzeit war auch Pauls Vater aufgestanden und stand im Pyjama in der Schlafzimmertür.

»Wer spricht da?«, fragte Pauls Mutter, und Ärger mischte sich in ihre Stimme. Sie schüttelte den Kopf und sah zu ihrem Sohn hinüber, der müde im Türrahmen lehnte.

»Wissen Sie eigentlich, wie spät es ist?« Ohne eine Antwort abzuwarten, legte sie den Hörer neben das Telefon und sagte: »Paul, das ist für dich.«

Als sie an ihm vorbei zurück ins Schlafzimmer ging, murrte sie: »Ich weiß nicht, wer es ist, aber sie sagt, sie muss dich unbedingt sprechen. Frechheit, so was. Mitten in der Nacht anzurufen.«

Paul nahm den Hörer auf. »Ja?«

»Estutmirsoleid … is spät … isch weiß, bitte bitte nicht böse sein … Paul …«

»Aurelie?«

»Ich ’atte deine Nummer verloren, dachte isch, aber sie war gar nicht weg, nur nicht da, wo isch dachte.«

»Bist du betrunken?«

»Neiin. Ein bisschen vielleicht. Kleines bisschen.«

»Wo bist du?«

»Kommst du misch besuchen, Paul? Bitte.«

»Bist du in Paris?«

»Paris, ja. Paris. Die Stadt der Liiebe!« Sie kicherte, dann hörte Paul ein lautes Schnäuzen und schließlich nur noch Schluchzer.

»Aurelie? Was ist los? Was ist passiert?«

Das Schluchzen war jetzt nur noch gedämpft zu hören. Es klang, als hätte Aurelie den Hörer beiseitegelegt. Nach einer Weile knisterte es, dann wieder lautes Schnäuzen, und schließlich hörte er Aurelies Stimme klar und deutlich: »Paul, ich kann einfach nicht mehr.«

»Hör zu. Ich steige morgen in den Zug. Morgen Nachmittag bin ich da. Bitte hör jetzt auf zu trinken, ja? Geh schlafen, und wenn du morgen aufstehst, bin ich fast bei dir, ok?«

»Schlafen. Ja. Schlafen.«

»Deine Adresse. Ich brauche deine Adresse. Und gib mir deine Telefonnummer!«

»Warte.« Wieder hörte Paul nur gedämpftes Rascheln und dann ein Poltern, als wäre etwas Schweres auf einen Holzboden gefallen.

»Aurelie?« Verdammt. Was war nur passiert? Seit ihrer letzten Begegnung hatte Paul nichts mehr von ihr gehört. Sie war spurlos von der Bildfläche verschwunden, und Paul hatte geglaubt, er würde sie nie wiedersehen. Zwei Jahre waren seitdem vergangen, er hatte seine Lehre beendet und arbeitete nun seit einem Jahr im Geschäft seiner Eltern. Er war ein paarmal mit Barbara ausgegangen und schlief hin und wieder mit einem der Mädchen, die er in Kneipen oder Discos kennenlernte. Er hatte alles darangesetzt, Aurelie zu vergessen. Und jetzt das.

»Paul? Hast du etwas zu schreiben?«

Sie klang plötzlich vollkommen nüchtern. Paul riss einen Zettel von dem Block ab, der immer neben dem Telefon lag, und griff nach einem Stift.

Aurelie diktierte ihm ihre Telefonnummer und nannte eine Adresse irgendwo in Paris.

»Ich rufe dich morgen an, wenn ich weiß, welchen Zug ich nehme. Holst du mich am Bahnhof ab?«

»Ja«, sagte Aurelie, und er hörte ihren zittrigen Atem.

»Schaffst du es bis morgen?«

»Ja, Paul. Alles ist gut. Ich war nur ein bisschen durcheinander eben. Es geht schon wieder.«

»Bist du allein?«

»Immer. Ich bin immer allein.« Einen Moment war es still, dann fügte sie hinzu: »Ich wollte nur deine Stimme hören.«

»Aurelie, ich …« Er brach ab. Jetzt war nicht der Moment, ihr zu sagen, wie sehr er sie vermisst hatte. Sie brauchte Hilfe. Er durfte nicht von sich reden, das würde sie noch mehr durcheinanderbringen.

»Ich komme, so schnell ich kann.«

»Danke.«

»Schlaf jetzt, Aurelie. Bis morgen.«

Er wartete, dass sie noch etwas sagte, aber er hörte nur ein Klicken, und dann war die Leitung tot.

Bis zum Morgen wälzte er sich schlaflos im Bett hin und her. Seine Mutter würde Ärger machen. Ein Sessel musste fertiggestellt werden. Der Kunde wartete schon ungeduldig darauf. Er könnte einen Mittagszug nehmen und früh mit der Arbeit beginnen, dann schaffte er es vielleicht noch. Er würde seiner Mutter sagen, dass er am nächsten Tag zurückkam, auch wenn er das für unwahrscheinlich hielt. Er mochte nicht an die Rückfahrt denken. Er konzentrierte seine Gedanken auf den Moment, in dem er Aurelie in die Arme schließen würde. Er würde sie festhalten, ihr zuhören, sie trösten, beschützen, ihr die Welt zu Füßen legen oder sie davor bewahren – was auch immer sie brauchte.

Um 4.30 Uhr stand er auf, ging hinunter in die Werkstatt und arbeitete verbissen, bis sein Vater um neun herunterkam, um das Geschäft aufzuschließen.

»So früh schon auf den Beinen?«, wunderte er sich.

»Konnte nicht schlafen«, sagte Paul.

»Der Anruf?«

Paul nickte.

»Wer war es denn?

»Eine alte Freundin. Sie lebt in Paris. Es geht ihr nicht gut, ich muss zu ihr.«

»Nach Paris?«

Wieder nickte Paul.

Sein Vater pfiff durch die Zähne. »Wann?«

»Jetzt gleich.«

»Dann bring das mal deiner Mutter bei!«

»Kannst du ihr das nicht sagen?«, fragte Paul.

Doch sein Vater winkte ab. »Das mach mal lieber selbst.«

»Muss ich dann wohl«, knurrte Paul.

»Das musst du wohl, ja.«

Um zehn Uhr hatte er den Sessel so weit, dass er zum Bahnhof laufen konnte, während der Leim trocknete. Der nächste Zug nach Paris ging um 11.30 Uhr. Das würde er nicht schaffen. Er kaufte eine Karte für den Zug um 13.30 Uhr und tauschte bei der Bank ein wenig Geld um. Dann lief er nach Hause und wählte Aurelies Nummer. Er ließ es lange klingeln, und als er gerade auflegen wollte, nahm sie ab.

»Allo?«

»Aurelie? Ich bin's, Paul.«

»Oh, Paul, du bist es …« Ihre Stimme klang schleppend, als wäre sie gerade aus tiefem Schlaf erwacht.

»Ich komme um fünf Uhr an. Kommst du mich holen, oder soll ich ein Taxi nehmen?«

»Du mussnich kommen. Wenn es mir besser geht … vielleicht später. Tut mir leid mit heute Nacht. Ich war … durcheinander.«

»Natürlich komme ich. Ich habe die Fahrkarte schon.«

»Du hast sie schon«, wiederholte Aurelie ohne besondere Freude. Sie klang beinahe teilnahmslos.

»Aurelie, ist alles in Ordnung?«

»Alles gut, Paul. Es ist alles wunderbar. Mach's gut, Paul. Schön, dass du angerufen hast.« Damit legte sie auf.

So schnell er konnte, warf er ein paar Kleidungsstücke und seinen Waschbeutel in eine Reisetasche, lief hinunter in die Werkstatt und erledigte die letzten Handgriffe an dem Sessel. Um Viertel vor eins ging er ins Nähzimmer. Seine Mutter saß über einen gelben Seidenvoile gebeugt an der Nähmaschine und reagierte zunächst nicht auf sein fragendes »Mama?«. Er trat nah an sie heran, legte ihr die Hand auf den gekrümmten Rücken und sagte: »Der Sessel ist fertig. Ich muss nach Paris, in einer halben Stunde geht mein Zug.«

Sie hob den Kopf und sah ihn verständnislos an. »Wo musst du hin?«

»Nach Paris.«

»Jetzt sofort?«

»Ja, jetzt.«

»Aber …«

»Es ist wichtig. Morgen oder übermorgen bin ich zurück.«

Paul drückte ihr einen Kuss auf die Wange und machte sich, so schnell er konnte, aus dem Staub.

Die Zugfahrt kam Paul endlos vor. Er konnte kaum still sitzen und wanderte immer wieder den Gang vor seinem Abteil auf und ab. Als sie am Gare du Nord ankamen und sich die Türen endlich öffneten, sprang Paul als einer der Ersten aus dem Zug. Angstvoll hielt er nach Aurelie Ausschau, aber sie war nirgendwo zu sehen. Er setzte sich auf eine Bank in der Mitte des Bahnsteigs und beobachtete die Menschen, die an ihm vorbeihasteten, doch Aurelie war nicht darunter. Schließlich blieb er alleine am Gleis zurück. Mit steigender Nervosität und schwindender Hoffnung, dass Aurelie noch auftauchen würde, wartete er eine Stunde. Länger zu warten, schien ihm selbst unter Berücksichtigung von Aurelies notorischer Unpünktlichkeit sinnlos. Also musste er auf eigene Faust den Weg zu ihrer Wohnung finden. Er zog den Zettel mit ihrer Adresse hervor, schulterte seine Reisetasche und machte sich auf den Weg zum Ausgang. Das war das erste Problem. Es gab viele Ausgänge. Welcher war nun der richtige? Es sei nicht weit, hatte Aurelie gesagt. Aber allein der Bahnhof war so groß wie die halbe Aachener Innenstadt. Schließlich rang er sich dazu durch, ein Taxi zu nehmen. Es war mittlerweile fast sieben Uhr, und die Straßen der Stadt standen kurz vor dem Verkehrskollaps. Quälend langsam arbeitete sich das Taxi durch vollgestopfte Boulevards und enge Nebenstraßen. Paul hatte keinen Blick für die Prachtbauten, die an ihm vorbeizogen. Mit jeder Minute, die verstrich, steigerten sich seine Nervosität und die Sorge um Aurelie, deren Stimme heute früh am Telefon so merkwürdig teilnahmslos geklungen hatte.

Als das Taxi endlich vor einem eleganten Gebäude mit breitem Portal und stuckverzierten Fensterbögen hielt, drückte er dem Fahrer ein paar Scheine in die Hand und sprang aus dem Wagen, ohne auf sein Wechselgeld zu warten.

In dem schweren, hölzernen Portal befand sich eine Tür, aber daneben waren weder Klingeln noch Namensschilder zu finden. Ratlos betrachtete Paul ein Messingschild, in dessen

Tasten man wohl eine Zahlenkombination eingeben musste, um die Tür zu öffnen. Den Code jedoch hatte Aurelie ihm nicht genannt. Eine kunstvoll geschmiedete Eisenplatte mit einem Eisenring zierte das Portal. Paul hob ihn probehalber an. Er war schwer und offenbar auch länger nicht in Gebrauch gewesen, aber es war die einzige Möglichkeit, auf sich aufmerksam zu machen. Vielleicht hörte es ja jemand. Kraftvoll schlug er den Ring mehrmals gegen die die Tür. Nichts geschah. Verzweifelt sah Paul an dem Gebäude hoch. In welchem Stock mochte sie wohnen? War es überhaupt die richtige Adresse? Er blickte nochmals auf seinen Zettel. Die Adresse stimmte. Anrufen? Nur wie? Eine Telefonzelle war weit und breit nicht zu sehen. Ein weiteres Mal griff Paul nach dem Ring. Einmal, zweimal, dreimal ließ er ihn herunterkrachen und betete, es möge ihn jemand hören. Und tatsächlich, auf einmal ging die Tür auf, und eine alte Frau in einem geblümten Kittel erschien. Sie musterte ihn argwöhnisch aus sehr wachen dunklen Augen und sagte etwas auf Französisch, das er nicht verstand.

»Ich muss zu einer Freundin, sie wohnt hier«, sagte er und hielt der Alten den Zettel mit der Adresse unter die Nase.

Sie nickte, machte aber keinerlei Anstalten, ihn ins Haus zu lassen.

»Miss de Florenville. Does she live here?«, versuchte er es auf Englisch, aber die Alte sah ihn nur verständnislos an.

»De Florenville? Aurelie?«, sagte er schließlich nur und zeigte an ihr vorbei in das Innere des Hauses. Er konnte eine Art Innenhof erkennen, um den sich mehrere Hauseingänge gruppierten.

»Vous cherchez Madame Aurelie?«

Paul nickte heftig.

Die Alte winkte ihn durch die Tür herein und sagte: »Attendez ici.«

Sie verschwand in einer Art gläsernen Loge direkt neben dem Eingangsportal, und Paul sah, wie sie einen Telefonhörer in die Hand nahm und eine Nummer wählte. Dabei ließ sie ihn keine Sekunde aus den Augen. Nach einer Weile legte sie auf und trat aus ihrer Loge.

»Elle n'est pas là«, sagte sie mit einer entschuldigenden Geste.

Die Concierge, denn so etwas in der Art war sie wohl, machte Anstalten, ihn wieder aus dem Haus zu schieben.

»Aber ich muss zu ihr!«, rief er. »Sie *muss* da sein. Bitte! S'il vous plaît!«

»Non, non«, sagte die Alte bestimmt und verschränkte die Arme vor der Brust. Er überragte sie um mindestens drei Köpfe, aber sie schien wild entschlossen, sich ihm mit Leib und Leben entgegenzustellen, sollte er versuchen, sich gewaltsam Zutritt zu Aurelies Wohnung zu verschaffen.

»Il est important«, versuchte Paul es mit seinen verschütteten Französischkenntnissen. Und da fiel ihm auf einmal ein Satz ein, den Aurelie ihm beigebracht hatte, als sie damals im Krankenhaus lag: »Je suis malade.« *Ich bin krank.*

»Aurelie malade!«, rief er aus und machte das passende leidende Gesicht dazu. Die Alte ließ die Arme sinken. »Malade?«, fragte sie und legte die Stirn in Falten.

»Très malade!«, bekräftigte Paul.

Wieder gab sie einen Schwall Worte von sich, von denen Paul nicht ein einziges verstand. Er war nicht einmal sicher, ob sie überhaupt Französisch sprach. Es klang so ganz anders, als er die Sprache in Erinnerung hatte. Zumindest schien sie aber den Ernst der Lage erkannt zu haben, denn sie verschwand wieder in ihrer Loge und kam mit einem großen Schlüsselbund zurück.

»Attendez«, sagte sie erneut und eilte auf einen der drei Hauseingänge zu. Paul ignorierte ihre Aufforderung zu warten und folgte ihr in das Gebäude, das im Gegensatz zum Haupthaus jung und modern wirkte. Ohne sich nach ihm umzudrehen, lief die Alte in den zweiten Stock. Paul beobachtete von der Treppe aus, wie sie vor einer Wohnungstür stehen blieb und ein paarmal klingelte. Nichts rührte sich. Sie horchte an der Tür und hämmerte dann mit der Faust dagegen.

»Madame Aurelie! Êtes-vous là?«, rief sie, aber es blieb alles still.

»Sie muss da sein«, sagte Paul und trat neben die Alte. Woher er diese Überzeugung nahm, wusste er selbst nicht. »Können Sie nicht aufschließen?« Er zeigte auf ihren dicken Schlüsselbund.

Sie fingerte eine Weile an dem Bund herum und probierte mehrere Schlüssel aus. Am liebsten hätte Paul sie beiseitegeschoben und sich mit der Macht seiner neunzig Kilo gegen die Tür geworfen.

Endlich steckte die Alte einen Schlüssel ins Schloss. »Vous. Attendez!«, sagte sie streng und öffnete langsam die Tür. »Madame Aurelie?«, rief sie und machte ein paar vorsichtige Schritte in die Wohnung. Paul konnte einen geräumigen Flur sehen, edles Parkett und jede Menge Schuhe, die überall verstreut herumlagen. Über einem Sessel lagen Jacken und Mäntel, auf einer Kommode stapelten sich Bücher, Briefe und Hefte. Daneben standen ein Kaffeebecher und eine halb volle Flasche Wein. Das Schlimmste jedoch war die stickige Luft, die aus dem Halbdunkel der Wohnung kroch und sich beklemmend auf seine Brust legte.

Die Concierge stieg über ein Paar schwarze Stiefel hinweg und schaute in das erste Zimmer links des Flures. Sie schüttelte missbilligend den Kopf und blickte in den Raum, der danebenlag. Sie wandte sich nach rechts. Paul sah, wie sie für einen Moment in der Bewegung erstarrte. Dann hob sie wie in Zeitlupe die Hand und schlug sie vor den Mund. Ein lang gezogener Laut kam aus ihrer Kehle. Mit einem einzigen Satz war Paul neben ihr.

Kapitel 16

Stille

Aurelie lag im Schlafzimmer neben dem Bett, die Knie angezogen, als hätte sie dort auf dem Fußboden gesessen, wäre zur Seite gekippt und sofort eingeschlafen. Neben ihr – ebenfalls umgekippt – eine fast leere Flasche Champagner. Aurelies Hand ruhte mitten in der Champagnerlache, und auf dem Nachttisch fand Paul eine Schachtel Valium. Im Blister steckten nur noch wenige Tabletten. Das Bett war zerwühlt, und überall lagen Kleidungsstücke verstreut auf dem Boden herum.

Die Fensterläden waren geschlossen, aber durch die Ritzen drang das Sonnenlicht herein und malte ein Streifenmuster auf Aurelies Körper.

Sie atmete nicht.

Der Klagelaut, der immer noch aus der Kehle der Concierge drang, füllte den Raum wie das gespenstische Jaulen eines Hundes, der über dem Leichnam seines Herrchens trauert.

Aurelies Hals war warm, und Paul meinte, einen schwachen Puls zu fühlen. Aber er konnte sich auch täuschen.

»Ein Krankenwagen, schnell! Ambulance! Tatütata!«, schrie er die Concierge an, die noch immer mit der Hand vor dem Mund dastand.

Ein Ruck ging durch ihren Körper, und sie sah sich suchend im Flur um. »Téléphone … Ambulance, oui oui«, brabbelte sie und verschwand aus seinem Blickfeld. Er hörte ein Poltern und kurz darauf ihre Stimme, die hektisch etwas auf Französisch sagte und Aurelies Adresse nannte.

All das nahm er nur wie durch einen Nebel wahr, der ihn und Aurelie einzuhüllen schien. Er presste fest seine Lippen auf ihre und versuchte, so viel Luft wie möglich in ihren reglosen Körper zu zwingen.

»Komm, Aurelie, bitte«, beschwor er sie. »Atme!«, doch mit jeder Sekunde, die verstrich, erschien ihm ihr Gesicht fahler.

Wieso hatte er eine Stunde lang auf dem Bahnsteig gesessen und auf sie gewartet? Ihre Stimme heute Morgen! Er hätte es ahnen müssen!

Atme, Aurelie! Bitte!

Wieso hatte er dieses verdammte Sofa nicht einfach stehen lassen und war in den ersten Zug heute Morgen gestiegen?

Er hatte es ihr versprochen diese Nacht!

Atme!

Sein schlechtes Französisch war schuld. Sonst hätte er die Concierge viel schneller überzeugen können, ihn in ihre Wohnung zu lassen.

Atme endlich!

Er hatte das Gefühl, Stunden vergingen, während er abwechselnd mit der vollen Kraft seines Lungenvolumens in Aurelie hineinatmete und fest auf ihren schmalen Brustkorb drückte. Vielleicht war sie längst tot, er wusste es nicht, aber er würde nicht aufhören, niemals.

Plötzlich war der Raum voller Stimmen und weiß gekleideter Menschen. Als ihn jemand an der Schulter packte und von ihr wegzerren wollte, wehrte er sich. Eine Frau beugte sich über Aurelie und gab knappe Anweisungen. Sie sagte etwas zu ihm. Er verstand sie nicht. Er hatte auch keine Sirenen gehört, aber diese Leute schienen zu wissen, was zu tun war. Endlich konnte er Aurelie loslassen. Eine Maske wurde über ihr Gesicht geschoben, und ein Sanitäter drängte ihn zur Seite. Aurelie wurde aus dem Raum getragen. Er lief hinterher und wollte mit in den Krankenwagen steigen, aber einer der Sanitäter hielt ihn am Arm fest und schüttelte den Kopf. »Vous ne pouvez pas monter. Restez là.«

Die Sirenen heulten auf, und der Krankenwagen entführte Aurelie irgendwohin in dieser Stadt, die Paul so fremd war. Er sank am Straßenrand zusammen wie ein Ballon, aus dem plötzlich das letzte bisschen Luft entwichen war.

»Venez«, hörte er nach einer Weile die Stimme der Concierge, die hinter ihn getreten war. Mühsam rappelte er sich hoch und folgte ihr in ihre Glasloge. Sie drückte ihn auf einen Stuhl und verschwand in einem Hinterzimmer. Kurze Zeit später kam sie mit einer dampfenden Tasse Kaffee und einem Glas Wasser zurück.

Sie sagte eine ganze Menge Dinge, aber Paul verstand nur ihr wiederholtes »mon dieu, mon dieu«, das sie, versetzt mit tiefen Stoßseufzern, in ihre unverständlichen Sätze einstreute.

»Wissen Sie, wo sie Aurelie hinbringen?«, fragte er. »Hospital, où?«

Sie zuckte mit den Achseln und schüttelte den Kopf, was bedeuten mochte, dass sie es nicht wusste oder auch dass sie ihn nicht verstand. Es war zum Verzweifeln.

Mit Händen und Füßen versuchte er ihr klarzumachen, dass er zurück in Aurelies Wohnung musste. Seine Reisetasche stand dort, und er wusste auch nicht, wohin er sonst hätte gehen sollen.

Schließlich sagte sie, »Ah, oui oui, je comprends«, griff nach ihrem großen Schlüsselbund und bedeutete ihm, ihr zu folgen.

Als sich die Tür zu Aurelies Wohnung zum zweiten Mal an diesem Tag öffnete, fiel der Geruch von Alkohol und Zigaretten, Angst und Verzweiflung über ihn her wie ein wildes Tier. Wie lange hatte Aurelie sich hier eingesperrt, alleine mit den Dämonen, die sie offenbar gequält hatten und denen sie nur mit Alkohol und Tabletten begegnen konnte?

Gemeinsam mit der Concierge wanderte er durch die Räume und nahm fassungslos den Zustand der Verwahrlosung in Augenschein, in dem die Wohnung sich befand. In der Küche stapelten sich Teller mit Essensresten, angebrochene Wein- und Champagnerflaschen standen überall herum, im Badezimmer lagen gebrauchte Handtücher auf dem Boden verstreut, in der Toilette schwammen Zigarettenstummel, die Badewanne war mit schmutziger Wäsche angefüllt, über die jemand eine Flasche Duschgel ausgeleert hatte. Der Badezimmerschrank quoll über von Medikamenten. Wie kam Aurelie nur an all dieses Zeug?

Im Wohnzimmer zeugten ein Eimer mit abgestandenem Schmutzwasser und ein Wischmopp von einem offenbar länger zurückliegenden Versuch, den Fußboden zu reinigen, allerdings war der Raum mit einem hellen Teppich ausgekleidet, der voller Wasser- und Rotweinflecken war. Zeitschriften, Schallplatten, Gläser, leere Wein- und Champagnerflaschen lagen und standen überall herum, ein gut gefüllter Aschenbecher war offenbar umgekippt, und die Asche hatte sich ebenfalls in den Fußboden eingetreten.

Die Concierge schlug ein ums andere Mal die Hand vor den Mund. »Mon dieu«, murmelte sie nur immer wieder. »Quel bordel.«

Paul überlegte, wie er ihr klarmachen sollte, dass er in der Wohnung bleiben musste, solange er nicht wusste, wie es um Aurelie stand.

Er stellte seine Reisetasche demonstrativ mitten ins Wohnzimmer und begann, Flaschen und Gläser einzusammeln.

Die Concierge stemmte die Hände in die Hüften und beobachtete eine Weile sein Tun.

»Et alors?«, fragte sie und klimperte mit ihrem Schlüsselbund.

»Je rester«, radebrechte Paul und bekräftige seine Worte, indem er mit beiden Zeigefingern auf seine Füße wies. Er nahm den Wischmopp und tat, als schrubbe er den Boden.

Sie legte die Stirn in Falten und sagte etwas. Dabei hielt sie den Schlüsselbund hoch.

»Nein, ich habe keinen Schlüssel. Aber Aurelies Schlüssel muss hier irgendwo sein. Bitte. Ich *muss* hierbleiben!« Als die Concierge immer noch keine Anstalten machte, ihn endlich allein zu lassen, zog er sein Portemonnaie aus der Tasche und drückte ihr einen großen Geldschein in die Hand. »S'il vous plaît!«, flehte er.

Da nickte sie endlich und verließ mit einem letzten missbilligenden Blick auf das Chaos in der Küche die Wohnung.

Bis ein Uhr in der Nacht hielt Paul die Stille im Zaum, indem er Flaschen entsorgte, die herumliegende Wäsche einsammelte, Gläser, Teller und Besteck spülte, das Badezimmer und die Fußböden schrubbte. Er faltete Aurelies Kleidungsstücke und legte sie zu ordentlichen Stapeln zusammen. Ihr Bett rührte er nicht an.

Er hatte sämtliche Fenster geöffnet und ließ die kühle Abendluft, belebt von den Geräuschen der Stadt, durch die Wohnung ziehen. Als alle Zimmer glänzten und die scharfen Putzmitteldämpfe jedwede Ahnung von Aurelies erdigem Geruch in ihren Kleidungsstücken, ihrer Wäsche und ihren Sofakissen überlagerten, wagte er es endlich innezuhalten.

Er verspürte weder Hunger noch Durst, obwohl er seit dem Vormittag nichts mehr gegessen hatte. Der Kühlschrank war bis auf eine Flasche Cola und eine angebrochene Dose Sardellen ohnehin leer. Aurelies Wohnungsschlüssel hatte er unter einem

Stapel Bücher auf der Kommode im Eingang gefunden, aber er durfte die Wohnung nicht verlassen. Solange er hier war, konnte er Aurelie spüren, und solange er sie spüren konnte, lebte sie. Es musste so sein. Irgendwo in einem der vielen Krankenhäuser der Stadt kümmerte man sich um sie und würde dafür sorgen, dass sie weiterlebte. Noch in dieser Nacht oder spätestens morgen früh würde das Telefon klingeln, und irgendjemand würde ihm sagen, dass Aurelie außer Gefahr war. Es war ein unsinniger Gedanke, aber er klammerte sich daran, um nicht in Angst und Sorge zu ertrinken.

Doch das Telefon klingelte nicht.

Die Minuten schlichen dahin, wurden zu quälenden Stunden, in denen Paul rastlos hin- und herwanderte, hoffte, bangte und betete. Mehrmals war er kurz davor, die Wohnung doch zu verlassen und sich zu Fuß auf die Suche nach dem Krankenhaus zu machen, in dem Aurelie um ihr Leben kämpfte. Aber er hatte nicht den Mut dazu.

Irgendwann ließ er sich im Wohnzimmer erschöpft in einen Sessel fallen.

Inzwischen war auch die Stadt zur Ruhe gekommen. Das konstante Rauschen des Verkehrs war abgeschwollen, und nur hin und wieder heulten Sirenen auf, als wollten sie Paul daran erinnern, dass er nicht aufhören durfte, an Aurelie zu denken.

Gegen Morgen musste er doch eingeschlafen sein, denn als er die Augen öffnete, war es taghell im Zimmer, und vor ihm stand ein Mann. Er trug einen Anzug und hatte scharfe, ebenmäßige Züge.

»Qui êtes-vous?«, *wer sind sie,* fragte er. Es klang, als habe er das Recht, Paul auf der Stelle aus der Wohnung zu werfen.

»I'm a friend«, stammelte Paul. »Je ne comprends pas le français.«

»Sind Sie Deutscher?«

»Ja«, sagte Paul erleichtert. »Paul Tissu.« Endlich jemand, mit dem er sich verständigen konnte.

»Aurelies Neuer?«, fragte der Mann völlig ohne Akzent und übersah geflissentlich die Hand, die Paul ihm hinstreckte.

»Nein, ich …«

»Was haben Sie dann hier verloren?«

»Und Sie?«, entgegnete Paul. Die arrogante Art des Typen nervte ihn. »Wie sind sie überhaupt hier reingekommen?«

»Mit einem Schlüssel.« Demonstrativ setzte er sich in den Sessel, in dem Paul gerade noch gesessen hatte, und schlug die Beine übereinander. Er schien nur wenig älter als Paul zu sein, aber er benahm sich, als lägen Welten an Wissen und Erfahrung zwischen ihnen.

»Hören Sie«, sagte Paul und baute sich vor dem selbstgefälligen Schnösel auf. »Aurelie hat gestern versucht, sich das Leben zu nehmen. Sie hat getrunken und Tabletten geschluckt. Ich habe sie hier gefunden, sie war noch am Leben, aber …«

»Was?« Dem Schönling entgleiste die Miene. »Wo ist sie jetzt?«

»In irgendeinem Krankenhaus, nehme ich an. Keine Ahnung, wo. Ich bin nicht von hier.«

Die arrogante Selbstgefälligkeit des Mannes war auf einen Schlag dahin.

»Verdammt!«, fluchte er und sprang auf. »Ich habe ihr gesagt, sie soll die Finger von dem Zeug lassen.«

»Wer sind Sie überhaupt?«, fragte Paul.

»Matthias«, sagte er nur und stieß ihn beiseite. Er griff zum Telefon, wählte hektisch mehrere Nummern und nannte in den kurzen Gesprächen immer wieder Aurelies Namen. Nach dem dritten Telefonat legte er auf und schloss für einen kurzen Moment die Augen. Dann sah er Paul an.

»Sie liegt im Hôpital Hôtel-Dieux. Und sie lebt.«

Kurze Zeit später saß Paul neben Matthias in dessen Sportwagen und überquerte die Seine, die in der Morgensonne glitzerte. Matthias schlängelte sich durch die Autokolonne, die sich im Zeitlupentempo fortbewegte.

»Leben Sie mit Aurelie zusammen?«, fragte Paul.

»Nein.«

»Aber Sie haben den Schlüssel zu ihrer Wohnung.«

»Noch, ja.«

Paul sah ihn fragend an, doch Matthias presste die Lippen aufeinander und blickte starr geradeaus.

»Aurelie hat mich letzte Nacht angerufen. Ich habe sie vor zwei Jahren das letzte Mal gesehen. Ich hatte keine Ahnung, dass es ihr schlecht geht«, erklärte Paul.

Matthias erwiderte nichts, und so hüllte auch Paul sich in Schweigen. Inzwischen war der Verkehr völlig zum Erliegen gekommen. Nervös trommelte Matthias mit den Fingern aufs Lenkrad.

»Es ist nicht meine Schuld!«, stieß er plötzlich hervor. »Ich habe versucht, ihr zu helfen, aber sie hat sich immer wieder mit irgendwelchen Kerlen eingelassen, die nicht gut für sie waren. Letzte Woche hat sie mir Hausverbot erteilt, weil ich ihre sogenannten Freunde rauswerfen wollte.«

»Seit wann kennen Sie sie?«, fragte Paul.

»Wir waren ein Jahr zusammen an der Uni. Ich habe Examen gemacht, und sie hat gefeiert. Immer Party. Sie hat keine Prüfung bestanden. Dabei ist sie nicht dumm.«

»Nein«, sagte Paul. »Ist sie nicht.«

»Woher kennen Sie sie?«

»Wir … ich bin ein Schulfreund.« Wie das klang. Schulfreund. Aber war er je mehr gewesen?

»Sie hat nie von Ihnen erzählt«, sagte Matthias kühl.

Aber *mich* hat sie angerufen, dachte Paul. Er sah Matthias von der Seite an. Man konnte wohl fraglos behaupten, dass er gut aussah. Er hatte dieses klassische Filmstar-Profil, gerade Nase, markantes Kinn, tief, aber nicht zu tief liegende Augen. Dafür war er nicht besonders groß. Nein, eigentlich war er sogar eher klein. Einer dieser sportlichen, drahtigen Typen, die ihre mangelnde Größe durch Ehrgeiz und Erfolg wettmachen. Wahrscheinlich verdiente er schon jetzt einen Haufen Geld. Aurelies Mutter war bestimmt begeistert von ihm.

»Ich wollte mit ihr zusammenziehen. Aurelie ist völlig unfähig, alleine zu leben. Sie braucht jemanden, der auf sie aufpasst.«

»Aber sie wollte nicht«, stellte Paul fest. Er hoffte, dass Matthias ihm seine Genugtuung nicht anmerkte.

Matthias hob die Schultern und ließ sie mit einem tiefen Seufzer fallen. »Was soll ich machen. Ich habe es nicht geschafft, sie zur Vernunft zu bringen. Das mache ich mir zum Vorwurf.«

Aurelie vernünftig. Fast hätte Paul lauthals gelacht. Aber er biss sich auf die Lippen.

»Es wird Zeit, dass sie erwachsen wird«, fuhr Matthias fort, während er sich in eine enge Parklücke unmittelbar vor Notre-Dame zwängte. Das alte Gebäude des Krankenhauses lag direkt gegenüber der Kathedrale. »Ich hoffe, dass diese Sache ihr jetzt eine Lehre ist.«

Paul kannte das Gefühl, Aurelie beschützen zu wollen. In diesem Moment spürte er es ganz besonders deutlich. Er überlegte, ob er Matthias irgendwie loswerden konnte. Am liebsten hätte er ihm einen ordentlichen Kinnhaken versetzt und ihn ohnmächtig im Wagen zurückgelassen, aber es waren entschieden zu viele Zeugen in der Nähe.

Aurelie lag bereits auf der Station. Matthias sprach mit einem jungen Mann im weißen Kittel und sagte dann zu Paul gewandt: »Er will nicht viel sagen, weil wir nicht zur Familie gehören, aber sie hat wohl sehr viel Glück gehabt. Wir dürfen zu ihr, er meint aber, sie müsste noch ein, zwei Tage zur Beobachtung hierbleiben.«

Vor Aurelies Zimmer ließ Paul Matthias den Vortritt und wartete draußen. Auf keinen Fall wollte er Zeuge irgendwelcher Versöhnungsszenen werden. Es dauerte jedoch nicht lange, da wurde die Tür aufgerissen, und Matthias stürmte wortlos an ihm vorbei. Nach wenigen Schritten kehrte er noch einmal um und hielt ihm einen Schlüssel unter die Nase.

»Hier. Der Schlüssel zu ihrer Wohnung. Passen Sie auf sie auf. Das können Sie offensichtlich besser als ich.«

Aurelie saß aufrecht im Bett und sah Paul entgegen. Sie war blass und ein wenig schmaler, als er sie in Erinnerung hatte. Aber das Lächeln, das jetzt über ihr Gesicht glitt, brachte sein Herz zum Singen wie eh und je. Er hätte vor ihr niederknien und sie stundenlang betrachten mögen, stattdessen jedoch nahm er feierlich ihre Hand, hauchte einen Kuss auf den Handrücken und sagte: »Aurelie de Florenville, welche Freude, Sie zu sehen.«

Aurelie neigte den Kopf und erwiderte: »Mein lieber Paul Tissu, die Freude ist ganz auf meiner Seite.« Dann zog sie ihn zu sich herunter und schlang ihren Arm um seinen Hals. »Es tut mir so leid, Paul. Ich wollte nicht, dass ...« Sie brach ab und drückte ihr Gesicht an seinen Hals. Paul setzte sich neben sie und umarmte sie vorsichtig. Er fürchtete, sie unter seinen großen Händen zu zerbröseln wie ein filigranes Kunstwerk. Eine Weile saßen sie so da, dann hob Aurelie den Kopf und sagte: »Ich wollte das nicht. Ich weiß nicht, was passiert ist, ich habe diese Tablette genommen, weil ich nicht schlafen konnte. Nur eine. Wirklich, das ist die Wahrheit.«

»Ach, Aurelie. Ich bin einfach nur froh, dass du lebst.«

»Der Arzt sagt, ich sei nur noch am Leben, weil rechtzeitig jemand da war und mich beatmet hat. Dieser Jemand warst wohl du.«

»Ich wäre früher da gewesen, wenn dieser Drachen unten im Eingang sich nicht so angestellt hätte.«

»Die Concierge? Ein Wunder, dass sie dich überhaupt reingelassen hat.«

»Ich musste sie bestechen. Sonst hätte ich nicht gewusst, wo ich letzte Nacht bleiben sollte.«

»Der Alkohol war schuld. Es ist die Wechselwirkung. Atemstillstand, steht auch im Beipackzettel, aber …«

»Und ich dachte, du hättest die halbe Packung genommen.«

»Nein!«, protestierte Aurelie. »Nur eine. Höchstens zwei. Ich wollte endlich schlafen.«

»Nachmittags? Hattest du vergessen, dass ich kommen wollte?«

»Ich dachte, du kommst nicht mehr«, sagte Aurelie leise.

»Aber wir hatten telefoniert. Ich habe dir gesagt, wann ich komme.«

»Ich weiß nicht mehr. Es ist alles so verworren.«

»War es wegen Matthias?«

Aurelie schüttelte den Kopf und blinzelte ein paarmal. Sie öffnete den Mund, als wollte sie etwas sagen, presste dann aber die Lippen aufeinander und schüttelte erneut den Kopf.

Paul zog Matthias' Schlüssel aus der Tasche. »Den hat er mir gerade gegeben. Ich nehme an, du wolltest ihn wiederhaben.«

»Behalte du ihn. Oder musst du schon wieder abreisen?«

»Ich bleibe«, sagte Paul und hielt ihren Blick fest. »Solange du mich brauchst«, fügte er hinzu und nahm ihre Hand. Nie zuvor hatte er Angst in Aurelies Augen gesehen, doch jetzt war sie da, stark und mächtig. Der Schatten dieser Angst lag unter ihren Augen und nahm ihnen ihr Leuchten.

»Danke«, sagte Aurelie. Sie ließ sich in ihr Kissen zurücksinken und schloss die Lider.

»Ich bin furchtbar müde«, murmelte sie. »Ich war noch nie so müde. Bleibst du noch ein bisschen hier sitzen, auch wenn ich einschlafe?«

»Ich bleibe so lange, bis sie mich rauswerfen«, erwiderte Paul.

Aurelie lächelte mit geschlossenen Augen. Kurz darauf war sie eingeschlafen.

Kapitel 17

Heimkehr

Zurück in Aurelies Wohnung rief er seine Eltern an. Er war erleichtert, als er die Stimme seines Vaters hörte.

»Ich muss noch ein paar Tage hierbleiben«, sagte er.

»Das wird deiner Mutter nicht gefallen. Und mir auch nicht besonders, wenn ich das sagen darf«, gab sein Vater zurück.

»Es tut mir leid. Aber ich kann nicht anders.« Paul erzählte kurz, was geschehen war, und schloss mit den Worten: »Wenn ich sie jetzt alleine lasse, passiert vielleicht noch Schlimmeres.«

»Du tust sicher das Richtige. Aber bitte komm nach Hause, sobald es geht. Wir brauchen dich.«

»Ich weiß. Aber ich glaube, Aurelie braucht mich gerade mehr.«

»Lernen wir die junge Dame denn irgendwann einmal kennen?«

»Ich weiß nicht. Sie ist … sie lebt in einer anderen Welt. Schwer zu erklären.«

»Soso. Na ja. Es ist deine Sache. Aber verlier nicht den Kopf.«

»Nein. Keine Sorge. Ich melde mich wieder.« Damit legte er auf und starrte das Telefon noch sehr lange an. Seinen Kopf hatte er längst verloren. Und sein Herz auch.

Zwei Tage später durfte Aurelie nach Hause. Paul holte sie im Krankenhaus ab. Sie war noch blass und wirkte zerbrechlich, aber sie lachte und plauderte, als wäre nie etwas passiert. Je näher sie jedoch ihrer Wohnung kamen, desto stiller wurde sie. Im Hauseingang unten blieb sie stehen und atmete schwer, als hätte sie einen zu schnellen Dauerlauf hinter sich. Unter ihre Augen hatten sich erneut tiefe Schatten gelegt.

»Was ist los?«, fragte Paul.

»Nichts. Es ist gut. Ich muss mich nur kurz ausruhen. Geh ruhig schon vor.«

»Auf keinen Fall«, sagte Paul. Er stellte ihre Tasche ab, nahm Aurelie auf den Arm und trug sie unter ihrem Protest bis vor die Wohnungstür. Sie war leicht, fast substanzlos. Er schloss die Tür auf, legte die Hand über ihre Augen und dirigierte sie ins Wohnzimmer: »Aurelie die Florenville, willkommen zu Hause.«

Paul hatte jeden Tropfen Alkohol aus ihrer Wohnung entfernt, sämtliche Medikamente bis auf eine Packung Aspirin und die Nasentropfen entsorgt, den Kühlschrank aufgefüllt und von seinem letzten Bargeld einen großen Strauß Blumen gekauft, der nun auf dem Wohnzimmertisch stand und einen intensiven Duft im Raum verbreitete. Die Sonne schien durch die großen Fenster und tauchte den dunklen Parkettboden in ein warmes Licht.

Aurelie blinzelte.

»Paul! Das hättest du nicht tun müssen!«

»Was meinst du?«

»Das alles hier. Du hast … aufgeräumt.«

»Reiner Eigennutz. Es war ein bisschen, na sagen wir: unordentlich.«

»Ein Saustall, sag es ruhig.« Sie zog eine Grimasse.

»Ordnung war noch nie deine Stärke, wenn ich mich recht erinnere.«

»Das Ganze ist mir ein bisschen peinlich.«

»Nein, Aurelie«, sagte Paul ernst, »peinlich ist das falsche Wort. Du hast mir immer noch nicht erzählt, was eigentlich passiert ist.«

»Passiert … ist eigentlich nichts. Die Dinge sind nur ein bisschen … na sagen wir: außer Kontrolle geraten.« Sie beugte sich zu den Blumen hinunter und sog ihren Duft ein.

Paul beobachtete sie. Was verbarg sie vor ihm? »Das verstehe ich nicht«, sagte er.

»Nein, das kannst du auch nicht verstehen. Ach, Paul, lass uns einfach die Tage, die du hier bist, genießen, ja?« Sie legte ihre Hand auf seinen Arm und sah ihn bittend an.

»Aber …«, wollte Paul protestieren, doch Aurelie stellte sich auf die Zehenspitzen, küsste ihn leicht auf die Wange und legte einen Finger auf seine Lippen.

»Pst«, machte sie. »Nimm es hin. Ich kann es dir nicht erklären. Es liegt an mir. Nur an mir. Ich bin einfach so.«

»Matthias sagt, du bist unfähig, alleine zu leben.«

»Matthias *will,* dass ich unfähig bin, alleine zu leben.«

»Er liebt dich«, stellte Paul fest.

»Ja«, sagte Aurelie. »Und genau das ist das Problem.«

»Wieso? Liebst du ihn nicht?«

»Du hast ihn kennengelernt«, sagte sie nur, als wäre das Antwort genug. Sie ging an ihm vorbei in die Küche und öffnete den Kühlschrank.

»Paul!«, rief sie aus. »Du hast tatsächlich eingekauft! Mein Lieblingskäse! Woher wusstest du?«

»Mir schien, deine Diät könnte eine Unterbrechung gebrauchen«, sagte er und lehnte sich in den Türrahmen.

»Ich esse meistens auswärts oder bestelle mir etwas.« Sie nahm den Käse und eine Tüte Pflücksalat und hielt beides in die Höhe. »Ich habe hier noch nie gekocht. Aber heute können wir damit ja mal anfangen.«

Ihre Müdigkeit schien wie weggeblasen, und auf ihren Wangen zeigte sich eine zarte Röte. Die Schatten unter ihren Augen waren verschwunden und mit ihnen die drückende Schwere, die Paul seit seinem Eintreffen in ihrer Wohnung die Brust verengt hatte. Was auch immer zu Aurelies Zusammenbruch geführt hatte, sie schien mit der ihr eigenen Leichtigkeit darüber hinweggehen zu wollen, und er war bereit, sich auf diesem Weg von ihr mitnehmen zu lassen.

»Ich möchte, dass du mich malst«, sagte Aurelie zwei Tage später, als sie die zentrale Halle des Musée d'Orsay durchquerten. Im Louvre waren sie bereits gewesen, hatten den Grand Palais besichtigt und das Centre Pompidou. Aurelie schien entschlossen, ihm in den wenigen Tagen, während er in Paris war, sämtliche Museen der Stadt zu zeigen. Er hatte ihr gegenüber zugeben müssen, dass er noch immer nicht an der Kunsthochschule studierte, sondern weiterhin »arbeitete«, obwohl er nicht verriet, welcher Natur seine Arbeit war.

Teile des Museums befanden sich im Umbau, und die Gemälde der großen Impressionisten waren rings um die Halle in provisorischen Nischen angeordnet worden. Es war früh am Morgen, nur wenige Besucher waren da, und so konnten Paul und Aurelie frei umherwandern und jedes Bild ungestört betrachten. Die Nischen waren dunkel. Vor dem schwarzen Hintergrund leuchteten die Werke, als hätte soeben eine magische Schöpferhand die Sonne in die Farben getaucht. Wie erschüttert blieb Paul vor Monets *Villen in Bordighera* stehen. Das war es. Das Licht der Farben gebannt auf ein Stück Leinen. Nur einem wirklichen Zauberer konnte so etwas gelingen. Nie würde er diese Fähigkeit besitzen. Geli hatte sich geirrt damals, vor so vielen Jahren. Er war ein Nichts im Vergleich zu diesen Meistern, deren Kunstwerke vor ihm ihre Magie entfalteten, völlig unbeeindruckt von der Würdelosigkeit ihrer provisorischen Umgebung.

»Ich kann das nicht«, sagte Paul.

»Was kannst du nicht«, fragte Aurelie.

»Dich malen. Ich bin nicht gut genug.«

»Blödsinn. Du bist … genial.« Sie sprach das »g« aus wie ein weiches »sch«, voller Zärtlichkeit.

»Oh nein«, sagte Paul. »Schau dich doch um. Diese Maler waren es. Genial. Ich bin ein Stümper im Vergleich dazu.«

»Du solltest dich motiviert fühlen. Inspiriert. Aber du ziehst lieber den Schwanz ein, als zu zeigen, dass du etwas kannst.«

Erstaunt sah Paul sie an. Noch nie hatte er aus Aurelies Mund einen derart derben Ausdruck gehört.

»Sieh misch nicht so an. Du vergeudest dein Talent. Das ist eine Schande!« Wie immer, wenn sie erregt war, trat ihr französischer Akzent deutlich hervor. Paul hätte sie küssen mögen in diesem Moment.

Er hatte sie gestern Abend in ihr Bett getragen, als sie auf dem Sofa eingeschlafen war, aber jede intime Berührung verbat er sich. Er schlief auf dem Sofa, kochte morgens Kaffee und brachte ihn ihr ans Bett, küsste sie auf die Wange, die vom Schlaf zerknautscht und gerötet war, und schloss sie in die Arme, wenn die Energie sie zu verlassen schien, was immer wieder plötzlich und unvermittelt geschah. Sie wirkte wie ein verletztes Tier, dem jede Berührung unerträgliche Schmerzen verursachen konnte.

»Traust du dich nicht, mich zu malen?«, fragte Aurelie herausfordernd, als sie aus dem Museum in die grelle Sonne traten und zur Seine hinüberwanderten.

»Ich habe dich schon tausend Mal gemalt.«

Überrascht blieb Aurelie stehen. »Und wieso kenne ich keines dieser Bilder?«

»Sie waren nicht gut genug«, sagte Paul achselzuckend.

»Dann tu es jetzt. Mal eins, das gut genug ist.«

Sie baute sich vor ihm auf und hob das Kinn, als wollte sie ihm zeigen, dass sie ein lohnenswertes Modell war, ganz ohne Koketterie.

»Du bist wunderschön, Aurelie«, flüsterte Paul.

»Es geht hier nicht um mich, Paul«, sagte sie. »Es geht um dich.«

»Nein, Aurelie«, widersprach Paul. »Das siehst du falsch. Es geht um dich. Nur um dich.« Er streckte den Arm aus und zog sie zu sich heran. Und dann küsste er sie doch, sanft und vorsichtig, und ihre Lippen öffneten sich und zeigten ihm, dass seine Berührung willkommen war.

Noch am selben Nachmittag lotste Aurelie Paul in ein kleines Geschäft für Künstlerbedarf am Montmartre und kaufte eine Leinwand und hochwertige Acrylfarben. Als Paul bezahlen wollte, hielt sie seine Hand fest.

»Das mach ich. Du tust es ja für mich, nicht wahr?«

»Aber die Sachen sind viel zu teuer!«, protestierte Paul.

»Eben«, sagte Aurelie.

»Ich will das nicht. Du zahlst schon sonst immer alles.«

»Geld, Paul«, sagte Aurelie leise, aber nachdrücklich, als rede sie mit einem störrischen Kind. »Geld habe ich mehr als genug. Das ist das Einzige, woran es mir noch nie gefehlt hat.«

In der Wohnung setzte sich Aurelie auf einen Stuhl, nahe am großen Wohnzimmerfenster. Die Nachmittagssonne fiel seitlich auf ihr glatt gekämmtes schwarzes Haar und zauberte diesen rötlichen Schimmer hinein, der Paul schon immer fasziniert hatte. Sie saß ruhig und sah ihn unverwandt an, während er, beinahe ohne den Blick von ihr zu lassen, die ebenmäßigen Linien ihres Gesichtes auf die Leinwand übertrug. Keiner von beiden sprach ein Wort, nur die Stadt dort draußen pulsierte wie ein heißes, warmes Herz, unbeeindruckt von der Magie der Stille, die sich in dem Moment über sie beide gesenkt hatte, als Paul den Pinsel in die Hand nahm.

Zum ersten Mal, seit er Aurelie kannte, glaubte Paul, sie zu sehen, wie sie wirklich war. Sie trug ein schlichtes Kleid in der Farbe eines Tannenwaldes kurz vor Sonnenuntergang, das nur ihren Hals und den Ansatz ihrer Schlüsselbeine freigab. Doch sie sah ihn an, als wäre sie nackt. Er mochte es sich einbilden, aber es war, als habe sie in dem Augenblick, als sie sich auf den Stuhl setzte, eine unsichtbare Rüstung abgelegt und zeigte ihm die zartweiße, verletzliche Haut darunter.

Aurelie lächelte nicht, und doch lag in ihrem Blick etwas wie stolze Freude, eine tiefe, innere Zufriedenheit mit dem, was war, in diesem Augenblick.

Die Stunden vergingen, ohne dass einer von beiden etwas sagte. Von Zeit zu Zeit veränderte Aurelie leicht ihre Position, kaum merklich, gerade genug, um Paul daran zu erinnern, dass sie lebte und atmete und ihr Herz unter dem tannengrünen Kleid pulsierte. Fast wartete er darauf, dass auch ihr Konterfei auf der Leinwand sich regen würde, und sein Pinsel verharrte einen kurzen Moment, wie um ihm den Raum dafür zu geben.

Als das Tageslicht endgültig den Raum verließ, stand Aurelie auf und schaltete die Deckenbeleuchtung ein. Die plötzliche Helligkeit überforderte Paul, und er wischte sich kurz über die Augen.

»Du bist müde«, sagte Aurelie.

»Nein«, sagte er. »Ich war noch nie so wach.«

»Darf ich einen Blick darauf werfen?«, fragte sie.

»Erst wenn es fertig ist.«

»Wann wird es fertig?«

»Wir werden sehen«, sagte Paul. »Das kommt auf deine Geduld an.«

»Ich bin die Geduld in Person.«

Paul lachte. »Das ist mir neu.«

»Mir auch«, sagte Aurelie. »Aber …«, sie trat nah an ihn heran und küsste ihn sanft auf die Lippen, »es lohnt sich, zur Abwechslung einmal geduldig zu sein.«

»Das hoffe ich.«

»Ich weiß es.«

»Wann musst du nach Hause?«, fragte Aurelie eine Woche später. Sie saßen bei einem Italiener ganz in der Nähe von Aurelies Wohnung. Es war erstaunlich warm für Anfang April, und die Fenster des Restaurants waren weit geöffnet.

Paul machte eine wegwerfende Handbewegung. Der Gedanke, Aurelie alleine zurückzulassen, war ihm unerträglich, aber er war mittlerweile fast zwei Wochen in Paris, und gerade an diesem Vormittag hatte er zu Hause angerufen und zugesagt, dass er bald heimkehren würde.

Aurelie ließ nicht locker. »Du hast gesagt, du arbeitest. Irgendwann musst du doch zurück.«

»Ja, irgendwann.« Paul wich ihrem Blick aus.

»Wann, Paul«, fragte Aurelie sanft.

»Ich fahre nicht, bevor du nicht wieder ganz gesund bist.«

»Ich bin gesund.«

Paul sah sie an. Es war kaum zu glauben, dass sie vor kurzer Zeit noch mit dem Tod gerungen hatte. Sie strahlte Lebensfreude und Optimismus aus. Ihre Wangen glühten, und auch das faszinierende Leuchten war in ihre Augen zurückgekehrt. Sie hatte keinen Tropfen Alkohol getrunken, seit sie aus dem Krankenhaus zurückgekehrt war, und ihm versprochen, Tabletten – wenn überhaupt – nur noch in Absprache mit einem Arzt zu nehmen. Die Quelle ihrer Medikamente war ganz offensichtlich nicht legal, aber sie wollte ihm nicht verraten, woher sie stammten. Sie hatte ihm gestanden, dass sie ihr Studium abgebrochen und einen Heiratsantrag von Matthias abgelehnt hatte. Mehr wollte sie dazu nicht sagen, nur dass Matthias der Sohn eines deutschen Diplomaten war und wie sie seine Kindheit und Jugend zwischen Umzugskisten verbracht hatte. Das habe sie zusammengeführt, aber, wie sie sagte, auch füreinander verdorben.

»Ehrlich, Paul«, sagte Aurelie jetzt. »Es geht mir gut.«

»Ich komme wieder, sobald ich kann«, erwiderte Paul und nahm ihre Hand.

»Du musst dich endlich an der Kunsthochschule bewerben. Versprich mir das.«

»Jaja«, sagte Paul. »Und du studierst endlich Architektur, so wie du es wolltest.«

»Ach. Das war ein Mädchentraum.«

»Was willst du sonst tun?«

»Ich werde mein Studium wieder aufnehmen. Diesmal strenge ich mich an.«

Paul zog eine Augenbraue hoch. »Und das soll ich dir glauben?«

»Wieso nicht?«

»Warum hast du es denn abgebrochen?«

»Es war so langweilig.«

»Und warum sollte es jetzt nicht mehr langweilig sein?«

Aurelie lachte. »Es wird genauso langweilig sein!«

»Aber?«

»Irgendetwas muss ich ja mal zu Ende bringen, nicht wahr?«, flüsterte Aurelie und nippte an ihrem Glas Wasser. Dann winkte sie dem Kellner und sagte lauter, als nötig gewesen wäre: »Und jetzt gehen wir zum Bahnhof und kaufen dir eine Fahrkarte. Und danach …«

Der Kellner unterbrach sie mit der Rechnung. Ohne genau hinzusehen, zog sie einen Schein aus dem Portemonnaie und winkte ab, als er ihr das Wechselgeld geben wollte.

»Danach?«, fragte Paul, als sie wieder alleine waren.

»Danach gehen wir nach Hause und vollenden das Kunstwerk, auf das ich schon so lange warte!«

* * *

Es war bereits so gut wie fertig. Ein wenig wollte Paul noch am Hintergrund arbeiten, und im Grunde hätte Aurelie nicht in ihrem tannengrünen Kleid auf dem Stuhl vor ihm sitzen müssen, doch der Moment, wenn sie ihren Platz einnahm und sich die Stille über sie senkte, war von einer feierlichen Schönheit, auf die er nicht verzichten konnte.

Ein paarmal bat er Aurelie, den Platz zu wechseln, um besser das verblassende Licht des frühen Abends einfangen zu können, und immer wieder blieb er an ihren Augen hängen, die ihn nicht eine Sekunde losließen. Er spürte ihren Blick bis in die Zehenspitzen. Das Blut begann in seiner Mitte zu pulsieren, und seine Finger wurden feucht. Aber er malte weiter bis zum letzten Pinselstrich. Dann legte er den Pinsel beiseite, als wäre es der Punkt hinter dem letzten Satz einer langen Geschichte.

»Fertig?«, fragte Aurelie.

Er öffnete den Mund, aber es war einer dieser Momente, in denen die Worte nicht kommen wollten.

Aurelie stand auf.

»Warte!«, krächzte er. Sein Mund war trocken. »Warte«, sagte er noch einmal und bedeutete ihr, sich wieder zu setzen. Er nahm einen tiefen Schluck Wasser aus der Flasche, die immer auf dem Tisch neben der Staffelei stand. Dann trat er zurück und betrachtete das Bild. Es war alles da. Wäre Aurelies Konterfei in diesem Moment aufgestanden und auf ihn zugekommen, es hätte ihn nicht gewundert. Die Aurelie auf der Leinwand war so lebendig und wahr, wie sie es nur sein konnte. Paul war sicher, niemals zuvor etwas Derartiges geschaffen zu haben. Und doch. Etwas beunruhigte ihn. Das Porträt war fertig, er hätte Aurelie – die richtige Aurelie – an die Hand nehmen und vor das Bild führen können. Aber er tat es nicht. Erst musste er wissen, was diese seltsame Unruhe verursachte, dieses Gefühl, etwas Wichtiges übersehen zu haben.

»Und? Darf ich es jetzt sehen?«, fragte Aurelie.

»Morgen«, sagte er und drehte das Porträt zur Wand. Er legte das schwarze Tuch über die Rückseite, mit dem er es bedecken würde, sobald die Farbe getrocknet war. Es würde schnell gehen. Er hatte nur ein paar Lichtreflexe gesetzt. Wenig Farbe, große Wirkung.

»Warum morgen? Ist es noch immer nicht fertig?«

»Doch, ich denke schon. Ich muss es sehen – bei hellem Tageslicht.« Es war eine Ausrede. Er brauchte nicht mehr Licht, denn das Problem lag nicht auf der Oberfläche des Bildes, nicht in den Konturen und auch nicht in den Farben. Es lag tiefer, viel tiefer.

»Du bist unverbesserlich«, lachte Aurelie.

»Genau wie du.«

»Wovor hast du Angst, Paul?«, fragte Aurelie und trat nahe an ihn heran. Er spürte ihr Kraftfeld mit einem Sog, der ihn fast auseinanderriss.

»Ich habe keine Angst.«

»Oh doch. Ich kann sie spüren«, flüsterte Aurelie und legte ihre Hand auf seine Brust. »Hier sitzt sie. Und hier.« Ihre Hand rutschte hinunter auf seinen Bauch, und Pauls Lenden zogen sich zusammen. Sein Herz hämmerte. Das durfte nicht sein. Er musste stark sein.

»Nicht, Aurelie«, flüsterte er.

»Warum nicht?«

»Du … ich … es geht …« *Nicht,* hatte er sagen wollen, aber dann war das Wort plötzlich weg, und er hob Aurelie hoch und trug sie in ihr Schlafzimmer, so wie er es inzwischen oft getan hatte, am Abend zuvor und davor beinahe jeden Abend, seit er bei ihr war. Doch heute trug sie das tannengrüne Kleid und nicht ihren Pyjama, mit dem sie an seiner Seite auf dem Sofa eingeschlafen war. Heute war sie wach und warm, und er konnte ihre Erregung spüren. Heute zog sie ihn zu sich herunter und küsste ihn fordernd, und plötzlich war seine Hand unter ihrem Kleid und zwischen ihren Beinen, die sich öffneten, und er fühlte ihre Hand, die ihm zeigte, wo sie ihn spüren wollte.

Oft hatte er nachts wachgelegen, allein mit sich selbst und seiner Sehnsucht, die unstillbar war, egal, wie oft er masturbiert hatte mit dem Gedanken an Aurelies Brustwarzen unter dem Bikini, an ihre weiße Haut, ihre weiche Zunge, die die seine gesucht hatte, vor so vielen Jahren. Selbst wenn er mit einem der Mädchen geschlafen hatte, die er in irgendeiner Kneipe kennengelernt hatte, hatte sich ab einem bestimmten Augenblick immer Aurelies Bild dazwischengeschoben, und plötzlich waren es ihre Lippen, die er küsste, war es ihr Schoß, in den er eindrang. Wenn er versucht hatte, sich vorzustellen, wie es wäre, mit Aurelie zu schlafen und nicht mit einem unvollkommenen Ersatz, dann gab es da immer den Moment, in dem sie sich plötzlich auflöste, in dem seine Hände ins Leere griffen, ihr Körper sich entzog, als wäre sie nur eine Seifenblase, die unter der Berührung seiner großen, schwieligen Hände zerplatzte.

Jetzt lag sie vor ihm, bereit, ihn in sich aufzunehmen, selbstvergessen in einer Begierde, die er nie für möglich gehalten hätte. Ihre weiße Haut leuchtete im rötlichen Rest des Tageslichts, und er musste sie berühren, streicheln, küssen, lecken – jede Stelle ihres Körpers, um zu begreifen, dass er nicht fantasierte. Er erkundete jeden Zentimeter, erforschte die Textur ihrer Haut, die Wölbungen und Vertiefungen ihres Körpers, als sei jede seiner Berührungen ein Pinselstrich, der sie zum Leben erweckte.

Als sie ihn mit geschlossenen Augen in sich aufnahm und ihr Körper sich langsam zu bewegen begann, explodierte mit seiner Lust ein Feuerwerk an Farben in seinem Kopf, das ihn auf einen ungekannten Höhepunkt trieb. Sie liebten sich mehrmals, bis sie irgendwann erschöpft auseinanderfielen und einschliefen.

Irgendwann spät in der Nacht wurde er wach. Es war warm im Zimmer, und Aurelie hatte sich nicht zugedeckt. Er betrachtete sie, die Kurve ihres Nackens, die zarte Stelle zwischen Rücken und Gesäß, ihre Haut, die in der Dämmerung sanft schimmerte. Auf einmal war die Unruhe wieder da.

Er stand auf, ging ins Wohnzimmer und knipste das Licht an. Bevor er das Bild umdrehte, hielt er inne. Für einen kurzen verrückten Moment fürchtete er, sie könne verschwunden sein, zerplatzt wie eine Seifenblase, deren Schönheit zu berühren immer auch ihr Ende bedeutet.

Aber sie war da und sah ihn an mit diesem Lächeln, das eine Aufforderung sein konnte, aber auch ein Abschied.

Lange saß er vor dem Porträt und wartete, dass sich seine Unruhe legen würde. Aber je länger er saß, desto intensiver wurde sie und verdrängte das ekstatische Hochgefühl, Aurelie geliebt zu haben. Und auf einmal wusste er, was es war. Er hatte nichts übersehen. Das Bild war perfekt. Aurelies Schönheit gebannt auf einem Quadratmeter Leinwand. Aber er durfte sie nicht lieben. Niemals würde er ihr das bieten können, was sie brauchte und gewohnt war, von Kindheit an. Er war ihrer nicht würdig. Er hatte es immer gewusst. Wie hatte er sich nur so vergessen können?

Als es draußen hell wurde, stand Aurelie plötzlich neben ihm. Sie trug sein T-Shirt.

»Es ist wunderschön«, sagte sie.

»*Du* bist es.«

»Es gibt ein Wort im Französischen. *Sublime*«, sagte sie leise. »Vielleicht findest du mich schön, aber …«, sie zeigte auf das Bild. »*Elle* est sublime.«

Paul streckte die Hand aus und zog sie zu sich auf das Sofa.

»Warum schläfst du nicht?«, fragte sie.

Er schüttelte den Kopf.

»Was ist los, Paul?«

»Aurelie, ich … Ich hätte nicht … wie soll ich das sagen?«

»Sag es nicht.« Sie lächelte, aber das Lächeln erreichte ihre Augen nicht. »Ich weiß es ja.« Sie stand auf, nahm das schwarze Tuch und legte es über das Porträt.

»Nein, du verstehst nicht. Es war wundervoll. Die schönste Nacht meines Lebens. Aber du und ich …« Er stammelte. Er hätte sich ohrfeigen können.

»Wir sollten besser Freunde bleiben, nicht wahr?«, sagte sie und strich über den schwarzen Stoff.

»Ich bin nicht der richtige Mann für dich«, stieß Paul hervor.

Aurelie lachte bitter. »Den gibt es nicht, Paul!«

»Doch, ganz sicher. Aber ich … wir …«

»Lass es, Paul. Ich gehe mich jetzt anziehen. Und das solltest du auch tun.« Sie sagte es sanft, fast bittend, aber ihre Augen waren hart.

»Aurelie, bitte!«

Sie wirkte winzig in seinem T-Shirt.

»Aurelie!« Er wollte sie in den Arm nehmen, aber sie hob abwehrend die Hand.

»Du musst es mitnehmen, wenn du nachher nach Hause fährst. Wir werden es einpacken. Die Farbe ist trocken, n'est-ce pas?« Ohne seine Antwort abzuwarten, ging sie aus dem Zimmer.

Aurelie sprach nicht mehr viel in den Stunden bis zu seiner Abfahrt. Sie bestand darauf, dass er das Porträt mitnahm. Er müsse es vorzeigen, wenn er sich an der Kunsthochschule bewarb, sagte sie. Und sie wolle, dass er sich immer an sie erinnern konnte, so wie sie in diesen Tagen in Paris gewesen war, und keinen Tag älter oder faltiger oder trauriger.

Paul trug das Porträt, als sie zum Bahnhof gingen. Aurelie lief neben ihm, das Porträt in ihrer Mitte wie ein Kind, das sie zum ersten Mal zum gemeinsamen Spaziergang ausführten.

»Ich komme wieder, Aurelie«, sagte Paul zum Abschied. Seine Worte klangen hohl, sogar in seinen eigenen Ohren.

»Natürlich«, sagte sie. »Ich melde mich.« Der Schaffner pfiff, und Paul sprang in den Zug.

»Ich warte auf deinen Anruf«, rief er, aber schon schloss sich die Tür, und er sah nur noch, wie Aurelie mit schnellen Schritten den Bahnsteig in Richtung Ausgang entlanghastete.

Kapitel 18

Begräbnis

Der Umschlag war cremeweiß mit eingearbeitetem Goldfaden am linken Rand. Gleich daneben zwei Ringe, ineinander verschlungen. Um den Einladungstext wand sich eine goldene Prägung, und die beiden Namen erhoben sich in eleganten, ebenfalls goldenen Buchstaben vom cremefarbenen Untergrund.

Invitation au Mariage de
Einladung zur Hochzeit von

Aurelie
&
Matthias

Der nachfolgende Text war in Französisch, doch in die doppelseitige Einladungskarte war ein pergamentenes Blättchen mit der deutschen Übersetzung eingelegt worden:

Zu unserer Hochzeit am 15. September 1993
laden wir herzlich ein.
Die kirchliche Trauung findet statt in der Église
de Marnes-la-Coquette um 14.30 Uhr.

Im Anschluss bitten wir zum Empfang ins Château de Ville d'Avray.

Am Abend feiern wir gemeinsam mit Freunden & Familie das freudige Ereignis im Bateaux de la Joie am Seineufer von Saint-Cloud. Um festliche Garderobe wird gebeten.

Der Brief war bereits gestern angekommen, war aber zusammen mit einem Stapel Rechnungen in einer Schublade der Ladentheke gelandet, weil Kundschaft seinen Vater davon abgehalten hatte, die Post gleich zu sortieren. Sein Vater drückte ihm den Umschlag in die Hand, als Paul auf dem Weg hinauf in seine Mansardenwohnung war, die er inzwischen bewohnte. Vor zwei Monaten war er hier oben eingezogen. Drei Jahre lang hatte er erfolglos um die Wohnung gebettelt. Nun war der Student, der hier gelebt hatte, ausgezogen und Pauls Wunsch endlich in Erfüllung gegangen.

Vor genau fünf Monaten war er aus Paris zurückgekehrt. Gleich nach seiner Ankunft in Aachen hatte er Aurelie angerufen. Sie war nicht ans Telefon gegangen.

Eine Woche lang hatte er mehrmals täglich ihre Nummer gewählt, ohne Erfolg. Schließlich hatte er ihr eine Karte geschrieben. Wenige Worte nur. *Bitte melde dich.* Doch sie hatte auch darauf nicht reagiert. Schließlich versuchte er, mit einem ausführlichen Brief Erklärungen zu finden für etwas, das keiner Erklärung bedurfte. Es war ein Moment der Schwäche gewesen, Stunden der Sinnlichkeit, die er niemals vergessen würde, die ihn aber doch nicht darüber hinwegtäuschen konnten, dass er ihr weit unterlegen war, in jeder Hinsicht.

Manchmal war Liebe eben doch nicht genug.

Einmal hatte er einen Felix am Apparat. Als Paul nach Aurelie verlangte, zögerte der junge Mann kurz und sagte dann: »Sie ist nicht 'ier.« Er sprach gut Deutsch, allerdings mit einem starken französischen Akzent.

»Geht es ihr gut?«, hatte Paul gefragt, wenigstens das musste er wissen.

»Ja, sehr gut. Es geht ihr sehr gut«, hatte Felix gesagt und sofort aufgelegt.

Das war nun drei Monate her. Seitdem hatte er nur noch eine Geburtstagskarte geschrieben. Vierundzwanzig war sie inzwischen geworden.

Und nun würde sie heiraten.

Matthias. Vielleicht liebte sie ihn ja doch, diesen ehrgeizigen, arroganten, besserwisserischen Schnösel. Zumindest würde er ihr das Leben bieten können, das sie gewohnt war. Ob Liebe dabei eine Rolle spielte, war vermutlich Nebensache.

Von plötzlicher Wut gepackt, zerriss Paul die Hochzeitseinladung und warf sie in den Mülleimer. Wieso lud sie ihn überhaupt ein? Er würde sich nicht quälen lassen, auf keinen Fall würde er dort hinfahren! Wie konnte sie nur glauben, dass er zusehen würde, wie sie diesen Matthias heiratete? Hatte ihr die Nacht mit ihm gar nichts bedeutet? Aber sie hatte sicher schon mit so vielen Männern geschlafen. Er war nur einer von vielen. Unbedeutend. Freunde sollten sie bleiben, hatte sie gesagt – und ihn einfach aus ihrem Leben geschoben. Dann sollte sie jetzt auch ohne ihn heiraten!

Es war eine heiße Julinacht, und die Schwüle des Tages hing im Zimmer wie zähflüssiger Brei. Er wälzte sich bis zum frühen Morgen im Bett hin und her und schlief erst gegen vier Uhr endlich ein. Als er wach wurde, holte er die Einladung wieder aus dem Mülleimer. Auf der Rückseite standen zwei Adressen, Aurelies und die von Matthias. Also wohnten sie noch nicht zusammen. Er überlegte, Aurelie anzurufen. Er könnte sich für die Einladung bedanken, ihr sagen, dass er leider verhindert sei und ihr alles Gute wünsche. Oder doch lieber eine Karte schreiben?

Er tat weder das eine noch das andere. Stattdessen zog er das Porträt aus der staubigen Ecke unter der Dachschräge, wo er es versteckt hatte, nachdem er hier oben eingezogen war. Es war noch eingepackt. Minutenlang saß er davor und starrte auf das braune Papier. Eine dicke Fliege summte um ihn herum. Mit einer ungeduldigen Bewegung schlug er sie zur Seite. Obwohl das Dachfenster weit offen stand, trieb ihm die Restwärme vom Vortag schon jetzt um kurz nach sieben den Schweiß aus den Poren.

Die Fliege setzte sich auf die Paketschnur und balancierte daran entlang bis zur Mitte des Bildes. Hier blieb sie sitzen und putzte sich die Flügel.

»Verschwinde da«, knurrte Paul, ohne jedoch einen Finger zu rühren. Die Fliege putzte sich unbeeindruckt weiter. Erst als sie nach einer geraumen Weile ihren Platz auf dem Mittelkreuz der Paketschnur freigab, kniete sich Paul vor das Bild, löste den Knoten und wickelte die Leinwand langsam aus dem Papier.

Ihr Blick traf ihn wie eine Anklage. Was bist du für ein Freund?, schien sie zu sagen. Schon wieder ziehst du den Schwanz ein! Paul meinte sogar, eine kleine Falte zwischen ihren Augen zu sehen. Vorsichtig schob er das Bild ein Stück in Richtung Fenster, und die Falte verschwand. Aurelies Augen leuchteten, als schiene die Sonne nicht vom Himmel durch das Dachfenster herein, sondern aus dem Inneren ihrer bergkristallblauen Iris.

In diesem Moment schämte er sich für sein einfaches Dachzimmer, in dem sich die wenigen, billigen Möbel unter die Schräge duckten, als wollten sie ihre Schäbigkeit vor Aurelie verbergen. Dies hier war nicht der richtige Ort für sie. Plötzlich sah er es wieder glasklar: Aurelie gehörte nicht zu ihm. Er durfte sie in ritterlicher Selbstlosigkeit bewundern, verehren, vergöttern – aber niemals lieben. Eifersucht war also völlig fehl am Platze. Ebenso wie ihr Porträt in seiner bescheidenen Mansarde.

Zwei Wochen später legte er das frisch gerahmte Porträt ins Auto seines Vaters und machte sich auf den Weg nach Paris. Er hatte seine Eltern überredet, ihm den Wagen zu überlassen, um sein wertvolles und voluminöses Hochzeitsgeschenk transportieren zu können. Als er mit maximaler Geschwindigkeit über die Autobahn raste, erfasste ihn ein euphorischer Stolz, seine niederen Instinkte überwunden zu haben und noch am gleichen Tag der unerreichbaren Dame seines Herzens seinen kostbarsten Schatz überreichen zu dürfen.

Die kleine Dorfkirche von Marnes-la-Coquette war bereits zum Bersten gefüllt, als er ankam. Ein wenig wunderte ihn, dass Aurelie einen solch bescheidenen Rahmen für ihre Hochzeit ausgewählt hatte, aber er stellte schnell fest, dass die Bescheidenheit nur eine Fassade war. Die Automobile, die auf dem Parkplatz vor der Kirche parkten, und die Eleganz der Herrschaften, die ihnen entstiegen, ließen deutlich erkennen, dass an diesem sonnigen Septembersonntag ein Paar der höheren Gesellschaft die kleine Kirche mit ihrer Hochzeitszeremonie adelte.

Paul hatte durch die guten Beziehungen seiner Eltern zum Stadttheater einen Anzug aus dem dortigen Kostümfundus leihen können, denn für einen eigenen Anzug, der zu dieser Gelegenheit passte, fehlte ihm schlicht das Geld. Als er sich auf einen der letzten freien Plätze neben eine mit Goldschmuck behangene ältere Dame mit breitkrempigem Hut zwängte, fühlte er sich wie ein Komparse in einem pompösen Theaterstück.

Aurelie war nirgends zu sehen. Vorne am Altar stand Matthias im Gespräch mit dem Pfarrer. Aurelies Mutter stolzierte vor den Damen und Herren in der ersten Sitzreihe hin und her, lachte hier, gestikulierte dort und blickte immer wieder ungeduldig den Mittelgang hinunter. Auch sie trug einen breitkrempigen Hut und einen Hosenanzug in grellem Pink. Die Kirche vibrierte unter der Anspannung der wartenden Menge, und mit jeder Minute, die verstrich, wandten sich mehr Köpfe in Richtung des Kirchenportals, durch das Aurelie längst hätte erscheinen müssen. Irgendwann stöckelte Aurelies Mutter den Mittelgang entlang, und Matthias verschwand zwischen den Sitzenden, wohl um sich die Schmach mitleidiger Blicke zu ersparen.

In Paul flackerte eine ganz und gar unritterliche Hoffnung auf. Hatte sie es sich anders überlegt? Hatte sie in letzter Minute erkannt, dass sie Matthias nicht liebte?

In diesem Augenblick hastete der pinkfarbene Hosenanzug wieder an ihm vorbei, und Musik setzte ein. Alle Köpfe wandten sich um.

Da stand sie. Sie war umwerfend schön in ihrem weißen Kleid, aber das war es nicht, was Pauls Herz zum Aussetzen brachte.

Sie war allein. Mit hocherhobenem Kopf, langsam, stolz und einsam schritt sie den Mittelgang entlang auf Matthias zu, der ihr mit hängenden Armen und fragendem Blick entgegensah. Keiner ihrer vielen Väter war an ihrer Seite, um sie zum Altar zu führen. Nicht einmal ein Freund.

Ihr Jawort hörte Paul kaum, dafür dröhnte das von Matthias umso lauter durch das Kirchenschiff. Kurz vor dem obligatorischen Kuss bückte Paul sich, um seine Schuhe zu binden, die gar nicht offen waren. Seine ritterliche Selbstlosigkeit geriet immer mehr an ihre Grenzen, und als das Paar schließlich unter zeremoniöser Orgelmusik die Kirche verließ, hatte Pauls Fluchtinstinkt klar die Oberhand gewonnen. Er drückte sich an ausladenden Hüten, Smokings und eleganten Damenroben vorbei und wollte sich zu seinem Wagen schleichen, den er hinter der Kirche geparkt hatte, doch Aurelie hatte ihn entdeckt.

»Paul!«, rief sie und winkte über die Gratulanten hinweg, die sich vor den Kirchenstufen zu ihren Füßen zusammenscharten. Mit Genugtuung stellte er fest, dass sie ihren frischgebackenen Gemahl um einige Zentimeter überragte.

Paul hob die Hand und lächelte.

Mit unzeremoniöser Eile drängelte sich Aurelie durch die Menge, stellte sich vor ihm auf die Zehenspitzen und berührte – fast ein wenig scheu – mit den Lippen seine Wange. Sie hatte zugenommen, seit er sie das letzte Mal gesehen hatte. Es stand ihr gut.

»Paul, du bist tatsächlich gekommen!«

»Du hast mich eingeladen!«

»Nachdem ich mich nicht bei dir gemeldet hatte.« Aurelie konnte sogar richtig zerknirscht blicken.

»Auf meine Karte nicht reagiert hast.«

»Und auf deinen Brief nicht geantwortet.«

»Und trotzdem bin ich da.«

»Und trotzdem bist du da. Du bist ein echter Freund.«

»Hast du daran gezweifelt?«

»Du hattest allen Grund, daran zu zweifeln, dass ich eine Freundin bin.«

»Nein«, sagte Paul. »Du hattest deine Gründe.« Er wies mit dem Kinn zu Matthias hinüber, der immer noch Glückwünsche entgegennahm und gerade jetzt nervös zu ihnen herübersah.

»Es tut mir leid, Paul«, sagte Aurelie leise. »Ich ...«

»Es ist gut, Aurelie. Alles ist gut und richtig so. Ich wünsche dir alles Gute.« Er hob die Hand, um Aurelie über die Wange zu streichen, besann sich aber gerade rechtzeitig und verschränkte beide Hände hinter dem Rücken. Er ließ den Blick über die bunte Hochzeitsgesellschaft schweifen und blieb am pinkfarbenen Hosenanzug von Aurelies Mutter hängen. Sie hatte sich bei einem glatzköpfigen Herrn untergehakt, der einen halben Kopf kleiner war als sie. Vielleicht gehörte es zur Tradition in Aurelies Familie, dass die Frauen ihre Männer überragten.

»Warum warst du alleine eben?«

»Du meinst, warum ich keinen Brautführer hatte? Ich kann ihn nicht leiden.« Unauffällig nickte sie in Richtung des Glatzkopfes. »Ich habe keinen Vater. Das dürfen ruhig alle sehen.« Sie schaute ihn an, als suchte sie Halt in seinen Augen, wandte den Blick jedoch sofort wieder ab. Pauls Bedürfnis, sie in den Arm zu nehmen, sie festzuhalten, oder besser gleich fortzutragen, weg von all diesen bunten, schillernden, steinreichen Menschen, unter denen nicht einer gewesen war, den Aurelie hätte bitten mögen, sie zum Altar zu führen, war überwältigend. Seine Finger verkrampften sich ineinander, um den machtvollen Impuls zu unterdrücken. Fast war er erleichtert, als Matthias an Aurelies Seite trat, seinen Arm um sie legte und damit die Ordnung der Dinge wiederherstellte.

»Der Schulfreund!«, sagte Matthias und klopfte ihm jovial auf die Schulter. »Wie schön, dass Sie unserer Einladung gefolgt sind!«

»Du kannst ihn duzen. Und er heißt Paul«, sagte Aurelie und lächelte gleichzeitig angestrengt einer fröhlich winkenden jungen Frau zu, die am anderen Ende des Platzes stand. Aurelies Lächeln gefror jedoch sofort, als sie sich wieder ihrem Mann zuwandte.

»Paul, richtig«, sagte Matthias. »Der Name war mir entfallen.«

»Matthias hat ein furchtbares Namensgedächtnis«, sagte Aurelie bissig.

»Wir haben uns ja auch nur einmal gesehen«, wiegelte Paul ab. Er schwitzte in seinem geliehenen Theateranzug und hatte nur noch den Wunsch, endlich in sein Auto zu steigen und zurück nach Aachen zu fahren.

»Eine unschöne Situation damals«, sagte Matthias. »Aber du hast ja gut auf sie aufgepasst.« Er sah Paul nicht einmal an, als er das sagte. Sein Blick war auf einen eleganten Oldtimer gerichtet, der in diesem Augenblick von einem livrierten Chauffeur zwischen die wartenden Menschen vor der Kirche gesteuert wurde.

Aurelie öffnete den Mund, aber Matthias kam ihr zuvor: »Der Wagen ist da! Lass uns einsteigen, der Champagner wartet!« An Paul gerichtet sagte er: »Wir sehen uns gleich«, und dann schob er Aurelie auf das wartende Fahrzeug zu.

Aurelie drehte sich um, bevor sie in die Edelkarosse stieg. Sie suchte Pauls Blick, und für einen winzigen Moment glaubte er, Verzweiflung in ihren Augen zu sehen, aber dann lächelte sie, und er lächelte zurück, obwohl sich sein Körper anfühlte, als müsste er jeden Moment in tausend Stücke zerspringen.

Noch in der Nacht desselben Tages öffnete Paul die Falltür zum Kellergewölbe seines Elternhauses, das seit dem Bombenhagel der letzten Kriegstage außer ihm niemand mehr betreten hatte. Vorsichtig trug er das Porträt die knarrende Leiter hinunter.

Er wusste nicht, wie er zurück nach Aachen gekommen war. Das Auto stand vor der Tür, also musste er gefahren sein, aber die Zeit zwischen Aurelies letztem Lächeln und dem Moment, als er über das Packpapier gestolpert war, das immer noch in seinem Dachzimmer auf dem Boden lag, war über seine Sinne hinweggerauscht wie ein zerstörerischer Orkan. Er wusste nur noch, dass er nicht mehr zum Empfang gegangen war und, ohne sich zu verabschieden, die Flucht ergriffen hatte.

Aus diesem albtraumartigen Zustand war er erst endgültig erwacht, als er das Porträt aus dem Kofferraum gehoben hatte.

Es gab ihn nicht, diesen Moment der Erleuchtung, den Gedankenblitz, der ihm offenbarte, was mit dem Bild zu tun war. Hinter seinem Vorhaben stand eine zwingende Logik, die einer raschen Ausführung bedurfte.

Aus dem Schuppen im Hinterhof hatte er einen Spaten und eine Spitzhacke geholt. Mit diesen Werkzeugen arbeitete er sich langsam in die Erde vor, nachdem er sie von den Holzbohlen befreit hatte, die hier als provisorischer Bodenbelag gedient hatten. Mit jedem Hieb löste sich ein Stück von der Anspannung, die seine Sehnsucht nach Aurelie über die Jahre in seine Muskeln gebannt hatte. Verzweiflung, Wut und Trauer lösten sich auf in dem rauschhaften Gefühl, das Richtige zu tun.

Er nahm die Maße des Porträts und ließ gleich am nächsten Tag bei einem befreundeten Glaser ein Spezialbehältnis anfertigen, luftdicht verschließbar, stoß- und kratzfest. Ein gläserner Sarg.

Als er nach Tagen endlich das Porträt in die Grube legte, weinte er fast vor Erschöpfung und Erleichterung.

Er schaufelte das Grab zu, stellte Hacke und Spaten in eine Ecke und trat die Erde fest. Irgendwann würde er die Stelle vermessen, nur zur Sicherheit. Aber nicht heute.

Er verließ das Gewölbe, und die Falltür fiel mit einem dumpfen Poltern zu.

Kapitel 19

Aachen, im Juni 2017
Enthüllung

Der Pinsel verharrte über der Palette, unentschlossen. Paul war zum Kern seiner Schöpfung vorgedrungen. Diese letzten Pinselstriche waren der Schlüssel zu der inneren Wahrheit dieses Bildes, das weder Gesicht noch Körper darstellte, weder aus Idee noch Abstraktion erwachsen war. Es war Gefühl, reines Gefühl, jenseits von Bewusstheit und Reflexion.

Was er nun brauchte, waren die starken Farben des Feuers. Während das Bild entstand, in den vielen Nächten hier unten im Bauch seines Hauses, hatte er spüren können, wie die zarte Flamme erstarkt war, aus der sich sein Schaffensdrang speiste. Die schmerzvolle Leere, die diese Flamme so lange kleingehalten hatte, war einer machtvollen Lebensfreude gewichen – und einer neuen, ungekannten Wahrnehmungsschärfe, die ihn manchmal trunken machte. Er konnte ihn wieder fühlen, diesen Paul jenseits von Staub und Stoffen. Er konnte ihn in den beiden Porträts sehen, die in seinem Rücken sein Tun überwachten. Und jetzt, während sein Pinsel zum letzten Mal ansetzte, um das Bild vor ihm zur vollen Blüte zu bringen, konnte er ihn sogar *lieben.*

Wie lange hatte er vergeblich versucht, gegen die Leere anzumalen, die sich in seine Eingeweide gefressen hatte und die kleinen Pforten verschloss, durch die die Farben der Wirklichkeit in die Wahrnehmung vordringen können. Wie oft war er hier unten gewesen, um die Farben zurückzuerobern, die er vor so langer Zeit verloren hatte. Wie sinnlos all diese Versuche gewesen waren!

Er legte den Pinsel beiseite und trat einen Schritt zurück. Seine beiden Konterfeis schienen hinter ihm aus ihren Rahmen zu treten und rechts und links von ihm Aufstellung zu nehmen. »Großartig«, wisperten sie, »meisterhaft.« Plötzlich war der Keller voller Stimmen, ein Raunen erfüllte den Raum wie ein ausverkauftes Opernhaus, kurz bevor sich der Vorhang hebt. Sämtliche Bilder, die hier begraben waren, schienen sich aus ihren Gräbern zu erheben und gemeinsam mit Paul die Enthüllung seines Werkes feiern zu wollen.

Er hatte sich selbst gemalt. Aber nicht seine körperliche Erscheinung, sondern das, was er eigentlich war. Das, was niemand von ihm hatte sehen können, nicht einmal er selbst.

Nun war er bereit für Aurelie. Endlich.

Der nächste Tag war ein Samstag. Das war ein Glück, denn so standen die Chancen gut, dass er Aurelie zu Hause antreffen würde. Er würde um neun Uhr dreißig, also gleich nach dem Frühstück, aufbrechen und auf dem Weg zu ihr ein paar Blumen kaufen. Um Punkt zehn würde er bei ihr klingeln. Das war weder zu früh noch zu spät. Er rechnete nicht damit, dass sie an einem Samstag vor zehn Uhr aus dem Haus ging, aber viel länger mochte er auch nicht warten, denn sicher würde sie das herrliche Wetter nutzen, ganz sicher.

Sorgfältig rasierte er sich, zog die neue Jeans und ein Polohemd an und fuhr sich ein paarmal durch das nun wieder dunkle Haar. Der Friseur hatte recht gehabt, die Farbe wirkte ganz natürlich, verdeckte die grauen Schläfen, ohne gekünstelt auszusehen. Erstaunlich, was so ein bisschen Farbe bewirkte. Er fand, so sah er gleich mindestens zehn Jahre jünger aus.

Seine Frau begegnete ihm mit zusammengekniffenen Lippen und sprach während des Frühstücks kein Wort. Es war ihm recht, so konnte er in Ruhe die Zeitung lesen. Als er fertig war, spülte er seine Kaffeetasse, das Frühstücksbrettchen und den Eierbecher, räumte sie zurück in den Schrank und verließ die Küche mit den Worten: »Ich muss zu einer Kundin, bis nachher.«

Es kam nicht selten vor, dass er am Samstagvormittag bei Kunden Fenster vermaß oder Polsteraufträge besprach. Heute jedoch schickte ihm seine Frau ein giftiges »Na dann, viel Spaß bei deiner *Kundin*« hinterher. Das letzte Wort zischte sie mit einer schlangenhaften Boshaftigkeit, die ihn zusammenzucken ließ.

Sie schien wirklich zu glauben, er habe eine Affäre. Welch absurde Vorstellung. Das Wort allein schien ihm eine Beleidigung der – ja, geradezu sakralen – Verehrung zu sein, die er für Aurelie empfand.

Er überlegte kurz, ob er etwas erwidern sollte, beließ es dann aber bei einem kaum merklichen Kopfschütteln und verließ die Wohnung.

In einem Blumenladen erstand er ein kleines Bouquet Sommerblumen und lief dann zügig hinunter Richtung Kurpark. Als er sich der Straße näherte, in der Aurelie wohnte, verlangsamte sich sein Schritt. Es war fünf Minuten vor zehn. Was, wenn sie doch länger geschlafen hatte und nun noch gar nicht angekleidet war? Vielleicht gerade aus der Dusche kam? Oder möglicherweise nicht alleine war? Diese Möglichkeit hatte er noch gar nicht in Betracht gezogen, dabei war sie doch so naheliegend. Aurelie wäre nicht Aurelie, wenn sie auch nach ihrer Scheidung von Matthias nicht in irgendeiner Beziehung zu einem Mann stünde – ganz gleich, wie kurzlebig oder unverbindlich diese sein mochte.

Er blieb stehen. Es waren für heute maximal zweiundzwanzig Grad angesagt, aber er schwitzte plötzlich, als sei das Thermometer von einem Augenblick zum anderen auf über dreißig hochgeklettert. Er schielte nach unten und hob verstohlen den rechten Arm. Schweißflecken. Abrupt machte er kehrt. Unmöglich. So konnte er auf keinen Fall bei Aurelie auftauchen. Wie war er überhaupt auf diese Schnapsidee gekommen, sie unangekündigt zu besuchen! Natürlich musste er sie anrufen. Reinhard hatte völlig recht.

Nach zehn Metern blieb er erneut stehen. Er könnte behaupten, er habe in der Nähe Kunden besucht und nehme die Gelegenheit wahr, sich selbst ein Bild von der Beschaffenheit ihrer Stühle zu machen, um die richtige Befestigungstechnik für die Kissen auszuwählen. Er könnte freudige Überraschung heucheln, *Aurelie, das gibt es ja nicht, solch ein Zufall! Was machst du in Aachen?* Er betrachtete den Blumenstrauß in seiner Hand. Er hätte die Stiele in feuchtes Papier wickeln lassen sollen. Aber nein, die Blumen dürfte er bei dieser Ausrede natürlich nicht mitnehmen. Sein Blick wanderte die Straße entlang. Vor dem Haus Nummer siebzehn stand eine Mülltonne. Er ging darauf zu. Hob den Deckel. Ließ ihn wieder fallen. Fünfundzwanzig Jahre. Er hatte sie fünfundzwanzig Jahre nicht gesehen. War einfach verschwunden, ohne sich von ihr zu verabschieden. Er hatte etwas gutzumachen. So albern dieser Blumenstrauß auch war, Aurelie würde seine Geste gutheißen. Natürlich würde sie das. Sie würde sich freuen, die Blumen in eine Vase stellen und ihm einen Kaffee anbieten.

Er straffte die Schultern.

»Na los, Paul«, murmelte er. *Trau dich.* Es war Zeit, Farbe zu bekennen. Er konnte nicht mehr zurück. Er würde es sich niemals verzeihen.

Fest umschlossen seinen schweißnassen Finger die Blumen, und beherzt schritt er auf das Haus mit der Nummer einundzwanzig zu.

* * *

Eric hatte schon wieder eine Nachricht geschickt. *Ich vermisse dich.* Wann würde er damit aufhören, wenn sie nicht antwortete? Er war hartnäckig. Anfangs hatte sie das amüsant gefunden, sich geschmeichelt gefühlt angesichts seiner einfallsreichen Art, um sie zu werben. Jetzt nervte es nur noch.

Sie klappte die Schlafcouch ein und räumte die kleine Spülmaschine aus. Es war wunderbares Wetter. Zu schade, dass sie ausgerechnet heute in der Bibliothek sitzen musste. Es lag eine anstrengende Klausurphase vor ihr, und sie musste viel lernen. Sie hatte gehört, dass im ersten Semester mächtig gesiebt wurde. Auf keinen Fall durfte sie zu den Ausgesiebten gehören.

Gerade wollte sie ihre Tasche mit den Büchern umhängen, als ein lautes *Dingdong* ertönte. Ein melodischer, glockenheller Klang. Wenn unten jemand an der Haustür schellte, klang es anders. Ein schriller Summton. Bisher hatte noch niemand an ihrer Wohnungstür geklingelt. Bei dem Nachbarn von gegenüber hatte sie sich kurz nach ihrem Einzug selbst vorgestellt. Eine freundlicher, aber distanziert wirkender älterer Herr. Er hatte sie willkommen geheißen, aber nicht in seine Wohnung gebeten und seither auch keinen weiteren Kontakt gesucht. Ob er heute vielleicht etwas brauchte?

Sie trat nah an die Tür heran und lugte durch das Guckloch. Es war ein Mann, aber nicht der von nebenan. Dieser hier schien etwas jünger. Er wirkte nervös.

Ihr erster Impuls war, die Tür nicht zu öffnen und zu warten, bis er wieder ging. Aber der Mann sah nicht aus wie ein Trickdieb. Eher könnte er einer von diesen Zeugen Jehovas sein, die auch in Paris häufig von Tür zu Tür liefen, um ihre Broschüren an den Mann zu bringen.

Wenn sie nicht öffnete, würde er noch mal klingeln und dann gegenüber weitermachen, und sie müsste so lange warten, bis er das Haus wieder verlassen hatte. Dann lieber gleich Kante zeigen und ihn wegschicken.

Sie legte die Türkette vor und öffnete. Türketten waren eine wunderbare Einrichtung, um diese Klinkenputzer auf Abstand zu halten, ohne sich in der eigenen Wohnung verstecken zu müssen.

»Ja bitte?«, fragte sie durch den engen Spalt.

»Hallo«, sagte der Mann nur. Seine Lippen bewegten sich, als wolle er noch viel mehr sagen, aber es kam kein Ton heraus.

»Ja, hallo. Was wollen Sie denn?«

»Erkennst du mich nicht?«

Was für ein billiger Trick. Darauf würde sie nicht hereinfallen.

»Ich kenne Sie nicht. Bitte gehen Sie.« Sie wollte die Tür schließen, aber der Mann drückte mit der Hand dagegen.

»Bitte Aurelie. Ich bin's, Paul.«

Aurelie. War es möglich, dass …?

»Nimm wenigstens die Blumen. Dann bin ich sofort wieder weg, wenn du mich nicht sehen willst.«

Ein bunter Blumenstrauß schob sich in ihr Gesichtsfeld.

Aurelie. Wann hörte das endlich einmal auf?

»Es geht ja auch um die Stuhlkissen«, nuschelte es hinter dem Blumenstrauß.

»Welche Stuhlkissen?«, fragte sie, obwohl es sich natürlich nur um die Bestellung handeln konnte, die sie gestern aufgegeben hatte. Aber woher wusste dieser Paul davon?

»Wir können sie dir anfertigen, aber ich muss wissen, …«

»Sind Sie von dem Stoffladen in der Kleinkölnstraße?«

»Natürlich. Paul Tissu. Hast du mich wirklich vergessen?«

Zögernd löste sie die Türkette.

Während sie die Tür weit öffnete und den großen Mann in Augenschein nahm, sagte sie: »Ich kann Sie nicht vergessen haben, denn ich kenne Sie gar nicht. Und ich bin auch nicht Aurelie.«

Die Wirkung, die ihre Worte auf ihn hatten, war beängstigend. Sein eben noch stark gerötetes Gesicht wurde aschfahl, die Hand mit dem Blumenstrauß fing unkontrolliert an zu zittern, und die andere Hand tastete nach einer nicht vorhandenen Stütze. Er schwankte, und sie befürchtete, er würde jeden Moment umfallen. Dann hätte sie ihre liebe Not gehabt, seinen riesigen Körper aus dem Hausflur in ihre Wohnung zu bugsieren, denn dort draußen würde sie ihn natürlich nicht liegen lassen können.

Sie machte hastig einen Schritt vor und stützte ihn. »Ist Ihnen nicht wohl? Möchten Sie ein Glas Wasser?«

»Nein, ja, danke, vielleicht«, stammelte er.

»Kommen Sie erst mal herein«, sagte sie und führte ihn am Arm zu ihrem Esstisch. Ihre Furcht vor einem Türtrickbetrüger war der plötzlichen Sorge um diesen Herrn Tissu gewichen, der kurz vor einem Herzanfall zu stehen schien.

Sie schloss die Wohnungstür, füllte ein Glas mit frischem Mineralwasser und stellte es vor ihn hin.

Inzwischen schien er sich ein klein wenig erholt zu haben. Farbe war in sein Gesicht zurückgekehrt, und er strich mit der großen Hand über ihren Esstisch.

»Wunderschön«, murmelte er. »Diesen warmen Holzton mochte Aurelie auch immer gern.« Sein Blick wanderte über den Tisch, um dann wieder an die Stelle zurückzukehren, wo seine Hand lag, die immer noch den Blumenstrauß festhielt.

Sie setzte sich ihm gegenüber und fragte: »Gehört Ihnen der Laden? Ich habe Sie dort noch nie gesehen?«

»Ja.« Er nickte mit einem traurigen Lächeln. »Ich war nie da, wenn …« Er brach ab und blickte auf. »Wer sind Sie?«

»Ich heiße Sophie Inglerhoven de Florenville. Aurelie war meine Mutter.«

»Natürlich«, sagte er, als hätte er es die ganze Zeit schon gewusst. »Natürlich«, wiederholte er, diesmal ein wenig leiser, und er nickte dabei langsam und bedächtig.

»Sie sehen ihr so ähnlich. Ich war sicher …«, flüsterte er, mehr zu sich selbst, als an sie gerichtet.

»Ich weiß. Sie sind nicht der Erste, dem das auffällt.« Allerdings hatte sie gedacht, nach vierzehn Jahren seien die Erinnerungen an ihre Mutter blasser geworden. So blass wie ihre eigene.

»Ja, also … Ich werde dann mal wieder … Danke für das Wasser.« Paul erhob sich und tastete sich am Tisch entlang. Noch immer hielt er mit der rechten Hand den Blumenstrauß. Er schien auch nach wie vor sehr unsicher auf den Beinen zu sein. Wahrscheinlich stand er unter Schock. Sophie überlegte, was in solchen Fällen zu tun war. Ob sie ihm einen Tee anbieten sollte? Vielleicht müsste er sich hinlegen?

»Bleiben Sie ruhig noch einen Moment«, sagte sie.

»Nein, nein. Ich habe … ich muss weiter.«

»Wollen Sie die Blumen vielleicht in feuchtes Papier wickeln? Die welken sonst«, sagte Sophie.

»Die Blumen? Ach, die Blumen! Ja. Die sind natürlich für Sie!«, sagte er und lächelte zum ersten Mal. Es war ein wehmütiges Lächeln. Ein Zum-in-die-Arme-schließen-und-ganz-feste-drücken-Lächeln. Sophie nahm ihm die Blumen ab und stellte sie in die einzige Vase, die in ihrem kleinen Haushalt zu finden war. Sie war viel zu groß, und der Strauß verschwand fast vollständig darin.

Paul blieb am Tisch stehen, während sie das Wasser einfüllte und die Vase auf ihre Kommode stellte. Plötzlich sagte er in ihrem Rücken: »War? Sie sagten, *war* ihre Mutter?«

Langsam drehte Sophie sich um. Zum ersten Mal seit vielen Jahren spürte sie wieder diese Wut, die lange Zeit den bohrenden Schmerz, verlassen worden zu sein, erträglich gemacht hatte. Es war nicht gerecht. Was konnte *sie* dafür? Warum musste *sie* diesem großen, traurigen Mann das jetzt antun?

»Sie ist tot. Seit vierzehn Jahren schon.«

»Tot«, wiederholte er, als müsste er das Wort durch seine eigene Stimme filtern, um es begreifen zu können.

Impulsiv legte Sophie einen Arm um ihn und führte ihn zum Sofa. Wahrscheinlich wäre es besser, wenn er sich für einen Moment hinlegte. Sein Gesicht war bedenklich grau geworden, die Lippen fahl, ein sicheres Zeichen für einen Schock.

Paul ließ sich willig führen, aber hinlegen wollte er sich nicht. Sie setzte sich neben ihn und ergriff seine Hand.

»Es tut mir leid«, sagte sie. »Sie kannten sie wohl gut?«

Er gab keine Antwort, starrte nur auf ihre Hand, die in seiner winzig wirkte.

»Wie?«, fragte er.

Sophie holte Luft, aber die Worte wollten nicht kommen. Verrückt, dass die Wahrheit immer noch einen dicken Kloß bildete, wenn sie ausgesprochen werden sollte.

Nun wurde es doch Zeit für einen Tee. Sophie stand auf, füllte den Wasserkocher und nahm zwei Tassen und zwei Beutel kräftigen Schwarztee aus dem Schrank.

»Sagen Sie es mir«, sagte Paul, während er ihr Tun beobachtete.

Sie könnte ihn anlügen. Krebs, ein Verkehrsunfall, eine plötzlich ausgebrochene Erbkrankheit – es gab tausend Möglichkeiten zu sterben. Aber es gab nur eine, die den Zurückgebliebenen das Gefühl gab, schuld zu sein. Wenn man zehn Jahre alt ist, wiegt diese Schuld schwerer als man selbst. Sie lässt sich nur mit Wut ertragen. Doch dieser Mann sah nicht aus, als könnte er wütend werden.

»Bitte!« Seine Stimme klang fest, drängend. Er hatte sich aufgerichtet und schien die Schultern zu straffen.

Der Wasserkocher brodelte. Ihre Wanduhr tickte. Sie füllte die beiden Tassen, hängte die Teebeutel hinein und stellte sie auf den Couchtisch. Dann setzte sie sich neben ihn.

»Sie hat sich umgebracht.« Die Worte waren einfach so herausgerutscht. Manchmal entschied die Wahrheit für sich selbst, wann sie gesagt werden wollte.

Paul zog mit einem pfeifenden Geräusch die Luft ein. Dann schien er aufzuhören zu atmen. Sophie musterte ihn besorgt. Er legte die Fingerspitzen aneinander und führte sie zu den Lippen, seine Miene war wie versteinert. Nach einer Weile schloss er die Augen.

»Kannten Sie sie gut?«, fragte Sophie vorsichtig.

Er nickte, ohne die Augen zu öffnen. Dann schüttelte er den Kopf.

»Sie hat in Aachen gelebt, das weiß ich. Sie hat Aachen geliebt. Sie wollte hier immer Architektur studieren, sagt mein Vater.« Sophie hielt inne. Da war plötzlich ein Gedanke, der sie selbst überraschte, obwohl er doch so naheliegend war. »Jetzt tu ich es für sie.«

Paul öffnete die Augen und sah sie an. Das Leben schien in seinen großen Körper zurückzukehren.

»Es tut mir leid«, sagte er. »Es muss furchtbar sein, die Mutter zu verlieren. Wie alt waren Sie?«

»Zehn.«

»Meine Güte«, murmelte er nur. Auf einmal spürte sie, wie sich sein kräftiger Arm um sie legte. Es war ihr nicht unangenehm. Im Gegenteil. Sie ließ den Kopf an seine Schulter fallen, und eine Weile saßen sie so da, als wäre es die natürlichste Sache der Welt, im Arm dieses fremden Mannes auf ihrem Sofa zu sitzen.

»Wir waren befreundet«, sagte Paul unvermittelt. »Während ihrer Zeit hier in Aachen. Aber dann hat sie geheiratet, und wir haben uns aus den Augen verloren.«

Sophie nickte.

»Sind Sie … ist Matthias Ihr Vater?«

Wieder nickte sie.

»Es ist wirklich erstaunlich, wie ähnlich Sie ihr sehen«, sagte Paul und fixierte dabei einen unbestimmten Punkt irgendwo zwischen den beiden Fenstern.

»Das habe ich schon öfter gehört«, sagte Sophie. »Ich habe nicht sehr viele Fotos von ihr, aber es muss wohl so sein.«

»Es ist so.« Damit stand er auf und ging auf die Tür zu. Sein Blick fiel auf ihre Bilder, die noch immer mit dem Gesicht zur Wand auf dem Boden standen. Er zeigte darauf. »Malen Sie?«

Sophie zuckte mit den Achseln. »Manchmal, ja.«

»Darf ich?«, fragte er, ohne den Blick von den Leinwänden zu nehmen.

»Bitte sehr.«

Vorsichtig nahm Paul eines der Bilder und drehte es um. Eine Straßenszene, verschwommen, wie durch eine regennasse Scheibe betrachtet. Im Vordergrund eine Frau im roten Mantel als Fluchtpunkt des Bildes.

Paul runzelte die Stirn und drehte ein weiteres Bild um, dann noch eins und noch eins.

Als er sie alle umgedreht und eingehend betrachtet hatte, sah er sie an. »Das dürfen Sie nicht«, sagte er, fast anklagend.

»Was?«

»Diese Bilder verstecken. Sie dürfen Sie nicht verstecken.«

»Ich verstecke sie nicht.«

»Doch, das tun sie. Sie stehen mit dem Gesicht zur Wand. Warum hängen Sie sie nicht auf?«

»Hier ist kein Platz.«

»Hier ist genug Platz.« Er zeigte auf die kahlen Wände. »Hier ist mehr als genug Platz.«

»Ich will sie nicht aufhängen. Eigentlich …« Sie brach ab. Eigentlich wusste sie nicht, was sie mit ihnen tun sollte. Sie hatte sie entsorgen wollen, noch vor ihrem Umzug. Dann hatte sie sie doch mit hergebracht. Jetzt standen sie hier herum und zeigten ihre hässliche Rückseite. Sie hätte sie daheim in Saint-Cloud zusammen mit den großen Leinwänden im Keller stehen lassen sollen, bis sie vermoderten.

»Ich denke, ich werde sie zum Sperrmüll geben«, hörte sie sich plötzlich sagen. Es war ein neuer Gedanke, aber vielleicht war er gar nicht so schlecht.

»Warum?«, fragte Paul und sah sie fassungslos an.

»Warum nicht?«

Er öffnete den Mund, schloss ihn wieder und schüttelte den Kopf. Dann hob er beide Hände und ließ sie sofort wieder fallen, als fehlte die Energie, etwas Handfestes mit ihnen zu tun. Schließlich wandte er sich der Wohnungstür zu.

»Auf Wiedersehen«, sagte Sophie.

Bevor er die Tür leise hinter sich schloss, drehte er sich noch einmal zu ihr um und sagte: »Tun Sie das nicht. Bitte.«

Sophie hob die Hand und lächelte müde. Was wusste dieser Herr Tissu schon. Erst als sie unten die Haustür ins Schloss fallen hörte, fiel ihr auf, dass er die Stuhlkissen mit keinem Wort mehr erwähnt hatte.

Kapitel 20

Ein Vorschlag

Feierlich stellte Paul das Porträt auf die Staffelei und schob sie ein klein wenig nach rechts, um das Licht des Deckenstrahlers besser in Aurelies Augen einfangen zu können. Ein Gestell mit Kleintextilien stand im Weg. Spitzendeckchen, Quasten und Troddeln, winzige Scheibengardinen für Küchenfenster, die Mitnahmeware für Spontankäufe. Die sogenannten Impulsartikel im textilen Süßigkeitenregal für Kundinnen, die Freude an Überflüssigem hatten oder sich aus Frust etwas Gutes tun wollten. Unschlüssig sah Paul sich um. Dieses Gestell hatte ihn immer schon gestört. Es besetzte nicht nur die wertvolle Nische gleich neben dem Eingang, sondern sah obendrein noch hässlich aus. Es war wenig Platz im Laden. Er würde diesen Ständer nach hinten stellen und, sowie er Zeit fand, die Ware auf Schubladen verteilen. Es gab sowieso kaum noch Kunden, die solcherlei Firlefanz schätzten.

Die Staffelei hatte Paul nach seiner nächtlichen Raserei zwei Tage zuvor notdürftig wieder zusammenzimmern müssen. Irgendetwas hatte in seinem Kopf ausgesetzt. Nach seinem Besuch bei Sophie war er zunächst wie betäubt gewesen. Bevor der Schmerz einsetzen konnte, hatte er sämtliche Vorräte an Bier leer getrunken, die er im Haus auftreiben konnte. Barbara hatte ihn davor bewahrt, mit der dreiviertel vollen Flasche Rum genauso zu verfahren. Als sie wissen wollte, ob seine neue Flamme mit ihm Schluss gemacht habe, war eine Sicherung durchgebrannt. Er war in den Keller gestürmt und hatte mit dem Spaten auf den Tisch, die Farbtuben und die Palette eingedroschen, dann auf die Staffelei und zuletzt auf das eben erst vollendete Bild. Bevor er auch die beiden Selbstporträts hatte zerstören können, die sein Tun vorwurfsvoll beobachteten, war er weinend zusammengebrochen.

Den gestrigen und den heutigen Tag hatte er in tatenlosem Stumpfsinn verbracht, unfähig, einen klaren Gedanken zu fassen. Doch heute beim Abendessen, als Barbara von einem Theaterbesuch mit ihrem Damenkreis sprach, war die Idee plötzlich da gewesen. Als hätte sich ein Vorhang gehoben und ihm den Blick freigegeben auf eine Szene, die schon seit Wochen auf den Tag der Uraufführung gewartet hatte.

Paul löschte alle Lampen im Laden und im Schaufenster – bis auf den Deckenstrahler, in dessen Lichtkegel das Porträt nun stand. Er öffnete die Ladentür und trat auf die Straße hinaus. Es war kurz vor Mitternacht, und in den Häusern ringsum waren die Lichter bereits erloschen. Auch die Schaufensterbeleuchtung bei Frau Berlinger war längst ausgeschaltet. Sie war der Überzeugung, es lohne sich nicht, die ausgestellten Kaffeemaschinen, Saftpressen und Porzellanwaren des Nachts anzustrahlen. Was für ein Irrtum! Sie wusste einfach nicht um die Wirkung von Licht und Stille auf jeden noch so banalen Gegenstand.

Paul überquerte die Straße und stellte sich genau gegenüber von seinem Geschäft auf. Breitbeinig, so als müsste er einem kräftigen Wind trotzen. Oder einem überwältigenden Gefühl.

Aurelie leuchtete so hell, als wäre das Bild selbst die Quelle des Lichts. Es schien, als wollte sie im nächsten Moment aufstehen und sich verneigen, während die gesamte Kleinkölnstraße den Atem anhielt, um Aurelies erstem Bühnenauftritt die volle

Aufmerksamkeit schenken zu können. Auch wenn die Bühne nur ein bescheidenes Stoffgeschäft war und Paul der einzige Zuschauer.

Die Nische war der perfekte Platz für sie. Dort war ihre Schönheit für jedermann sichtbar, und Paul konnte an seinem Lieblingsplatz hinter der Ladentheke über sie wachen. Dort war sie ihm nah, und zugleich schuf ihre Sichtbarkeit für die Allgemeinheit die nötige Distanz, die Paul brauchte, um mit dem Wissen weiterleben zu können, dass sie tot war.

Am nächsten Morgen war er weit vor neun Uhr im Geschäft. Er war gerade damit beschäftigt, in einer der unteren Schubladen Platz für die Scheibengardinchen zu schaffen, als Barbara neben ihn trat und ihm auf die Schulter tippte.

»Was ist das?«, fragte sie mit kaum verhohlenem Entsetzen und zeigte auf das Porträt.

»Ein Bild«, sagte Paul.

»Wo kommt das denn auf einmal her?«

»Ich habe es gestern Abend dort hingestellt.«

Paul konnte förmlich sehen, wie sich in ihrem Kopf gleich mehrere Fragen auf einmal bildeten. Ihre Lippen rundeten sich, als wollten sie ein »o« formen, dann blieb ihr Mund eine Weile ratlos offen stehen, bis ihm schließlich ein gedehntes »Aber« entschlüpfte.

Geduldig wartete er, bis auch der Rest des Satzes seinen Weg aus ihrer Kehle gefunden hatte.

»Aber … was hat das hier zu suchen?«

»Es gehört dorthin. Es muss dort stehen.« Er staunte selbst, wie fest seine Stimme klang.

»Woher hast du das? Doch hoffentlich nicht gekauft?«

»Ich habe es gemalt.«

»Du?«, fragte sie fassungslos. Dann erschien die tiefe Falte zwischen ihren Brauen, die immer dann besonders hervortrat, wenn sie an seinem Verstand zweifelte. »Ich weiß nicht, was mit dir los ist in letzter Zeit, aber das Bild muss da weg. Wir brauchen den Platz.« Damit wandte sie sich ab und ging mit klimperndem Schlüsselbund auf die Ladentür zur.

»Das Bild bleibt da«, sagte Paul.

Barbara blieb abrupt stehen. Paul sah, wie ihre Schultern sich hoben und langsam wieder herabsanken. Dann ging sie unbeirrt weiter, schloss die Tür auf und blieb anschließend vor dem Bild stehen. Mit verschränkten Armen betrachtete sie es eine Weile stirnrunzelnd, kam zurück zur Ladentheke und stemmte beide Hände in die Hüften. Die Falte zwischen ihren Brauen war verschwunden, dafür hatten ihre Lippen einen verkniffenen Ausdruck angenommen.

»Es ist ja ganz hübsch«, sagte sie, »aber es passt hier nicht hin.«

Um elf Uhr griff Paul zum Telefonhörer. Barbara war im Nähzimmer verschwunden, der Geselle in der Werkstatt, und es war kein Kunde in Sicht. Hektisch wählte er die Nummer. Er durfte seinen Zweifeln keine Zeit geben, sein Vorhaben zu verhindern.

»Hallo?« Sie klang atemlos.

Jetzt erst fiel ihm auf, dass er nicht wusste, wie er sie ansprechen sollte. Fräulein Inglerhofen? Frau De Florenville? Oder hatte sie ihm das Du angeboten? Er wusste es nicht mehr.

»Ja, äh, guten Tag. Hier ist Tissu, Paul Tissu.«

»Oh! Hallo, Herr Tissu!«

Er hatte sich die Worte zurechtgelegt, aber sie waren plötzlich verschwunden. Er räusperte sich, um Zeit zu gewinnen.

»Also, ich wollte … da waren ja noch die Stuhlkissen«, setzte er schließlich an. »Wir wissen nicht … ich …«

»Ja?« Wie vertraut ihre Stimme klang!

»Wie wollen Sie sie befestigen? Mit Klett? Schleifen? Das ist … wir müssen …« Er brach ab. So kam er nicht weiter. Er musste zur Sache kommen. »Hätten Sie heute Mittag ein halbes Stündchen

Zeit?« Jetzt war es raus. Er hatte es eleganter formulieren wollen. Mit angehaltenem Atem wartete Paul auf ihre Antwort. Als nichts kam, setzte er hinzu: »Ich möchte etwas mit Ihnen besprechen.«

»Besprechen?«

»Ja. Es ist wichtig.«

»In Bezug auf die Stuhlkissen?«

»Nein. Ja, also auch. Aber nicht in erster Linie.«

»Was dann?«

»Das … Ich würde das gern persönlich mit Ihnen besprechen. Nicht am Telefon.«

Wieder Schweigen. Gerade wollte er hinzufügen, dass es wirklich nicht lange dauern würde, da sagte sie:

»In Ordnung. Wo treffen wir uns?«

»Schlagen Sie einen Ort vor.«

»Im Café Liège am Dom. Dreizehn Uhr«, sagte sie, ohne zu zögern. »Ich habe allerdings nicht viel Zeit.«

Sophie saß bereits unter einem der bunten Sonnenschirme auf der Terrasse vor dem kleinen Café, als Paul um wenige Minuten nach eins dort ankam. Er hatte fest damit gerechnet, dass sie zu spät kommen würde, doch in diesem Punkt glich sie ihrer Mutter offenbar gar nicht. Sie hatte ein aufgeschlagenes Buch vor sich liegen und kritzelte darin herum.

»Störe ich?«, fragte er und legte zögerlich eine Hand auf den Stuhl, der ihr gegenüberstand. Erstaunt stellte er fest, dass die körperlichen Reaktionen ausblieben, die ihn bei ihren vorhergehenden Begegnungen so durcheinandergebracht hatten. Sie war ihrer Mutter wirklich wie aus dem Gesicht geschnitten. Und doch war es ihm inzwischen unbegreiflich, wie er sie für Aurelie hatte halten können.

»Auf keinen Fall«, sagte sie. »Ich warte ja schon auf Sie.«

»Nicht zu lange, hoffe ich«, sagte Paul. »Es ist nicht meine Art, unpünktlich zu sein.«

»Es sind ja nur …«, sie warf einen Blick auf ihr Smartphone, das neben dem Buch lag, »sechs Minuten.«

Paul reichte ihr die Hand.

»Guten Tag, Fräulein, äh, Frau de Florenville?«

»Nennen Sie mich einfach Sophie.«

»Gern. Und ich bin Paul.«

Sophie senkte kurz den Blick, als sei sie unangenehm berührt von der Vertraulichkeit, die eine solche Anrede zwischen ihnen herstellte.

»Aber Sie dürfen natürlich auch weiter Herr Tissu sagen«, fügte er schnell hinzu. »Sie haben die Zeit sinnvoll genutzt.« Er wies auf das aufgeschlagene Buch.

»Nicht wirklich.« Sie zog eine Grimasse. »Tragwerkslehre. Grauenvoll. Keine Ahnung, wie ich da durchkommen soll.«

»Macht Ihnen das Studium keine Freude?«

»Ich hatte es mir weniger technisch vorgestellt.«

»Und das liegt Ihnen nicht?«

»Ich bin eine naturwissenschaftliche Niete. Schlecht in Mathe. Physik eine Katastrophe. Mir war nicht klar, was da auf mich zukommt.«

»Es gibt aber doch bestimmt auch Dinge, die Ihnen Freude machen.«

»Oh, eine Menge!«, sagte sie. »In Cafés sitzen, spazieren gehen, Kino …«

»Nein, ich meinte, in Ihrem Studium.«

»Ach so«, sagte Sophie. »Die wird es vielleicht irgendwann geben, aber bis dahin ist es noch ein weiter Weg. Erst muss ich durch die Grundlagen, und ich bin nicht sicher, ob ich das schaffe.«

»Sie haben etwas vergessen.«

In diesem Moment trat eine Kellnerin an ihren Tisch. Paul bestellte einen Kaffee. Sophie winkte ab. Sie hatte bereits einen Eiskaffee vor sich stehen.

»Vergessen?«, fragte sie und nahm den Strohhalm, der in dem hohen Becher steckte, zwischen die Lippen. Ihre Augen waren tatsächlich identisch mit denen Aurelies. Paul hätte niemals gedacht, dass es einen zweiten Menschen auf Erden mit solchen Augen geben könnte.

»Auf der Liste der Dinge, die Ihnen Freude machen.«

»Was meinen Sie?«

»Die Malerei«, sagte Paul. Er rückte ein klein wenig in seinem Stuhl nach vorne und beobachtete genau ihre Reaktion.

»Die Malerei«, wiederholte Sophie und legte den Kopf schief. »Wieso sagen Sie das?« Ihre Augen verengten sich etwas, als wäre ihr gerade bewusst geworden, dass sie auf der Hut sein musste. »Sind wir deswegen hier?«

Paul schürzte die Lippen und wiegte den Kopf hin und her.

»Sie haben am Samstag schon so sonderbar auf meine Bilder reagiert. Was genau wollen Sie?«

»Ich war zu erschüttert, um mich näher mit ihnen, also Ihren Bildern, zu befassen. Aber sie sind gut. Sie sind ausgezeichnet. Sie dürfen sie nicht auf den Sperrmüll geben, Sie müssen sie zeigen!« Er widerstand einem Impuls, nach ihrer Hand zu greifen, die mit dem Bleistift spielte.

»Das sagten Sie bereits am Samstag.«

»Warum wollen Sie sie fortwerfen?«

»Warum interessiert Sie das?«

Paul lehnte sich zurück. Mit ein wenig Gegenwehr war zu rechnen gewesen, aber ihre Angriffslust traf ihn unvorbereitet.

»Und wieso glauben Sie, beurteilen zu können, dass sie gut sind?«, setzte Sophie nach. »Sie mögen Ihnen gefallen. Sie mögen sie hübsch finden – aber Sie behaupten, dass sie ›gut‹ sind. Das setzt ein objektives Fachurteil voraus. Können Sie das abgeben? Sind Sie Kunstprofessor?«

Sie hatte sich weit nach vorne gebeugt, und ihre Stimme war mit jedem Wort eine Nuance lauter geworden. Die kühle

Nonchalance, mit der sie eben noch von ihrem Eiskaffee getrunken hatte, war einer zornigen Erregung gewichen. Aus dem Augenwinkel registrierte Paul, wie ein junges Pärchen am Nachbartisch zu ihnen herübersah. Er zog seinen Stuhl ein wenig näher an den Tisch heran und sagte mit leiser, aber beschwörender Stimme:

»Es tut mir leid. Ich möchte mich nicht in Ihr Leben einmischen, nur …«

»Aber Sie tun es doch gerade!«

»Ich kann nicht mit ansehen, was Sie diesen Bildern antun.«

»Sie sagen das, als wären es lebendige Wesen.«

»Das sind sie auch! Jedes Bild hat eine Seele«, sagte Paul und hielt überrascht inne. Er hatte diesen Gedanken noch nie formuliert, nicht einmal gedacht, und doch klang der Satz so selbstverständlich, als hätte er es immer gewusst.

»Sie malen selbst!«, stellte Sophie fest und nickte ein paarmal, als wolle sie sich ihre plötzliche Erkenntnis selbst bestätigen.

Paul fühlte sich ertappt. Er hatte sie unterschätzt, und das war dumm von ihm, schließlich war sie Aurelies Tochter.

»Nur hin und wieder«, sagte er ausweichend.

»Was malen Sie?«

»So dies und das. Aber darum geht es jetzt nicht. Es geht um Sie.«

»Sind Sie sicher?«, fragte Sophie, und ihr Blick bohrte sich in seinen. Er hatte sie wirklich unterschätzt. Nun half nur noch die Flucht nach vorn.

»Ich möchte Sie um einen Gefallen bitten.«

Sophie zog die Augenbrauen in die Höhe.

»Verkaufen Sie mir Ihre Bilder. Wenn Sie sie sowieso auf den Sperrmüll werfen wollen, kann es Ihnen ja gleichgültig sein, was mit ihnen passiert, nicht wahr?«

Wieder verengten sich ihre Augen zu Schlitzen.

»Sie wollen meine Bilder kaufen? Warum?«, fragte Sophie.

»Sie gefallen mir. Ich kann nicht zulassen, dass sie zerstört werden.«

Sophie schürzte die Lippen und lehnte sich mit verschränkten Armen zurück. Eine Weile saß sie so da und taxierte ihn mit ihren Aurelie-blauen Augen. Dann fragte sie plötzlich: »Wie eng waren Sie mit meiner Mutter befreundet?«

Paul hob beide Hände, sah zum Himmel und holte tief Luft, als müsste er eine lange und komplizierte Erklärung abgeben. Dann ließ er die Hände sinken, legte Zeige- und Mittelfinger auf die Lippen und schüttelte den Kopf.

Sophie wartete, ohne ihn aus den Augen zu lassen.

»Also?«, hakte sie nach. Sie war genauso unnachgiebig wie Aurelie.

»Ich habe sie geliebt«, sagte Paul leise.

»Das dachte ich mir. Es geht Ihnen nur um meine Mutter, nicht um die Bilder!«

»Nein!«, rief Paul aus. »Das stimmt nicht!«

Sophie stand auf, sammelte ihre Sachen zusammen und legte fünf Euro auf den Tisch.

»Ich muss los. Ich habe gleich noch eine Vorlesung. Auf Wiedersehen, Herr Tissu.«

Paul streckte die Hand aus, als wolle er sie festhalten. »Bitte, ich ...«, setzte er an, aber Sophie ließ ihn nicht zu Wort kommen.

»Vergessen Sie das mit den Stuhlkissen. Ich habe es mir anders überlegt. Die Stühle sehen ohne doch viel schöner aus.« Damit wandte sie sich ab und eilte in Richtung Münsterplatz davon.

Verwirrt blieb Paul zurück. Es war offensichtlich, dass er die Sache falsch angepackt hatte, aber er wusste nicht, wo genau der Fehler lag.

Kapitel 21

Wut

Die Vorlesung zur Materialkunde hätte Sophie sich sparen können. Nicht ein Wort von dem, was der Professor da vorne erzählte, drang zu ihr durch.

Sie bereute bereits, den armen Herrn Tissu so abgefertigt zu haben. Es war ja alles nicht seine Schuld. Aber wieso musste er auch wieder von den Bildern anfangen. Die Wunde war längst nicht verheilt. Sie konnte niemanden gebrauchen, der darin herumstocherte. Schon gar niemanden, dem es wieder nur um ihre Mutter ging.

Auf dem Weg nach Hause klingelte ihr Handy. Ihr Vater.

»Stör ich?«

»Frag nicht. Wenn du stören würdest, hätte ich nicht abgenommen.«

»Bist du mit dem falschen Fuß aufgestanden?«

»Nein. Ich hab nur grad eine Vorlesung zur Materialkunde hinter mir.«

»Aha. Daher die Übellaunigkeit.«

»Ich habe keine üble Laune.«

Ihr Vater lachte. »Genauso hört es sich an. Du schaffst das schon, Sophie. Materialkunde ist nicht sehr sexy, aber es muss nun mal sein.«

Sophie rollte mit den Augen. Ihr Vater hatte gut reden. Als erfolgreicher Bauunternehmer hatte er seine Leute, die sich um die Technik kümmerten. Er selbst hatte sich noch nie in seinem Leben damit beschäftigen müssen, *wie* etwas funktionierte. Nur *dass* es funktionierte.

»Was willst du?«, fragte sie ungeduldig. Sie hatte Hunger, das trug nicht dazu bei, freundlicher zu klingen.

»Vielleicht sollte ich später noch mal anrufen.«

»Nein. Sag, was gibt's?«

»Claudine und ich überlegen, dich Ende des Monats in Aachen zu besuchen. Ich habe einen geschäftlichen Termin in Düsseldorf, da bietet sich ein Zwischenstopp bei dir an.«

Claudine war die neue Lebenspartnerin ihres Vaters. Seit zwei Jahren lebten die beiden zusammen in der Villa in Saint-Cloud. Nachdem Aurelie gestorben war, hatte ihr Vater sich in seiner Arbeit vergraben und war lange nicht bereit für eine neue Beziehung gewesen. Claudine war keine schlechte Wahl, fand Sophie, obwohl sie ihr ein wenig zu oberflächlich vorkam.

»Bei mir ist aber kein Platz«, sagte Sophie. Es klang schroffer als beabsichtigt.

»Das weiß ich doch. Wir gehen ins Hotel. Ich würde Claudine gern Aachen zeigen.«

Das war überraschend. Immerhin hatte sich ihr Vater sehr dagegen gesträubt, dass Sophie ausgerechnet in Aachen studierte. Architektur war seine Idee gewesen, ja sogar sein Wunsch, von Anfang an, aber nicht in Deutschland, und schon gar nicht in Aachen. Es war Sophies Auflehnung gegen seine Allmacht, der Versuch, sich ein bisschen Selbstbestimmung zu bewahren, nachdem sie mit ihrem eigenen Zukunftsplan gescheitert war.

»Viel gibt es hier nicht zu sehen«, sagte Sophie. »Claudine wird enttäuscht sein. Aber bitte, kommt, ich habe nichts dagegen.«

»Gefällt es dir dort nicht mehr?«, fragte ihr Vater. »Als du letztens hier warst, hast du noch so geschwärmt!«

»Ich liebe es. Aber Claudine … ach egal. Soll ich euch ein Zimmer reservieren?«

»Das wäre sehr lieb von dir. Du kennst dich ja aus.«

Sophie lachte. »Die Auswahl ist überschaubar. Ich nehme das teuerste, wenn es dir recht ist.«

»Tu das. Ich verlasse mich auf deinen guten Geschmack. Mach's gut, Töchterchen. Wir telefonieren bald wieder.«

»Ciao, Papa«, sagte Sophie und wollte ihn wegdrücken, da kam ihr ein plötzlicher Gedanke.

»Warte. Kennst du einen Herrn Tissu?«

»Tissu? Tissu? Noch nie gehört. Warum?«

»Ich habe ihn vor ein paar Tagen kennengelernt. Er kannte Maman wohl sehr gut.«

Die Leitung blieb eine Weile still, dann sagte ihr Vater: »Deine Mutter kannte viele Menschen überall auf der Welt. Wie soll ich mich nach so vielen Jahren an einen einzelnen davon erinnern?«

»Ich dachte nur.«

»Ich muss Schluss machen, Sophie. Ich habe jetzt eine Sitzung. Ich hab dich lieb.«

Es lag schon eine Weile zurück, dass er diesen Satz das letzte Mal gesagt hatte. Liebesbezeugungen kamen von ihm meist nur, solange die Dinge so funktionierten, wie er es wollte. Wenn er es jetzt äußerte, bedeutete das wohl, dass er sich mit Aachen als Studienort arrangiert und ihr verziehen hatte, dass sie so lange gegen seinen Willen gehandelt hatte. Die Quittung dafür hatte sie bekommen. Damit war für ihn die Sache endgültig erledigt.

* * *

Nachdenklich wanderte Paul zurück in die Kleinkölnstraße. Vielleicht hatte Sophie ja recht. Vielleicht sah er in ihr immer noch Aurelie und wollte etwas festhalten, was längst verloren war. Aber nein. Die Bilder waren wirklich ausgezeichnet. Sie hatten diese Lichtqualität, die er sein Leben lang versucht hatte einzufangen. Ihre Motive waren eigenwillig, manche verwischt wie auf dem Regenbild oder gar völlig abstrakt, ganz anders also als das, wonach er immer gestrebt hatte. Die Wirklichkeit *war* profan. Sophie hatte das verstanden, ihre Bilder waren pure Emotion, sie berührten ihn auf eine außerordentlich physische Weise. Sein Herz hatte kurz ausgesetzt, als er sie gesehen hatte, und dann heftig weitergeschlagen, fast als wollte es aus der Brust springen. Es mochte auch der Schock über die Nachricht von Aurelies Tod gewesen sein. Möglich, dass das eine eng mit dem anderen verknüpft war.

Sophie verwirrte ihn. Einerseits war sie ihm zutiefst vertraut, so als würde er sie schon seit Jahren kennen, andererseits jedoch war jede ihrer Reaktionen unvorhersehbar und unverständlich. Er sollte sie in Ruhe lassen. Sie hatte ihm deutlich zu verstehen gegeben, dass sie keinen weiteren Kontakt wünschte. Verübeln konnte er es ihr nicht. Schließlich war er für sie nichts weiter als ein fremder alter Mann, der Stoffe verkaufte. Aber da war etwas, das ihn nicht losließ. Er musste herausfinden, was es war. Das war er Aurelie schuldig. Vielleicht war es das Letzte, was er für sie tun konnte.

Als er ins Geschäft zurückkam, blieb ihm fast das Herz stehen. Das Porträt war verschwunden! In der Nische stand wieder der altbekannte Ständer mit den Troddeln und Quasten.

Ein unangenehmer Schwindel nahm ihm für einen kurzen Moment die Orientierung. Er hatte es dort hingestellt! Das hatte er doch nicht geträumt? Oder doch? Um sicherzugehen, dass seine Sinne noch voll funktionsfähig waren, befühlte er eine der Troddeln und schnupperte sogar daran. Sie roch nach jahrealtem Staub. Sein Puls beschleunigte sich, und eine heiße und unbändige Wut quoll plötzlich in ihm hoch.

»Barbara!«, schrie er, während er den Ständer packte und mit sich zerrte. »Wo. Bist. Du?« Der Teppich, die vielen Stoffe und Vorhänge in seinem Geschäft dämpften den Schall und schienen sein Gebrüll zu verschlucken, was ihn noch wütender machte. Er riss die Tür zum Hausflur auf und schrie erneut, so laut er konnte: »Barbara!«

Diesmal vibrierte das ganze Treppenhaus unter seinem Zorn. Der Geselle kam aus der Werkstatt angerannt, und oben ging die Wohnungstür auf.

»Wo ist das Bild?«, brüllte Paul. Der Widerhall seiner Worte verursachte ihm eine tiefe Befriedigung.

Barbaras Beine erschienen oben am Treppengeländer.

»Schrei nicht so!«, schimpfte sie.

»Dann komm runter!«, gab Paul zurück.

»Ich habe zu tun. Die Vorhänge für …«

»Das ist mir egal!«, schrie Paul, diesmal wieder lauter.

Hinter sich hörte er ein lautes und vernehmliches »oh, oh« des Gesellen. Er drehte sich um und fuhr ihn an: »Machen Sie, dass Sie an die Arbeit kommen!«

»Ist ja schon gut«, murmelte der und flüchtete.

Inzwischen war Barbara zum mittleren Treppenabsatz herabgestiegen.

»Wie benimmst du dich eigentlich?«, fragte sie.

»Was hast du mit dem Bild gemacht?«

»Es steht in der Werkstatt. Du musst einen anderen Platz finden. Die Nische am Eingang ist …«

»Die Nische ist der perfekte Platz!«, schrie Paul, völlig entfesselt. »Dieser verfluchte Firlefanz hier kommt auf den Müll!« Damit packte er das hässliche Gestell erneut und stürmte damit auf die Tür zum Hinterhof zu.

»Nein!«, rief Barbara und eilte die letzten Stufen hinunter. Sie bekam ein Bein des Ständers zu fassen und hielt ihn fest.

»Lass los!«, knurrte Paul.

»Ich lasse nicht zu, dass du die Ware fortwirfst.«

»Und ich lasse nicht zu, dass du dieses Bild anrührst!«

Sie standen einander gegenüber, die zornigen Blicke ineinander verkeilt, dazwischen der Ständer, von dem die Troddeln und Quasten herabfielen wie überreife Früchte.

Barbaras Hals hatte hektische rote Flecken bekommen. Sie klammerte sich an dem Ständerbein fest, als wäre es eine Rettungsleine. »Wir führen ein Stoffgeschäft und keine Kunstgalerie!«, rief sie verzweifelt.

Paul ließ die Arme sinken.

»Was hast du da gerade gesagt?«, fragte er.

»Das hier ist ein Stoffgeschäft«, wiederholte Barbara. »Keine Kunstgalerie!«

Das war es! Die brodelnde Lava seiner Wut kühlte sich schlagartig ab und formte sich zu einer Idee.

»Das musst du doch einsehen!«, setzte Barbara nach, fast flehend.

Paul gab den Ständer frei, und Barbara zog ihn an sich. Pauls Brust weitete sich, und am liebsten hätte er Barbara umarmt. Ein Lächeln breitete sich auf seinem Gesicht aus.

»Warum lachst du jetzt? Was ist nur mit dir los?«, fragte Barbara fassungslos.

»Wir müssen reden«, sagte Paul.

* * *

Sophie schloss die Wohnungstür auf, warf ihre Tasche in die Ecke und füllte den Wasserkocher. Sie öffnete den Kühlschrank, aber der war leer, bis auf einen halb vollen Becher Naturjoghurt, ein paar Karotten und eine angebrochene Tafel Schokolade.

Eigentlich hatte sie nach der Vorlesung einkaufen gehen wollen. Selbst der Obstkorb war leer.

Sie griff nach der Schokolade und versetzte der Kühlschranktür einen kräftigen Tritt. Frustriert setzte sie sich mit der Schokolade und einem großen Becher Schwarztee auf das Sofa und zog ihr Laptop auf den Schoß. Ihr Magen grummelte, aber das lag nicht allein am Hunger. Ein schickes Hotel. Das teuerste. Warum suchte ihr Vater nicht selbst? Oder Claudine? Die hatte eh nichts zu tun, außer sich den halben Tag auf dem Golfplatz herumzutreiben oder in teuren Boutiquen das Geld mit vollen Händen auszugeben. Geld, das sie – wohlgemerkt – nie selbst verdient hatte.

Hast du ja auch nicht, meldete sich da die innere Stimme, die sich perfide immer mal wieder in ihr Selbstwertgefühl bohrte. Selbstverständlich bezahlte ihr Vater die Wohnung, den Lebensunterhalt, das Studium – kurz alles, was sie brauchte, um irgendwann einmal auf eigenen Füßen zu stehen. Er hatte ihr sogar die Jahre der Orientierungslosigkeit, wie er es nannte, finanziert. Aber die waren schließlich vorbei. Jetzt war sie ja auf dem richtigen Weg.

Wütend klappte Sophie das Laptop zu und warf es zur Seite. Sie sollte sich etwas zu essen besorgen. Sie stand auf, zog die Schuhe an und griff nach ihrem Portemonnaie. Da fiel ihr Blick auf die Bilder, die immer noch mit dem Gesicht zur Wand lehnten. Nur eines davon hatte Herr Tissu falsch herum zurückgestellt. Nein. Nicht falsch. *Richtig* herum. Sophie nannte es *Fluchtpunkt.* Sie ertappte sich bei dem Gedanken, welchen Preis sie wohl dafür verlangen würde, wollte sie es ernsthaft verkaufen. War es eine verrückte Laune von diesem Stoffladenbesitzer? Der verzweifelte Versuch, etwas zu besitzen, was nur existierte, weil Aurelie existiert hatte? Oder sah er wirklich etwas in diesen Farbpanschereien? Und was genau wäre das?

Sophie stand auf und hockte sich vor das Bild. Der rote Mantel der Frau in der Mitte des Bildes, mehr zu erahnen als klar zu erkennen, sprang ihr zornig entgegen. Ihre Mutter hatte einen solchen Mantel besessen. Als das Bild entstand, hatte Sophie diesen Mantel gar nicht im Sinn gehabt. Es war ihr erst viel später bewusst geworden. Im Grunde erst, als sie schon begonnen hatte, sich von der Idee zu verabschieden, jemals mehr als eine Dilettantin zu sein. Das war für sich genommen schon erstaunlich, denn es gab sogar ein Foto, auf dem ihre Mutter diesen Mantel trug. Wo hatte sie es nur hingetan?

Sie sah sich in ihrem Zimmer um. Alles Überflüssige, von dem sie sich dennoch nicht hatte trennen können, steckte in zwei großen Kartons, die im Keller standen. Wahrscheinlich lag da auch das Foto drin. Plötzlich war ihr Hunger verflogen. Bevor sie einkaufen ging, musste sie unbedingt dieses Foto finden.

Sie ergriff den Kellerschlüssel und lief eilig die Treppe hinunter. Seit dem Umzug war sie nicht mehr hier unten gewesen. Eine schwache Glühbirne erleuchtete den muffigen Raum, der in sechs kleine Zellen aufgeteilt war. Die Tür zu ihrem Keller quietschte, als sie sie öffnete. Auf einer Holztruhe, die in der Wohnung keinen Platz gefunden hatte, standen die beiden Kartons. Aus dem einen ragte eine großformatige Bewerbungsmappe hervor. Ihr Anblick versetzte Sophie einen Stich. Wieso hatte sie die überhaupt behalten? Sie zog sie heraus, stellte sie zur Seite und durchwühlte die beiden Kartons. Bunte Freundschaftsbücher aus der Grundschule, die Käthe-Kruse-Puppe, die zu wertvoll war, um sie fortzuwerfen, zu zerstört, um sie zu verkaufen, und zu hässlich, um sie zu verschenken. Ein paar Liebesbriefe von Schulkameraden. Ihr erster Malkasten. Bücher. Ihr erstes Paar Schuhe. Ganz unten der Adidas-Schuhkarton mit den Erinnerungen an ihre Mutter. Sportschuhe ihres Vaters waren in dem Karton gewesen,

Größe 43. Sie wusste noch, wie sie ihn mangels einer passenden Schachtel aus dem Müll gezogen hatte, um die paar Dinge hineinzutun, die sie Jahre nach dem Tod ihrer Mutter auf dem Dachboden gefunden hatte. Fünfzehn war sie da gewesen und unglücklich verliebt in ihren Sportlehrer. Auf den Dachboden hatte sie sich verkrochen, um sich endlich einmal richtig ausheulen zu können. Traurig zu sein oder schlecht gelaunt, derartige Gefühlslagen waren zu Hause nicht erlaubt gewesen. Die Dinge mussten funktionieren.

Sophie hob den Deckel des Schuhkartons und konnte nicht verhindern, dass ihre Hände leicht zitterten. Außer der Schokolade und dem Eiskaffee hatte sie heute noch nichts gegessen. Sie fühlte sich schwach.

Ein Stapel Postkarten, ein dünnes Goldkettchen mit einem Kreuz, das Sophie eine Zeit lang getragen hatte, eingerollte Zeugnisse von Schulen aus allen möglichen Städten und Ländern. Erstaunlich, dass ihre Mutter trotz der häufigen Schulwechsel immer irgendwie die Versetzung geschafft hatte. Ein kleiner Stapel Fotos, die meisten davon Schnappschüsse und zum Teil verwackelt. Fotos, die ihr Vater aussortiert hatte, weil sie nicht gelungen oder nicht repräsentativ genug für die Familienalben gewesen waren. Auf keinem der Bilder war Aurelie deutlich zu erkennen. Das Foto, auf dem sie den roten Mantel trug, war zwar scharf, aber es zeigte ihre Mutter von hinten, die Haare hochgesteckt, den Blick auf sie, Sophie, gerichtet, die in einem pinkfarbenen Regenmantel neben ihr herlief.

Ganz unten in der Box der Umschlag mit den Briefen. Sophie hatte sie tausendmal gelesen, versucht, mithilfe der Worte die Stimme ihrer Mutter heraufzubeschwören, ihren Duft, ihre Wärme, hatte nach Hinweisen gesucht, was sie für ihre Tochter empfunden haben mochte; aber die Briefe stammten aus einer Zeit, in der es Sophie noch gar nicht gegeben hatte. Kein Tagebuch der jungen Aurelie, keine Notizen oder sonstigen Äußerungen der erwachsenen Aurelie – und was am schlimmsten war: kein Abschiedsbrief an sie und ihren Vater, keine Erklärung, warum sie sich einfach aus dem Leben gestohlen und ihre Tochter verlassen hatte. Den Rest der Erinnerungen hatte ihr Vater in sich verschlossen, und niemand durfte daran rühren. Stattdessen hatte Sophie in jahrelangen Therapien lernen müssen, mit ihren Verlustängsten klarzukommen.

Sophie steckte das Foto in die hintere Hosentasche und betastete den Umschlag. Sie hatte ihn seit Jahren nicht mehr in der Hand gehabt. Mit sechzehn hatte sie beschlossen, ihre Mutter dafür zu hassen, dass sie gegangen war, ohne ein Wort. Der Hass war leichter gewesen als die Schuld. Leichter als der Schmerz.

Zögernd zog sie die Briefe ein Stück aus dem Umschlag. Obenauf die Bleistiftskizze, die ihre Mutter vor einem großen Fenster zeigte. Eine weitere kleine Zeichnung. Der Zaunkönig. Am rechten unteren Bildrand war eine Ecke herausgeschnitten. Das hatte Sophie damals schon seltsam gefunden. Anfangs hatte sie geglaubt, ihre Mutter sei die großartige Künstlerin gewesen, die dieses Bild gezeichnet hatte. Diese Illusion hatte ihr Vater ihr irgendwann genommen. Keine gerade Linie habe sie hinbekommen. Deswegen sei auch aus ihrem Traum, Architektin zu werden, nichts geworden.

Sophie faltete den obersten Brief auseinander. In diesem Moment knallte die Kellertür, und sie zuckte heftig zusammen. Der Nachbar von gegenüber schlurfte an ihrer Zelle vorbei und schloss seinen Keller auf. Sophie fühlte sich ertappt. Rasch wollte sie die Briefe wieder in den Umschlag stecken und zurück in die Schuhschachtel legen, da fiel ihr Blick auf die Anrede, die in Aurelies geschwungenen Buchstaben ganz oben auf dem ersten Brief stand.

»Lieber Paul«.

Es war keine Überraschung, schließlich hatten diese Worte schon immer dort gestanden. Sie wirkten sogar schon ein wenig verblasst, als hätte das häufige Lesen ihnen die Kraft genommen.

»Lieber Paul«, murmelte Sophie und schlug sich mit der Hand vor die Stirn. Natürlich. Auf einmal fielen die Dinge an ihren Platz.

Kapitel 22

Ein Brief

»Ich dachte, du willst keine Renovierung?« Selten hatte Paul seine Frau so perplex gesehen.

»Ich habe meine Meinung geändert.«

»Warum dieser plötzliche Sinneswandel?«

»Freu dich doch! Du willst es doch schon so lange!« Er legte seine Hand auf die ihre. Die Geste war so ungewohnt geworden, dass er sofort wieder zurückzuckte.

Sie saßen am Küchentisch, zwischen sich die Umbaupläne ausgebreitet, die Barbara vor über einem Jahr in Auftrag gegeben hatte. Damals hätte Paul sie beinahe zerrissen, so wütend war er gewesen, dass sie so etwas ohne sein Wissen tat. Seither hatten sie kein Wort mehr darüber gesprochen – bis jetzt. Er hatte die Pläne in seinem Arbeitszimmer in eine Schublade gestopft und Barbara im Glauben gelassen, er hätte sie weggeworfen. Als er sie nun nach dem Abendessen hervorgeholt und vor ihr ausgebreitet hatte, war sie vor Freude – oder vielleicht auch vor Scham – hochrot angelaufen.

»Ich weiß nicht, ob der Innenarchitekt noch bereit ist, den Auftrag anzunehmen«, gab Barbara zu bedenken.

»Frag ihn.«

»Du willst also tatsächlich den Laden zur Straße hin öffnen?«

»Ja.«

»Und die Regalwand entfernen?«

»Ja.«

»Und die Stoffballen? Ich dachte …«

»Du hast freie Hand. Mach es so, wie du es für richtig hältst.«

Barbara starrte ihn mit offenem Mund an. Langsam schüttelte sie den Kopf. »Ich kann nicht glauben, was du da sagst.«

Paul wurde ein wenig unwohl zumute. Den schwierigen Teil des Deals hatte er ihr noch nicht präsentiert, aber vielleicht war es klüger, damit noch ein wenig zu warten. Erst sollte er noch einmal mit Sophie sprechen. Das war mindestens eine genauso schwere Aufgabe, wie Barbara von seiner Idee zu überzeugen. Er musste mit Bedacht vorgehen, seine Aktionen sorgfältig planen und im rechten Augenblick die richtigen Worte finden. Ein Wortkünstler war er noch nie gewesen. Nun, dann musste er es jetzt eben werden.

»Irgendetwas führst du doch im Schilde«, unterbrach Barbara seine Gedanken.

»Ich möchte, dass das Porträt in der Nische stehen bleibt«, sagte Paul schnell. Damit war der erste Vorstoß getan.

Barbara verzog den Mund zu einem säuerlichen Lächeln. »Deswegen also.«

»Na ja …« Paul wich ihrem Blick aus.

»Einverstanden.« Es kam überraschend schnell. Paul beglückwünschte sich. Ein kleiner Sieg war errungen.

Am Tag darauf war es sehr ruhig im Laden. So hatte Paul Zeit, seinen nächsten Schachzug genau zu planen. Auf einem Zettel notierte er die Argumente, mit denen er Sophie von seiner Idee zu überzeugen gedachte, überlegte, welche möglichen Gegenargumente sie vorbringen und wie er diese entkräften könnte. Dabei war zu berücksichtigen, dass viele Unbekannte im Spiel waren. So wusste er nicht, ob ihre Bilder bereits vor langer Zeit entstanden waren oder erst in jüngster Vergangenheit. Er hatte keine Ahnung, was zu Sophies gebrochenem Verhältnis zu ihrer Malerei geführt hatte. Und vor allem vermochte er nicht zu ermessen, wie tief das Loch war, das der Verlust ihrer Mutter in ihre Seele gerissen hatte. Er musste also mit äußerstem Fingerspitzengefühl vorgehen. Möglicherweise würde es mehrerer Begegnungen bedürfen, um ihr Vertrauen zu gewinnen. Er musste ihr Zeit lassen, auch wenn er fürchtete, sie könnte jeden Moment ihre Drohung wahr machen und die Bilder tatsächlich entsorgen.

Solchermaßen versunken in seine Gedanken, überhörte er sogar die Ladenklingel, die kurz vor Geschäftsschluss einen eintretenden Kunden verkündete. Er war im hinteren Teil des Ladens damit beschäftigt, Raum für den leidigen Ständer zu schaffen, der nun endgültig seinen Platz neben der Eingangstür an das Porträt abgetreten hatte.

Als er sich umwandte, um ein paar Gardinenstangen aus dem Weg zu räumen, zuckte er heftig zusammen. Vor dem Porträt – mit dem Rücken zu ihm – stand Sophie.

Sekundenlang verharrte er, die Gardinenstangen im Arm, und starrte ungläubig auf ihr langes schwarzes Haar, das sie heute offen trug. Es war kein Wunder, dass er sie für Aurelie gehalten hatte. Selbst jetzt, wo er wusste, dass Aurelie tot war, musste er seinen Verstand dazu anhalten, seine Sinne von der Realität zu überzeugen.

Er legte die Gardinenstangen auf den Boden und machte ein paar Schritte auf Sophie zu. Dann blieb er stehen, öffnete den Mund, um sich bemerkbar zu machen, schloss ihn aber sogleich wieder, weil er nicht wusste, was er sagen sollte. Den ganzen Vormittag hatte er damit verbracht, sich die passenden Worte für eine nächste Begegnung zurechtzulegen, und nun stand sie hier vor ihm in seinem Laden, und keiner dieser Sätze passte.

Schließlich entschied er sich für das Naheliegendste. »Kann ich Ihnen behilflich sein?«

Sophie reagierte nicht. Wie in Stein gemeißelt stand sie da und starrte auf das Porträt.

Paul machte einen weiteren Schritt auf sie zu. In diesem Moment hob sie die Hand, neigte den Kopf und wischte sich mit der Hand über die Stirn. Oder waren es die Augen?

»Fräulein Sophie?« Er sagte es sehr leise, aber diesmal reagierte sie.

Sie drehte sich zu ihm um, und Paul stellte erleichtert fest, dass sie nicht weinte.

»Das haben Sie gemalt, richtig?«, fragte sie.

Paul nickte.

»Wissen Sie, ich habe so oft versucht, mir in Erinnerung zu rufen, wie sie aussah. Es ging nicht. Ich meine, ich habe mich jeden Morgen im Spiegel angeguckt, und alle haben immer gesagt, ich sehe aus wie sie. Aber ich konnte …« Sie brach ab, sah kurz zur Seite und holte tief Luft. »Ich habe mir wirklich Mühe gegeben, aber ich konnte sie nicht sehen. Und nicht fühlen.« Die letzten Worte sprach sie so leise, als schämte sie sich dafür.

»Sie waren sehr klein«, sagte Paul und wünschte, es würde weniger hilflos klingen.

»Dieses Bild«, Sophie wies hinter sich. »Es ist … Ich habe gedacht, mich trifft der Schlag. Es ist, als stünde sie hier im Raum.«

»Möchten Sie sich setzen?«, fragte Paul und wies auf den Sessel, der vor der Regalwand stand.

»Nein, es geht schon wieder. Ich habe auch nicht viel Zeit. Ich wollte Ihnen nur etwas geben.«

Sie streckte ihm einen braunen Umschlag entgegen. »Briefe« stand darauf. Es war Aurelies Handschrift. Das B hatte oben einen kleinen, unten einen größeren Bogen, der schwungvoll im Rücken des sich stark nach rechts neigenden Buchstabens endete. Es musste an der Eigenwilligkeit ihrer Schrift liegen, dass er sie nach all den Jahren sofort wiedererkannte.

»Ich verstehe nicht«, sagte Paul und starrte auf den Umschlag, ohne die Hand danach auszustrecken.

»Der Umschlag lag zusammen mit Mamans Schmuck und einigen Bildern in einer Kiste, die mein Vater auf dem Dachboden aufbewahrt hat. Ich denke, er gehört Ihnen.«

»Ich verstehe immer noch nicht«, wiederholte Paul und verschränkte die Hände hinter dem Rücken.

Sophie öffnete den Umschlag und zog einen Stapel voll beschriebener Papierbögen heraus. Obenauf lag die Bleistiftskizze, die er als Entwurf für das Porträt angefertigt hatte.

»Sie sind an einen Paul gerichtet. Ich habe ein bisschen gebraucht, bis ich die Verbindung hergestellt hatte, aber ich denke, dieser Paul sind zweifelsohne Sie.«

Sie sah wieder auf das Porträt. »Mir hat die Skizze schon immer gut gefallen, aber in Farbe ist sie einfach grandios!«

Beharrlich hielt Paul die Hände im Rücken verschränkt. Sophie sah ihn fragend an, schob die Briefe dann zurück in den Umschlag und legte ihn auf die Ladentheke. Die Skizze faltete sie zusammen und steckte sie in die Tasche.

»Die würde ich gern behalten, wenn ich darf. Ich habe nicht so viele Bilder von ihr.«

»Selbstverständlich«, sagte Paul so leise, dass er sich selbst kaum hören konnte.

»Ich muss los. Ach ja. Ich habe mich nun doch für die Stuhlkissen entschieden. Eine Schleifenbindung wäre hübsch.«

Sie zögerte kurz, trat dann an ihn heran, stellte sich auf die Zehenspitzen und berührte mit ihren kühlen Lippen seine Wange.

Es war ein flüchtiger Kuss, kaum spürbar, und doch fuhr er wie ein kräftiger Schuss Rum in seine Magengegend und von dort aus in die Knie. Paul wankte und musste sich abstützen.

Sein Blick folgte der jungen Frau, die mit einem grazilen Hüftschwung auf die Ladentür zuging. Sie drehte sich noch einmal kurz um und schenkte ihm ein Lächeln. Es waren Aurelies Augen, zweifelsohne, aber in ihrem Lächeln lag auch eine Sachlichkeit, die Aurelie nie besessen hatte.

Eine Weile starrte er auf den Umschlag und überlegte, ob er ihn verbrennen oder lieber schreddern sollte. Dann tastete er sich an der Ladentheke entlang zur Schublade, in der die Schlüssel lagen, ging auf unsicheren Beinen zur Tür und schloss ab.

Mit dem Umschlag in der einen und einem Holzschemel in der anderen Hand zog er sich in den hintersten Winkel der Werkstatt zurück.

Es waren nur eine Handvoll Briefe, allesamt eng beschrieben mit Aurelies eleganter Schrift. Nur ein einziger Brief war datiert: 16. September 1993. Er lag obenauf und war zerknittert, so als wäre er zusammengeknüllt und wieder geglättet worden. Paul kannte das Datum. Wie auch nicht, denn der Tag davor, der 15. September 1993, war wie mit einer Axt in sein Leben gefahren und hatte es in zwei Hälften geteilt, die nichts mehr miteinander zu tun zu haben schienen.

Das war der Tag ihrer Hochzeit gewesen. Der Tag, an dem er nach Paris gefahren war, mit dem Porträt als Hochzeitsgeschenk im Auto.

> *Paul, oh Paul,* las er. *Was habe ich getan?*
> *Dich wiederzusehen gestern, es hat mir den Boden unter den Füßen weggezogen. Ich dachte, ich sei stark genug. Ich dachte, Matthias zu heiraten, sei die richtige Entscheidung. Er passt besser zu mir*

als du. Oder vielleicht sollte ich sagen, er passt besser zu meinem Lebensstil?

Du bist ein Baum, fest verwurzelt in der Erde. Ich war immer in der Welt unterwegs. Alle zwei Jahre ein neues Heim, neue Freunde, neue Gefühle. Jetzt lebe ich in Paris, wo selbst nachts die Erde bebt und alles ständig in Bewegung ist. Ich kenne es nicht anders. Wie soll ich anders leben? Könnte ich anders leben? Ich glaube nicht. Aber Paul, ich hätte es versucht für dich! Ein kleines Wörtchen von dir nach dieser Nacht vor einem halben Jahr – ich hätte alles aufgegeben für dich! Aber ich komme nicht an gegen deine einzige, wahre, richtige Liebe – die Kunst. Und ich bin keine Frau, die die zweite Geige spielen kann.

Ich weiß, dass Matthias der richtige Mann für mich ist. Alle sagen es. Und bis zum gestrigen Abend war ich überzeugt, die richtige Entscheidung getroffen zu haben.

Aber jetzt sitze ich hier um fünf Uhr in der Frühe und heule mir die Augen aus. Du kannst dir nicht vorstellen, wie sehr ich mir das Ende dieser Hochzeitsparty herbeigesehnt habe!

Es tat so weh, dich nicht in den Arm nehmen zu können wie früher, mich bei dir einzuhaken und mit dir zu lachen. Seit du vor sechs Monaten hier bei mir in Paris warst, hat sich die Stadt für mich verändert. Es ist, als ob die Seine plötzlich nur durch dich existiert, dabei war sie ja schon immer da. Ich spaziere durch die Tuilerien und sehe uns; der Louvre ist in meinem Kopf DEIN Museum, jedes einzelne der tausend und abertausend Kunstwerke erscheint mir wie eine Facette von dir.

Dann habe ich dich unter den Gästen plötzlich nicht mehr finden können, du bist ohne ein Wort verschwunden, obwohl du gerade erst gekommen warst. Und ich weiß nicht, ob ich dich jemals wiedersehe. Wie soll ich das ertragen? Ich bin jetzt verheiratet und MUSS es ertragen, aber jetzt gerade, in diesem Moment, glaube ich, dass ich lieber sterben möchte.

Wären wir miteinander glücklich geworden? Es ist zu spät, mich das zu fragen, aber ich fürchte, diese Frage wird mich für den Rest meines Lebens beschäftigen.

Manchmal ist es nur ein einziges, winziges Wort …

Paul, ich habe es dir nie gesagt, aber ich liebe dich. Ich habe gehofft, DU *würdest es sagen, irgendwann. Mir sagen, dass ich für dich mehr bin als eine gute Freundin mit einem hübschen Gesicht, das sich für ein Porträt eignet. Ich habe gehofft, aus unserer wundervollen Freundschaft könnte Liebe werden.*

Aber nach der Nacht mit dir, als du sagtest, du seist nicht der richtige Mann für mich, ist in mir etwas zerbrochen. Ich dachte, okay Aurelie, schau nach vorn, heirate einen Mann, der zu dir passt, und werde glücklich.

Ob ich das jetzt noch kann? Ich dachte wirklich, ich hätte es geschafft und wäre über dich hinweg. Ich bin es nicht.

Damit muss ich jetzt leben.

Mit diesen Worten, eng gedrängt am rechten unteren Seitenrand, endete der Brief. Kein Abschiedsgruß, keine Unterschrift. Vielleicht hatte es eine weitere Seite gegeben, die verloren gegangen war, oder Aurelie hatte den Brief nicht zu Ende geschrieben. Er brach einfach ab, so wie ihre Freundschaft an jenem Tag vor der Kirche in Marnes-la-Coquette.

Er überflog einen Teil der übrigen Briefe, die zumeist aus einer früheren Zeit stammten, hauptsächlich aus den Jahren, als Aurelie am Internat in der Schweiz war, aber er hatte keine Kraft, sie jetzt alle zu lesen. Sorgfältig faltete er die Bögen zusammen und steckte sie zurück in den Umschlag. Eine Weile starrte er vor sich hin und wunderte sich über die merkwürdige Leere in seinem Kopf. Er wartete auf den Schmerz in der Brustgegend, den er nun schon so gut kannte. Doch er kam nicht.

Es fühlte sich an, als hätte sich ein mit nichts gefüllter Ballon an die Stelle geschoben, wo eben noch sein Herz geschlagen hatte. Dieses alte, müde Herz, endgültig zerbrochen in Sophies Studentenappartement vor zwei Wochen, als sie ihm gesagt hatte, dass Aurelie schon lange tot war.

Und Paul musste jetzt mit der Gewissheit leben, es versaut zu haben. *Ein einziges, winziges Wort* … Stattdessen hatte er *Bilder* gemalt. Aurelie und immer wieder Aurelie!

Was war er doch für ein Idiot!

Er stand auf, ließ den Umschlag auf dem Holzschemel liegen und ging wie betäubt nach vorne in den Laden. Die Sonne stand schon tief, und ein letzter rötlicher Strahl fiel durch die Oberlichter genau auf das Porträt. Minutenlang stand Paul davor und beobachtete, wie sich das Blau ihrer Augen mit dem schwindenden Licht veränderte. Irgendwann starrten ihm aus dem leuchtend weißen Gesicht nur noch zwei anklagende schwarze Löcher entgegen.

Vor zwei Wochen hatte er geglaubt, Aurelies Tod wäre das Schlimmste, was er erleben konnte. Jetzt wusste er es besser.

Kapitel 23

Schachzüge

In der Nacht träumte Sophie, ihre Bilder hätten Beine bekommen und watschelten hinter ihr her wie Entenküken, die zum ersten Mal mit der Mutter den Weg ins Wasser antraten. Sie versuchte, sie zu verscheuchen, aber sie klammerten sich an ihre Hosenbeine und hinderten sie am Fortkommen. Sie waren allesamt hässlich, und Sophie trat nach ihnen. Plötzlich tauchte ihre Mutter auf. Sie trug das tannengrüne Kleid und lächelte, breitete die Arme aus, und all die kleinen hässlichen Bilder bekamen Flügel und flogen auf sie zu.

»Lauf du nur weiter«, rief ihre Mutter ihr zu, aber Sophies Füße hatten plötzlich Wurzeln geschlagen. Sie konnte keinen Schritt mehr gehen. Sie sah, wie ihre Mutter sich abwandte und, ohne sich noch einmal nach ihr umzudrehen, mit den Bildern im Arm fortging. Sophie wollte schreien, aber trotz aller Anstrengung gelang es ihr nicht, auch nur einen Ton über die Lippen zu bringen.

Mit dem Gefühl zu ersticken, schreckte Sophie hoch. Ihr Puls raste, und das Oberteil ihres Pyjamas war völlig durchnässt. Sie knipste das Licht an und stand auf.

Mit zitternden Händen trank sie ein Glas Wasser, zog ein frisches T-Shirt an und stellte sich ans geöffnete Fenster.

Der heiße Junitag hatte eine schwüle Nacht nach sich gezogen. Mit aller Macht kündigte sich der Sommer an. Trotz der großen Hitze wehte aber von Westen her eine angenehme Brise. Auch das war ein Vorteil Aachens gegenüber Paris. Die heißen Sommertage waren hier viel besser zu ertragen.

Nur wenige Monate hatte ihre Mutter in dieser Stadt gelebt, und doch war immer klar gewesen, dass Aachen ein ganz besonderer Ort war. Sophie konnte sich nicht erinnern, dass ihre Mutter ihr gegenüber von Aachen geschwärmt, ihr Bilder gezeigt oder Geschichten erzählt hätte, die sie hier erlebt hatte. Trotzdem war dieses *Aix-la-Chapelle,* wie ihre Mutter es immer nannte, für Sophie ein magischer Ort ihrer Kindheit geworden, in dessen Brunnen und Quellen das Geheimnis des Glücks zu finden sein musste.

Als Kind hatte sie geglaubt, diese Quellen müssten unerreichbar sein, denn anders war doch nicht zu erklären, dass ihre Mutter immer so unglücklich gewesen war. Später hatte sie dann begriffen, dass Aurelie unter schweren Depressionen gelitten hatte, die auch die heißen Quellen von Aix-la-Chapelle nicht hätten heilen können.

Oder vielleicht doch? War es möglich, dass ihre Mutter diesen Paul Tissu so sehr geliebt hatte, dass sie nach dem Ende dieser Liebe nie wieder richtig glücklich geworden war? Und ausgerechnet in das Geschäft dieses Mannes war sie hineinspaziert, vollkommen ahnungslos, Jahre nach Aurelies Tod. Um ihr dann plötzlich gegenüberzustehen. Es war nur ein Bild, aber das Gefühl, ihrer Mutter heute zum ersten Mal wirklich begegnet zu sein, ließ sie nicht los.

Sophie fröstelte. Sie ließ das Fenster offen stehen und kehrte zurück ins Bett.

Hätte sie auf Claudine gehört, dann hätte sie ihre Vorhänge in Paris anfertigen lassen. Das war zwar nicht billiger, aber natürlich wären sie schicker, schöner und stilvoller. Behauptete

Claudine, ohne irgendetwas davon gesehen zu haben. Dann wäre Sophie diesem Herrn Tissu niemals begegnet.

Ob er noch mehr Bilder von ihrer Mutter gemalt hatte? Sie sollte ihn fragen. Nie hatte sie sich ihr so nah gefühlt wie heute, als sie in diesem muffigen Stoffladen vor dem Porträt gestanden hatte.

Jetzt verstand sie auch sein Ansinnen besser, ihre Bilder kaufen zu wollen. »Jedes Bild hat eine Seele«, hatte er behauptet. Er musste es wissen, denn ihm war es gelungen, mit diesem Porträt die Seele ihrer Mutter einzufangen. Oder was auch immer es war, was sie heute beinahe mit Händen hatte greifen können.

Vielleicht verstand ja dieser Herr Tissu mehr von der Malerei als alle Kunstprofessoren an sämtlichen Hochschulen in Frankreich zusammen. Nein. Nicht vielleicht. Bestimmt.

* * *

»Lieber Herr Tissu, was für ein wunderbares Bild!«, rief Frau Berlinger aus und schlug ihre kleinen, rundlichen Hände vor der fülligen Brust zusammen. Sie trat einen Schritt näher an das Porträt heran und nahm das winzige Kürzel in der rechten unteren Bildecke in Augenschein. »Nein, sagen Sie bloß, das haben Sie gemalt?! P. Tissu, das sind doch Sie!«

»Nun ja«, sagte Paul und räusperte sich. Frau Berlinger war schon die dritte Kundin heute Vormittag, die angesichts des Porträts in Entzückungsschreie ausgebrochen war. Er hatte es ein klein wenig nach vorne gerückt, sodass es sich nicht mehr ganz so zurückhaltend in die Nische drückte. Nun wünschte er, er hätte es nicht getan, denn die neugierigen Fragen nach der Herkunft des Bildes und der Identität der porträtierten Dame waren ihm mehr als unangenehm.

»Sie sind ein wahrer Künstler, Herr Tissu! Das habe ich schon immer gewusst!«, behauptete Frau Berlinger triumphierend.

»Ihr Gespür für Farben ist unbestechlich. Und was sie aus meinem Sofa gezaubert haben …«

»Danke, liebe Frau Berlinger, aber daran war unser Herr Reinhard auch nicht ganz unbeteiligt.«

»Seien Sie nicht so bescheiden!«, tadelte Frau Berlinger. »Wo haben Sie denn Ihre anderen Gemälde versteckt? Sie haben doch gewiss noch mehr.« Neugierig trat sie näher an ihn heran. Paul stöhnte innerlich. Frau Berlinger hatte ihn schon lange genug aufgehalten, weil sie sich nicht entscheiden konnte, welches Spitzendeckchen sie für ihren Beistelltisch wählen sollte.

»Mehr Bilder gibt es nicht«, sagte er. »Es ist das einzige.«

»Das kann ich nicht glauben!«

»Ich versichere es Ihnen.«

»Aber Herr Tissu! Ein Talent wie das Ihre!« Sie stemmte die Hände in die ausladenden Hüften und setzte eine empörte Miene auf.

In diesem Moment klingelte das Telefon. Paul mimte Bedauern und griff zum Hörer.

»Stoffparadies Tissu, Paul Tissu am Apparat«, meldete er sich.

»Hallo, Herr Tissu. Hier spricht Sophie.«

»Fräulein Sophie!« Für einen kurzen Moment herrschte Leere in seinem Kopf. Er hatte das starke Bedürfnis, sich zu setzen, aber es war kein Stuhl in der Nähe.

»Einen Augenblick«, sagte er und legte die Hand auf die Sprechmuschel. Die Anruferin habe ein sehr kompliziertes und unaufschiebbares Anliegen, erklärte er Frau Berlinger. Er könne sich im Moment leider nicht länger mit ihr unterhalten.

Zu seiner Erleichterung gab Frau Berlinger ihm durch eine Geste zu verstehen, dass sie es nun doch plötzlich sehr eilig hatte, und verschwand durch die Tür – nicht ohne einen letzten langen Blick auf das Porträt.

Inzwischen hatte er sich wieder gesammelt und rief bemüht aufgeräumt in das Telefon: »Fräulein Sophie, wie schön, von Ihnen zu hören!«

»Ich habe nachgedacht«, sagte Sophie. Sie klang sachlich, fast ein wenig streng. »Können wir uns noch einmal treffen?«

»Ich … äh, ja, aber natürlich«, stotterte Paul. Vorgestern noch hatte er sich genau zurechtgelegt, wie er Sophie zu einem neuerlichen Treffen überreden wollte. Dann war Aurelies Brief dazwischengekommen, der die sorgfältig zurechtgelegten Sätze zu einem sinnlosen Brei zusammengestampft hatte. Nun bot Sophie *ihm* ein Gespräch an, einfach so. Mit dieser neuerlichen Wendung war er endgültig überfordert.

»Wann haben Sie Zeit?«, fragte Sophie.

»Schlagen Sie etwas vor.«

»Morgen um halb drei? Das Wetter ist schön, wir könnten einen Spaziergang machen.«

Paul zögerte kurz. Morgen war Donnerstag, Barbaras Damentag.

»Oder passt Ihnen das nicht?«, fragte Sophie.

»Doch, oh doch. Sehr gern«, sagte er schnell. »Das passt wunderbar!« Dann musste Reinhard eben um drei das Geschäft öffnen und für die Kunden da sein.

»Treffen wir uns vor dem Rathaus? Am Brunnen?«

»Ja, sehr gut. Am Rathaus um halb drei.«

»Fein. Dann bis morgen«, sagte sie.

»Gut. Sehr gut. Ich freue mich«, rief Paul noch, aber Sophie hatte schon aufgelegt.

Paul stand bereits am verabredeten Treffpunkt, als Sophie pünktlich um halb drei mit einem weit schwingenden Sommerkleid über den Platz auf ihn zugeeilt kam.

»Schön, dass Sie Zeit haben«, sagte sie und schenkte ihm ihr Aurelie-Lächeln, das sich warm bis in seinen Unterbauch ausbreitete.

»Schön, dass Sie sich gemeldet haben«, sagte Paul. »In welche Richtung möchten Sie gehen?«

»Ach, einfach da lang«, erwiderte Sophie und wies die Marktstraße hinunter.

»Ich hatte auch vor, Sie anzurufen«, sagte Paul, als sie sich in Bewegung setzten, »aber ich war … der Brief, den Sie mir gegeben haben … Ich war etwas durcheinander.«

»Das tut mir leid«, sagte Sophie. »Das war nicht meine Absicht.«

»Nein, natürlich nicht. Sie konnten ja nicht wissen … Und auch ich wusste nicht …«

»Wie sehr sie Sie geliebt hat?« Obwohl kein Vorwurf in ihren Augen zu erkennen war, wäre Paul am liebsten im Boden versunken.

»Reden wir von Ihnen«, sagte er schnell. »Worüber haben Sie nachgedacht?«

»Zuerst muss ich mich entschuldigen.«

»Entschuldigen? Wofür?«

»Meine Reaktion. Als Sie von meinen Bildern gesprochen haben.«

»Haben Sie es sich anders überlegt?«

»Nein. Ich möchte Ihnen die Bilder nicht verkaufen. Aber ich werde sie auch nicht fortwerfen.«

Paul atmete innerlich auf. Das war schon einmal ein guter Schritt in die richtige Richtung.

»Wissen Sie«, erklärte Sophie und holte tief Luft. »Das mit den Bildern … es ist ein wunder Punkt bei mir.«

»Auf diesen Gedanken bin ich fast auch schon gekommen«, sagte Paul mit einem Augenzwinkern.

»Ich habe … ich wollte, also … ich hätte gern Kunst studiert.«

Paul blieb wie angewurzelt stehen. Sophie ging weiter und drehte sich erst nach ein paar Schritten verwundert zu ihm um. »Was ist?«

»Nichts. Erzählen Sie weiter.«

»Ich habe mich an mehreren Kunsthochschulen in Frankreich beworben. Gegen den Willen meines Vaters. Der ganze Prozess hat drei Jahre gedauert. Ich bin überall abgelehnt worden.«

»Das ist bitter«, murmelte Paul. Er mochte sich nicht vorstellen, wie tief der Stachel der Enttäuschung bei Sophie saß. Er konnte ihn beinahe selbst spüren.

»Ja. Ist es.«

»Und deswegen studieren Sie jetzt Architektur.«

»Irgendetwas muss ich ja tun.«

»Aber es ist nicht das, was Sie tun *wollten.*«

»Nein. Es ist das, was mein Vater will. Weil meine Mutter es immer wollte.«

Paul wiegte den Kopf hin und her. Er verstand nun, warum ihre Bilder mit dem Gesicht zur Wand lehnten. Oh, wie sehr er es verstand. Es war gut möglich, dass dies kein günstiger Zeitpunkt war, Sophie von seiner Idee zu erzählen. Aber es war genauso gut möglich, dass sich nie mehr ein besserer ergeben würde.

»Setzen wir uns einen Augenblick?«, fragte er und wies auf eine Bank direkt gegenüber dem Elisenbrunnen.

»Ich möchte Sie um einen Gefallen bitten«, begann er, als Sophie sich mit grazil übereinandergeschlagenen Beinen neben ihm niederließ.

»Das hatten wir doch schon mal?«, entgegnete sie argwöhnisch.

»Ja. Und nein«, erwiderte Paul. »Es geht um Ihre Bilder. Aber ich möchte sie Ihnen nicht abkaufen. Das wollen Sie ja nicht.«

»Nein.« Das klang schroff. Er musste jetzt sehr behutsam vorgehen.

»Mein Geschäft braucht dringend eine Renovierung«, sagte er.

Sophie runzelte die Stirn und öffnete den Mund, um etwas zu sagen, aber Paul hob die Hand. »Warten Sie. Hören Sie erst einmal zu.«

»Ok«, sagte sie und verschränkte die Arme vor der Brust.

»Wir planen das schon lange. Das heißt, meine Frau plant es. Sie möchte es moderner, heller, eleganter. Ich lasse sie das machen. Aber um den Tag der Neueröffnung kümmere ich mich.«

Sophie senkte den Kopf und sah ihn von unten herauf an. Er konnte sehen, wie es hinter ihrer Stirn arbeitete. Ungeduld flackerte in ihren Augen. Es wurde Zeit, auf den Punkt zu kommen.

»Ich möchte das neue Stoffparadies mit einer Ausstellung eröffnen.«

Der Satz blieb einige Atemzüge lang zwischen ihnen hängen, als wäre er zu gefährlich, um berührt zu werden.

Sophie veränderte die Beinposition und fixierte die weißen Säulen des Elisenbrunnens.

»Bitte«, sagte Paul, leise und eindringlich. »Stellen Sie mir Ihre Bilder zur Verfügung. Nur für diesen Tag. Ich möchte, dass sie gesehen werden.«

Die junge Frau atmete ruhig und gleichmäßig, und doch konnte er spüren, dass es in ihr brodelte wie in den heißen Quellen wenige Meter vor ihnen.

»Sie brauchen mir heute keine Antwort zu geben. Überlegen Sie in Ruhe.«

Sophie reagierte nicht. Mit regloser Miene starrte sie weiter geradeaus, und es schien, als habe sie vergessen, dass Paul neben ihr saß.

Dann plötzlich ging ein Ruck durch ihren Körper und sie wandte sich ihm zu. »Was haben Ihre Stoffe mit meinen Bildern zu tun?«

Paul dachte an die heilige Ordnung der Stoffballen in seinen Regalen, an Regen, der bunte Muster auf die Fensterscheibe malt, und Farben, die er versteckt gehalten hatte, vor seinen Eltern, vor seiner Frau, all die Jahre. »Eine ganze Menge, glaube ich«, sagte er nach einer Weile.

Sophie nickte, als hätte sie seine Antwort verstanden, obwohl er bezweifelte, dass sie wirklich verstanden hatte. »Was ist mit Ihren Bildern?«, fragte sie.

»Mit meinen? Es gibt nur eines.«

»Das glaube ich Ihnen nicht.«

»Das sollten Sie aber.«

»Jemand, der ein solches Bild malt, tut das nicht nur einmal.«

»Nein. Das nicht. Aber die anderen …« Paul stand auf und streckte den Rücken durch. Die Bank war auf einmal ungemütlich geworden. »Es gibt sie nicht mehr.«

»Was haben Sie mit ihnen gemacht?«

Paul sah auf die Uhr. »Ich muss zurück ins Geschäft«, sagte er mit einem entschuldigenden Schulterzucken. »Begleiten Sie mich noch ein Stück?«

Sophie nickte und lief schweigend neben ihm her. Paul versuchte, mit ein paar belanglosen Kommentaren zum Wetter die Situation aufzulockern, aber Sophie ging nicht darauf ein. Stattdessen hielt sie ihn plötzlich am Arm fest und sagte: »Ich könnte vielleicht mit Ihrem Vorschlag einverstanden sein. Aber nur unter einer Bedingung.«

Überrascht sah Paul sie an. »Und die wäre?«

»Ich möchte Ihre Bilder sehen.«

»Aber ich sagte doch, dass sie nicht mehr existieren!«

»Sie selbst haben gesagt, dass Bilder eine Seele haben, Sie würden sie niemals vernichten. Es gibt sie noch, das weiß ich. Zeigen Sie sie mir!«

Paul hob abwehrend die Hände und schüttelte den Kopf. Doch Sophie reckte nur herausfordernd das Kinn. »Wir machen die Ausstellung«, sagte sie. »Aber nur zusammen. Ihre Bilder und meine. Das ist meine Bedingung.«

Kapitel 24

Geständnis

»Wirklich sehr hübsch, liebe Sophie, eine entzückende kleine Wohnung!« Claudines Pfennigabsätze klapperten auf dem alten Holzboden und zerrten an Sophies Nerven. Jedes noch so winzige Detail wurde von der Lebensgefährtin ihres Vaters begutachtet, der Vorhangstoff prüfend zwischen sorgfältig lackierte Finger genommen, die Vase auf der Kommode angehoben, die dicken Studienbücher im Regal herausgezogen und durchgeblättert, als stünde darin irgendetwas, das Claudine auch nur im Entferntesten interessieren könnte.

Ihr Vater saß mit lässig überschlagenen Beinen auf dem Sofa und studierte aufmerksam Sophies Semesterplan. Die beiden waren am gestrigen Abend angereist, zu spät, um noch bei ihr hereinzuschauen. So hatten sie sich für heute früh zum Frühstück angemeldet und tatsächlich um wenige Minuten nach neun mit einer Tüte Brötchen und Croissants an ihrer Tür geklingelt. Es war Samstag, und Sophie hatte sich darauf gefreut, den Tag in aller Ruhe beginnen zu können. Daraus wurde nun nichts. Jetzt stand sie vor dem Kühlschrank und suchte nach Resten von Butter, Marmelade und Käse, die sie zum Frühstück anbieten konnte.

»Warum habt Ihr gestern nicht etwas früher Bescheid gesagt. Dann hätte ich noch was einkaufen können«, nörgelte sie.

»Es war eine spontane Entscheidung deines Vaters«, sagte Claudine. »Wir dachten, du freust dich über frische Brötchen zum Frühstück.«

»Und wie«, murmelte Sophie und breitete die beiden Scheiben Käse, die sie noch gefunden hatte, großzügig auf einem Teller aus.

»Mir reichen eine Tasse Kaffee und ein Croissant«, sagte Claudine und strich ihr im Vorbeigehen kurz mit der Hand über den Arm. »Mach ganz in Ruhe, liebe Sophie, wir haben es nicht eilig.«

Sie blieb vor den Bildern stehen, die Sophie nach ihrem Gespräch mit diesem sonderbaren Herrn Tissu umgedreht und nach langer Zeit wieder einmal intensiv betrachtet hatte.

»Warum hängst du nicht das eine oder andere davon hier auf?«, fragte Claudine und wies auf die kahle Wand über dem Sofa. »Ein wenig Farbe würde dem Raum sicher guttun.«

Anstatt zu antworten, öffnete Sophie den Schrank und nahm mit lautem Geklapper drei Teller heraus.

»Ich fände zum Beispiel dieses hier sehr hübsch über der Kommode«, fuhr Claudine fort und hob ein kleines Bild hoch, das Sophie für die Bewerbungsmappe angefertigt hatte. Es war eines ihrer naturalistischsten Bilder, eine einzelne rote Rose vor dunklem Hintergrund. Nur die Ahnung eines Lichtschimmers umgab die Blüte und verlieh ihr etwas Überirdisches.

»Stellst du es bitte wieder hin?«, bat Sophie sie so freundlich, wie sie es zustande brachte.

Claudine tat es sofort. »Wie dem auch sei«, sagte sie dabei, »ich würde die Bilder hier nicht herumstehen lassen. Dafür sind sie zu schade.«

»Mich würden sie da auf dem Boden stören«, mischte sich ihr Vater ein, der inzwischen den Semesterplan beiseitegelegt und sich an den Tisch gesetzt hatte. »Du hast eh nicht sehr viel Platz hier.«

»Mich stören sie nicht. Und der Platz reicht mir.«

»He, he, ist ja schon gut. Tu, was du für richtig hältst«, wiegelte ihr Vater ab. Seine Standardantwort, wenn Sophie gegen seine Bevormundung aufbegehrte. Es war seine Methode, ihr den Wind aus den Segeln zu nehmen. Dabei schätzte er es überhaupt nicht, wenn sie tat, was sie für richtig hielt.

»Ihr entschuldigt mich kurz«, sagte sie und stellte Butter und Käse auf den Tisch. »Fangt ruhig schon an.«

Sie schloss sich im Badezimmer ein und ließ kaltes Wasser über Gesicht und Hände laufen. Es half nicht gegen die Wut, die sie kaum im Zaum halten konnte, aber wenigstens hörte ihre Haut auf zu brennen. Sie hasste dieses Gefühl. Wieso mischte sich ständig jemand in ihr Leben ein? Ihr Vater, Claudine, Eric – alle wussten immer alles besser. Und jetzt auch noch dieser seltsame Stoffladenbesitzer. Wieso ließ sie sich überhaupt auf ihn ein? Anstatt ihm diesen sonderbaren Handel vorzuschlagen, hätte sie ihm sagen können, er solle sie in Ruhe lassen.

Sie trocknete die Hände ab und tuschte ihre Wimpern. Dann betrachtete sie sich im Spiegel. Ruhig bleiben, Sophie, ermahnte sie sich. Wahrscheinlich würde er ihr sowieso niemals irgendwelche Bilder zeigen. Sie zweifelte zwar nicht daran, dass es welche gab, aber seine Reaktion bewies, dass er sie noch weniger ans Licht der Öffentlichkeit gezerrt sehen wollte wie sie die ihren.

Und trotzdem. So absurd die Idee mit der Ausstellung auch war, der Gedanke daran ließ sie nicht mehr los. Auch darüber ärgerte sie sich. Sie fühlte sich in die Enge getrieben. Aber so richtig begriff sie nicht, welchem Feind sie eigentlich gegenüberstand.

* * *

Paul konnte nicht schlafen. Die zweite Nacht in Folge. Er wünschte sich, in den Keller gehen zu können und seine innere Aufruhr mit Farben und Pinsel zu bekämpfen, aber die Angst vor dem Anblick der Zerstörung in seinem geheimen Atelier war zu groß. Seit jener Nacht, als er im rasenden Schmerz über Aurelies Tod seinen einzigen Rückzugsort verwüstet hatte, war er nicht mehr dort unten gewesen.

Seine Bilder wollte sie sehen. Wie viele waren es inzwischen? Er wusste es nicht mehr. Irgendwann hatte er aufgehört, sie zu zählen, die Standorte zu vermessen und zu notieren. Wenn er anfangen würde zu graben, würde er vermutlich feststellen, dass der gesamte Untergrund seines Gewölbekellers mit den luftdichten Kunststoffröhren, in die er die Leinwände eingerollt hatte, durchsetzt war wie ein Schweizer Käse. Nur Aurelies Porträt hatte er mit Rahmen begraben. Auch sie hatte er niemals wieder ausgraben wollen. Und es doch getan. Aber die anderen … Nein, unmöglich. Sie gehörten dort unten in die stille Erde, keines davon war gut genug, um es ans Licht zu zerren. Missratene Kreaturen, allesamt.

Warum haben Sie sie nicht gleich zerstört, wenn sie so misslungen waren? Es war Sophies Stimme, die in seinem Inneren unnachgiebig weiterbohrte. *Wie können Sie von mir erwarten, meine Bilder wildfremden Menschen zu präsentieren, wenn Sie es selbst nie gewagt haben?* Recht hatte sie. Wie konnte er.

Aber sie war jung. Sie hatte ihr Leben noch vor sich. Es war so leicht, Fehler zu machen, wenn man jung war. Er *musste* sie davor bewahren! Nur … um *diesen* Preis?

Er könnte es auf sich beruhen lassen. Barbara die Regie bei der Renovierung und Neueröffnung des Geschäftes überlassen, seinen Keller wiederherrichten und einfach weitermachen wie bisher. Sophie würde ihr Architekturstudium abschließen, irgendwann heiraten und glücklich werden. Ganz ohne sein Zutun.

Barbara drehte sich im Schlaf um, und er spürte ihren Atem an seinem Hals. Sie war aufgeblüht in der Vorfreude, ihr Geschäft endlich so gestalten zu können, wie sie es immer gewollt hatte. Er gönnte es ihr. Und er fürchtete den Tag, an dem er seine Bedingung einlösen würde, die daran geknüpft war – vor allem, weil Barbara nicht bewusst war, dass sie einen Handel mit ihm eingegangen war. »Du gestaltest das Geschäft nach deinem Gusto um, und ich kümmere mich um die Neueröffnung«, hatte er gesagt. Sie hatte es hingenommen, wohl in dem Glauben, dass er ihr Arbeit abnehmen wollte. Sie war überzeugt, dass es ihm einzig um das Porträt ging.

Eine Ausstellung. Eine *Bilder*ausstellung! Er musste wahnsinnig sein.

Barbara drehte sich wieder auf den Rücken und begann, leise zu schnarchen. Paul schlug die Decke zurück und stand auf. Es hatte keinen Zweck. Kein Auge würde er mehr zutun, genau wie letzte Nacht.

Eine Weile wanderte er im Wohnzimmer hin und her. Dann griff er nach den Schlüsseln und ging ins Geschäft hinunter. Das Licht des einzelnen Spots ganz vorne im Laden flutete von der Decke herab und ließ Aurelie in der Dunkelheit schweben wie eine Geistererscheinung. Oder ein Engel, herabgestiegen, um über das Reich seiner Stoffe zu wachen.

Im Schutz der Dunkelheit ging Paul in die Knie, den Rücken an die Ladentheke gedrückt, und betrachtete sie. »Was soll ich tun«, flüsterte er nach einer Weile.

»Ach Unsinn«, sagte er dann. »Ich weiß genau, was du gesagt hättest. Dummer Paul, hättest du gesagt, wie konntest du nur all diese Bilder begraben. Stimmt's?« Er schob die Füße ein Stück nach vorne und ließ sich ganz zu Boden gleiten. »Recht hast du. Es *war* dumm. Aber jetzt ist es zu spät.«

Wie gebannt starrte er auf Aurelies Lippen, als könnten sie sich jeden Moment öffnen und ihm etwas zuraunen. Während er so dasaß und wartete und zugleich den Kopf über sich selbst schüttelte, begannen seine Füße zu kribbeln und dann die Beine. Was tat er hier eigentlich? Sprach mit dem Bild einer verblichenen Geliebten! Er war wirklich wahnsinnig. Alt und wahnsinnig.

Stöhnend rappelte er sich hoch und machte sich auf den Weg zurück in die Wohnung.

Auf halbem Weg, zwischen der siebten und achten Treppenstufe, hielt er plötzlich inne. Dann machte er kehrt, öffnete – ohne eine Sekunde zu zögern – die Tür zum Keller, rückte die alte Kommode zur Seite, öffnete auch die Falltür und stieg hinunter in sein zerstörtes Reich.

Es gab viel zu tun.

* * *

Sophie stand gerade an der Kasse im Supermarkt, als ihr Handy klingelte. Die Nummer kannte sie nicht. Trotzdem entschuldigte sie sich bei der Kassiererin und nahm den Anruf an.

»Fräulein Sophie?«

»Ach, Herr Tissu! Warten Sie.« Sie klemmte das Telefon zwischen Ohr und Schulter, zerrte ihr Portemonnaie aus der Jackentasche und reichte der ungeduldigen Kassiererin einen Geldschein.

»Wenn ich störe, rufe ich später wieder an.«

»Nein, nein. Sie stören nicht. Gleich muss ich in die Vorlesung, es passt schon jetzt.«

Hektisch stopfte sie ihre Einkäufe in die Papiertüte und nahm ihr Wechselgeld entgegen.

»Gilt Ihr Angebot noch?«, fragte Herr Tissu am Ende der Leitung.

»Welches Angebot? Nein, ich hatte gesagt …«

»Ich erinnere mich, was Sie gesagt haben. Ich bin einverstanden.«

Sophie ließ beinahe die Tüte fallen.

»Warten Sie. Ich muss … Ich habe gerade die Hände nicht frei. Ich …«

»Entschuldigen Sie. Ich möchte nicht stören. Wir können wirklich später telefonieren.«

»Nein. Jetzt.« Sie war an ihrem Fahrrad angelangt und stellte die Tüte in den Gepäckkorb. »Also«, sagte sie und lehnte sich an die Laternenstange, an der sie ihr Fahrrad befestigt hatte. »Sie wollen mir Ihre Bilder zeigen.«

»Ja.«

»Wann darf ich sie sehen?«

»Das … Es wird ein wenig dauern. Aber ich werde Sie Ihnen zeigen. Und dann machen wir die Ausstellung.«

Er wollte es tatsächlich wahrmachen. Sie hatte ihn unterschätzt.

»Erst will ich sie sehen.«

»Ja. Ich weiß. Das werden Sie auch, aber …«

»Wo haben Sie sie? Wie viele sind es?«

»Viele. Es sind viele. Deswegen wird es dauern.«

»Müssen Sie sie von weit herholen?

»Nein. Gar nicht. Sie sind in meinem Haus.«

»Dann verstehe ich nicht, wieso es so lange dauern soll.«

»Sie …, also ich … ich habe sie begraben. Die Erde ist sehr fest, es ist ein großes Stück Arbeit.«

»*Be*graben«, wiederholte Sophie.

»Ja, in meinem Keller.«

Dieser Herr Tissu war tatsächlich noch verrückter, als sie gedacht hatte.

»Wie lange wird es dauern?«

»Ein bis zwei Wochen. Vielleicht mehr.«

»Gut«, sagte sie.

»Sie sind also einverstanden?«

Der Verkehr war zu laut, das Treiben der Leute um sie herum zu hektisch, die Sonne zu warm, die Frage zu schwer und zu bedeutsam, um darauf hier und jetzt antworten zu können.

»Ich muss darüber nachdenken. Ich rufe Sie an.«

»Tun Sie das. Ich warte. Ich habe Zeit.«

»Gut. Bis dahin.«

»Ja. Bis dahin.«

Sophie starrte ihr Handy an. Was für ein Spinner. Bilder begraben!

Sie steckte das Handy in die Hosentasche, stieg auf ihr Rad und fädelte sich in den Verkehr ein. Nach wenigen Metern fuhr sie zurück auf den Bürgersteig und zog das Handy wieder hervor. Sie zögerte einen kurzen Moment, drückte dann aber entschlossen die Wahltaste. Er ging sofort dran.

»Sagen Sie, war das Porträt meiner Mutter auch begraben?«

»Ja. Fast fünfundzwanzig Jahre lang.«

»Und Sie haben es ausgegraben, als Sie mich ...«

»So ist es.«

»Das ist ...« Sie sprach den Satz nicht zu Ende. Stattdessen sagte sie: »Also gut. Ich bin einverstanden. Ich lasse meine restlichen Bilder aus Paris kommen. Dann wählen wir aus.«

Eine Weile blieb er still. Sophie hörte ihn tief ein- und ausatmen. Schließlich sagte er: »Ich danke Ihnen.«

»Nicht dafür«, antwortete sie und musste über sich selbst lachen.

»Du willst die großen Dinger *hierher*holen?«, fragte ihr Vater und beschrieb einen Bogen mit der Hand, als verkörperte das winzige Restaurant, in dem sie zu Mittag aßen, die kleinstädtische Enge Aachens, das mit den großformatigen Bildern einer Pariser Farbpanscherin hoffnungslos überfordert sein würde.

»Und was willst du damit tun?«, fragte Claudine.

»Ich plane eine Ausstellung.«

»Du planst *was?*«, fragte ihr Vater und legte das Stück Fleisch, das er sich gerade in den Mund stecken wollte, auf den Teller zurück, als wäre es plötzlich ungenießbar geworden.

»Ja, stell dir vor! Es gibt tatsächlich Menschen, denen meine Bilder gefallen.« Sophie schob ihren Teller weg. Es lagen noch einige Nudeln darauf, aber sie war plötzlich satt.

Matthias runzelte die Stirn. »Ich habe nie behauptet, dass sie mir nicht gefallen.«

»Du hast auch noch nie gesagt, *dass* sie dir gefallen«, konterte Sophie.

»Aber natürlich gefallen sie mir. Ich finde nur, du hast lange genug herumexperimentiert und solltest jetzt deine Zeit …«

»Herumexperimentiert!«, schnaubte Sophie und warf ihre Serviette auf den Tisch.

Claudine legte ihr die Hand auf den Arm und sagte: »Sophie, bitte. Dein Vater meint das doch nicht abwertend.«

»So? Wie denn sonst?«

»Ich meinte damit, dass du für dein Studium viel Zeit und Energie brauchen wirst, und da du dich entschieden hast, Architektin zu werden, solltest du dich auch darauf konzentrieren.« Matthias hatte seine Gabel wieder aufgenommen und beschloss seine Rede, indem er mit dem aufgespießten Stück Fleisch ein Ausrufezeichen in die Luft malte und es anschließend in den Mund schob.

»Und außer studieren darf ich nichts anderes mehr tun, oder wie denkst du dir das?«

»Natürlich sollst du auch Hobbys haben. Da hat doch niemand etwas gegen!«, beschwichtigte Matthias.

»Sehr großzügig, danke!«

»Sophie, Chérie!« Wieder wanderte Claudines Hand zu ihr herüber, aber Sophie zuckte zurück. Wenn sie jetzt jemand berührte, würde sie explodieren.

Matthias hatte fertig gegessen und legte seine Serviette ordentlich gefaltet über den Teller. »Eine Ausstellung hat nichts mehr mit Hobby zu tun.« Damit war für ihn das Thema erledigt.

»Willst du mir vielleicht eine Liste machen, welche Tätigkeiten neben dem Studium zugelassen sind und welche nicht?«

Am Nebentisch fiel klirrend ein Glas zu Boden. Claudine zuckte erschrocken zusammen.

Matthias antwortete nicht, stattdessen winkte er ungeduldig den Kellner herbei. »Wollt ihr noch einen Kaffee?«

»Ich nicht!«, sagte Sophie viel zu laut. Claudine säuselte: »Wir setzen uns draußen irgendwohin. Die Sonne scheint so schön.«

Am liebsten hätte Sophie sich auf der Stelle verabschiedet, aber Claudine hakte sich bei ihr unter, als sie das Restaurant verließen. Schweigend ließ sie sich mitziehen. Sie würde die Bilder schon irgendwie nach Aachen bekommen, sie brauchte ihren Vater dafür nicht. Warum hatte sie überhaupt von der Ausstellung gesprochen? Er hatte ihre künstlerischen Bestrebungen von jeher mehr geduldet als gutgeheißen. Warum sollte sich das jetzt geändert haben?

Sie war so in ihre düsteren Gedanken versunken, dass sie nicht darauf achtete, wohin der Spaziergang sie führte. Als sie jedoch in die Kleinkölnstraße einbogen, gesellte sich zu ihrem Groll ein unbestimmtes, aber eindeutig ungutes Gefühl. Wenige Meter vor der Ecke, an der sich Paul Tissus Stoffgeschäft befand, durchfuhr sie ein heißer Schreck. Das Porträt! Auf keinen Fall durfte ihr Vater es sehen! Warum dieser Gedanke sie auf einmal in eine solche Panik versetzte, wusste sie selbst nicht. Bislang hatte sie nicht eine Sekunde darauf verschwendet, sich seine Reaktion auf das Bild vorzustellen. Aber in diesem Moment fürchtete sie um seine Gefühle wie um eine kostbare Vase, die seit Jahren in unerreichbarer Nähe gestanden hatte und jetzt ins Schwanken geriet.

Schnell schlug sie eine Richtungsänderung vor, aber Claudine steuerte auf das Haushaltswarengeschäft gegenüber von Herrn Tissus Laden zu.

»Sieh mal, Matthias, hier gibt es dieses Service, von dem ich dir vor zwei Wochen erzählt habe«, rief sie aus. »Es ist hier viel günstiger!«

Ihr Vater reagierte nicht. Er war abrupt stehen geblieben und starrte hinüber zur anderen Straßenseite. Sophie löste sich aus Claudines Umklammerung und versuchte, ihn wegzuziehen, aber es war schon zu spät. Er hatte Aurelie entdeckt.

Kapitel 25

Ausgrabung

Seine Nasenspitze wurde zuerst bleich. Dann die Lippen und die Wangen, und schließlich tastete seine Hand, ebenfalls weiß und kalt, nach irgendeinem Halt. Sophie umfasste seinen Arm und stützte ihn.

»Papa, ist alles okay?«

Sein Kopf bewegte sich, als versuchte er, ihre Frage abzuschütteln.

»Matthias, schau doch«, rief Claudine hinter ihnen.

Sophie drehte sich um und bedeutete ihr mit einer ungeduldigen Handbewegung, endlich still zu sein.

Jetzt half nur noch die Offensive.

»Willst du näher rangehen?«, fragte Sophie leise.

Wieder dieses Zittern des Kopfes. Sophie deutete es als Zustimmung und half ihm die paar Schritte über die Straße, direkt vor die Ladentür. Mit einem Mal glaubte sie, einen steinalten Mann neben sich zu haben.

»Wie kommt sie hierher?«, krächzte ihr Vater.

»*Er* hat sie gemalt«, sagte Sophie, so sanft, wie sie nur konnte. Sie wies auf Paul Tissu, der im Inneren des Ladens auf seiner Leiter stand und von weit oben einen dicken Stoffballen herunterholte, um ihn vor einer Dame mit hochtoupierten Haaren auf der Ladentheke auszurollen.

In diesem Augenblick sah der Stoffladenbesitzer zu ihnen herüber. Ein Ausdruck freudigen Erkennens huschte über sein Gesicht, als er Sophie sah, dann aber blieb sein Blick an ihrem Vater hängen, und sein Lächeln gefror. Ihr Vater starrte mit unbewegter Miene zurück und dann, als hätten sie diesen Augenblick jahrelang geprobt, hoben beide gleichzeitig die Hand und ließen sie wieder sinken.

Inzwischen war Claudine neben sie getreten. »Wer ist das?«, fragte sie.

»Paul Tissu«, murmelte Matthias, ohne den Blick von Paul zu wenden.

»Du kennst ihn also doch«, stellte Sophie fest.

Sie beobachteten den großen, gebeugten Herrn, der seinen Stoffballen mittlerweile wieder eingerollt hatte und die Kundin zur Tür geleitete. Sie blieb vor dem Porträt stehen und sagte etwas. Paul Tissu neigte demutsvoll den Kopf. Dann öffnete er galant die Tür und ließ sie hinaustreten. Sophie zog ihren Vater beiseite. Er stand wie angewurzelt direkt vor der Tür und machte keinerlei Anstalten, der eleganten Dame Platz zu machen.

»Ich komme am Samstag mit meinem Mann wieder«, sagte die Kundin, als sie auf die Straße trat. »Ich bin gespannt, was er dazu meint.«

»Sehr gern, verehrte Frau von Hohenstein. Haben Sie noch einen schönen Tag.«

Paul Tissu deutete eine Verneigung an, die Sophie antiquiert, aber dennoch ungemein liebenswert fand.

Mit einem Mal löste sich ihr Vater aus seiner Erstarrung. Er packte Sophie und Claudine gleichzeitig am Arm und wollte sie fortziehen. »Kommt, wir wollten noch einen Kaffee trinken. Es ist schon bald halb vier. Du musst sicher noch für deine Klausur lernen, Sophie.«

Er hatte plötzlich einen hochroten Kopf, und die Ader an seiner Schläfe schwoll an.

»Papa!«, zischte Sophie. »Ich gehe nicht, ohne wenigstens guten Tag gesagt zu haben.«

Ihr Vater ließ sie los und hakte sich bei Claudine ein. »Dann komm nach. Wir sitzen am Markt. Du findest uns schon.«

»Aber Matthias!«, protestierte auch Claudine, doch Matthias zog sie mit sich.

»Guten Tag, Matthias«, sagte in diesem Augenblick Paul Tissu, laut und unüberhörbar. Claudine verdrehte den Kopf und lächelte gequält über die Schulter. Matthias selbst blieb zwar stehen, wandte sich Paul aber nicht zu.

Da sagte Sophie: »Wir müssen reden, Papa. Die Ausstellung wird hier stattfinden, in diesem Geschäft. Paul Tissu ist mein Partner.«

* * *

Es war ein anstrengender Vormittag gewesen. Paul hatte die halbe Nacht im Keller verbracht und mit Schaufel und Spitzhacke versucht, der Erde zu entreißen, was er ihr über Jahrzehnte anvertraut hatte. Er musste feststellen, dass viele Bilder zerstört waren, weil er die Farbe nicht ausreichend hatte trocknen lassen, bevor er die Leinwände einrollte, oder trotz aller Vorsicht Feuchtigkeit in die Röhren eingedrungen war. Insbesondere die frühen Werke waren nicht mehr zu gebrauchen, da in der Zeit ihrer Entstehung das ausgeklügelte Entlüftungs- und Entfeuchtungssystem noch nicht installiert gewesen war, welches ihm überhaupt ermöglicht hatte, hier unten über so viele Jahre malen zu können.

Sein unterirdisches Atelier ähnelte inzwischen einer archäologischen Ausgrabungsstätte. Er hatte an verschiedenen Stellen angefangen zu graben und arbeitete sich Schicht für Schicht in den immer lehmigeren Untergrund vor, in dem die Röhren steckten wie fehlgezündete Fliegerbomben. Herbe Enttäuschung über verklebte oder verschimmelte Leinwände wechselte sich ab mit beflügelnder Euphorie, wenn er ein heil gebliebenes Werk zutage förderte. Mittlerweile ging es ihm nicht mehr um die künstlerische Qualität der Werke, sondern einzig und allein darum, die zarten Seelen all dieser Bilder zu retten, die er über Jahre gewissenlos dem Erstickungstod preisgegeben hatte. Ganz gleich, wie unvollkommen sie waren, es waren *seine* Kreaturen, *er* hatte sie erschaffen in einem Schöpferwahn, der nach Wahrhaftigkeit strebte, nach Ausdruck und Fülle.

So war es nicht nur die körperliche Anstrengung, die ihm nach den Nächten im Keller in den Knochen steckte. Mit jedem Bild, das er aus der festgetretenen Erde herauslöste, entzündete sich ein Funken Leben, den er erhalten und nähren musste wie eine Mutter ihr Kind.

Es war die Bürde der Verantwortung, die ihm auch heute wieder schwer auf den Schultern lastete. Solange seine Bilder vergraben gewesen waren, hatte es niemanden gegeben, dem er sich hätte erklären müssen, gegen den er seine Schöpfungen zu verteidigen gehabt hätte. Das würde sich nun ändern. Zudem stand der Tag bevor, an dem er Barbara mitteilen musste, dass er eine Ausstellung plante. Er würde ihr sagen müssen, dass er Künstler war, es schon immer gewesen war und immer sein würde und dass er sie von Anbeginn belogen hatte. Er hatte ihr einen Paul vorgegaukelt, der er nicht war. Wie sollte er dieses Leben, das sie beide führten, weiterleben, wenn der Paul, der zu diesem Leben gehörte, endgültig aufgehört hatte zu existieren?

Auch Sophie gegenüber trug er Verantwortung. Er hatte sie aufrütteln wollen. Was, wenn die Richtung, in die er sie gestupst hatte, zu einer gefährlichen Sackgasse für sie würde?

Als er sie zusammen mit ihrem Vater vor seinem Geschäft erblickte, hätte er am liebsten die Flucht ergriffen.

Er erkannte Matthias sofort, und es war offensichtlich, dass auch Matthias ihn erkannte. Ebenso offensichtlich war, dass Sophies Vater die Begegnung noch mehr scheute als er. Vielleicht war es das, was ihn zum Angriff trieb. Es war *seine* Stadt. Es war *sein* Geschäft, vor dem Matthias stand. Und es war *seine* Aurelie. Ein Bild nur, aber wahrhaftiger vielleicht, als sie sich Matthias gegenüber jemals gezeigt hatte. Er war eindeutig im Vorteil, und dennoch klang sein »Guten Tag, Matthias« selbstbewusster, als er sich fühlte. Fast wünschte er sich, Matthias möge weitergehen, aber dann baute Sophie sich neben ihm auf. Als »Partner« bezeichnete sie ihn. Es gab kein Zurück mehr. Die Geister, die er wachgerufen hatte, begannen zu tanzen.

Langsam wandte Matthias sich um und kam zögernd näher. Paul streckte die Hand aus. Matthias schlug ein, ließ aber sofort wieder los. Die blonde Schönheit an seiner Seite reichte Paul ebenfalls die Hand und stellte sich als Claudine vor. »Enchanté«, sagte sie, trat zur Seite und blieb in gebührendem Abstand stehen, als wüsste sie, dass sie der Schwere der Vergangenheit nicht genug Gewicht entgegenzusetzen hatte.

»Du hast sie gut getroffen«, sagte Matthias und wies auf das Porträt.

»Danke.«

»Ihr duzt euch. So gut kennt ihr euch also«, stellte Sophie fest und stemmte die Hände in die Hüften.

»Nicht gut«, wehrte Matthias ab. »Wir haben uns nur zweimal gesehen.«

»Es waren einschneidende Momente«, sagte Paul.

»Der erste war es. Wenn du da nicht aufgekreuzt wärst, hätte es den zweiten nie gegeben.«

»Ich hätte gern auf beide verzichtet«, gab Paul zurück, »*besonders* auf den zweiten.«

»Du hast dich aus dem Staub gemacht«, sagte Matthias.

»Welche Momente?«, fragte Sophie und sah von einem zum anderen. »Wovon sprecht ihr?«

»Schnee von gestern«, antwortete Matthias, ohne den Blick von Paul zu wenden.

»Ich hatte nicht den Eindruck, dass du Wert darauf legtest, mich noch länger dabeizuhaben«, sagte Paul.

»Ich meine nicht die Hochzeit«, antwortete Matthias.

»Könntet ihr mich vielleicht mal einweihen? Worum geht es hier eigentlich?«, warf Sophie dazwischen.

»Ja«, sagte Matthias und trat einen Schritt auf Paul zu. »Worum geht es hier eigentlich? Was soll das mit der Ausstellung?« Dann, an Sophie gewandt: »Woher kennst du ihn überhaupt? Hat er dir nachgestellt?« Seine Stimme war mit jedem Satz lauter geworden. Claudine legte ihm die Hand auf die Schulter, wich aber sofort zurück, als er sie ungeduldig abschüttelte.

Sophie schnaubte durch die Nase. »Nachgestellt! Es war Zufall! Ich habe bei ihm meine Vorhänge gekauft!«

»Zufall«, wiederholte Matthias und rückte seine Krawatte zurecht. Auf seiner Stirn hatte sich Schweiß gebildet. Die Sonne schien ihm auf den Kopf, und Paul stellte mit Genugtuung fest, dass sein ehemals dichtes dunkles Haar deutlich ausgedünnt war.

»Vielleicht sollten wir … darf ich euch hereinbitten?«, fragte er und hielt die Tür zu seinem Geschäft auf.

»Vielen Dank, aber wir müssen jetzt weiter«, wehrte Matthias ab und ergriff Claudines Hand.

»Du kannst dich jetzt nicht einfach verdrücken!« Sophie hielt ihren Vater am Arm fest.

»Ich möchte einfach nur unser Nachmittagsprogramm fortsetzen«, gab Matthias mühsam beherrscht zurück. »Ich hoffe, du leistest uns noch ein wenig Gesellschaft, denn immerhin reisen wir morgen früh wieder ab.«

»So läuft es immer. Tu, was ich dir sage, und stell bloß keine Fragen. Kannst du dir vorstellen, dass mir das hier tatsächlich auch etwas bedeutet?« Sophie zeigte auf das Porträt. Paul meinte, in ihrer Stimme ein unterdrücktes Zittern wahrzunehmen.

»Ich halte diese Ausstellung für eine Schnapsidee und bitte dich, davon abzusehen.« Wie hart das klang! Paul hätte am liebsten den Arm um Sophie gelegt, um sie vor Matthias' verletzenden Worten zu beschützen. Stattdessen trat er einen kleinen Schritt vor und sagte: »Die Bilder deiner Tochter sind ausgezeichnet!« Fast erschrak er selbst vor der Kraft in seiner eigenen Stimme.

»Ganz gewiss sind sie das. Aber ich wüsste nicht, was dich das angeht.« Matthias fixierte ihn mit seinem intensiven Blick, der nichts an Schärfe eingebüßt hatte, auch wenn er mittlerweile eine Brille trug. »Lass Sophie in Ruhe. Du hast genug Unheil angerichtet.«

»Ich?«

»Ja, du.«

Paul war unwillkürlich zurückgewichen und strich mit den Handflächen über seine Hose, als klebte der Vorwurf an ihnen wie die Farben an seinem Malerkittel. »Wenn ich mich recht erinnere, hat sie damals *mich* zu Hilfe gerufen. Obwohl ich Hunderte von Kilometern entfernt war – und du in derselben Stadt«, verteidigte er sich.

»Sie war durcheinander damals«, entgegnete Matthias, »und ausgerechnet in dieser Verfassung musstest du sie …« Er brach ab, und mit einem schnellen Seitenblick auf seine Tochter fuhr er fort: »Mische dich nicht auch noch in Sophies Leben ein. Ich warne dich.«

»Hör mal!«, begehrte Sophie auf. »Ich bin alt genug, um selbst zu entscheiden, mit wem ich mich einlasse!«

»Du weißt nicht, was du da sagst«, stieß Matthias zwischen zusammengepressten Zähnen hervor.

»Wenn es einen echten Grund gibt, warum ich mich vor ihm hüten sollte, dann nenn ihn mir«, konterte Sophie.

»Ich will das nicht hier auf der Straße erörtern.« Matthias schüttelte den Kopf.

Paul räusperte sich und öffnete erneut die Tür zu seinem Laden. Aus dem Inneren kam eine verlockende Kühle. Unter Matthias' Achselhöhlen hatten sich große Schweißflecken gebildet, und auch ihm klebte das Hemd nass im Rücken.

»Und ich will jetzt endlich wissen, was hier los ist!« Sophies Nasenflügel bebten, und die Hand, mit der sie sich durchs Haar fuhr, zitterte. »Wenn dieser Mann schuld an Mamas Tod ist, habe ich ein Recht, das zu erfahren!«

Obwohl sie leise gesprochen hatte, schienen ihre Worte von den gegenüberliegenden Häusern widerzuhallen und mit ihrer Monstrosität die gesamte Kleinkölnstraße zu alarmieren. Paul stand in der geöffneten Ladentür und wies ins Ladeninnere wie eine Pappfigur, aufgestellt, um Passanten den Weg zu weisen. Sophie, Matthias und Claudine sahen ihn an, als sei soeben der Schuldspruch gefallen, der ihn der Verdammnis preisgab.

Erst als Claudine ein weiteres Mal aus dem Hintergrund an Matthias herantrat und ihm etwas zuflüsterte, begann Paul zu widersprechen.

»Mit Aurelies Tod habe ich nichts zu tun!«, sagte er und hob die Hand, als müsste er vor Gericht einen Eid leisten.

Sophie sah ihren Vater an, als hoffte sie, dass er seine Anschuldigung zurücknahm. Doch Matthias starrte voller Bitterkeit an ihr vorbei auf Paul.

»Du hast sie zerstört«, flüsterte er.

»Das ist nicht wahr«, gab Paul zurück. »Ich habe sie geliebt.«

Um sie herum war es plötzlich still geworden. Das geschäftige Treiben auf den umliegenden Straßen schien angesichts der Gewaltigkeit dieser Worte zum Erliegen gekommen zu sein. Nur Claudine tippelte nervös von einem Bein auf das andere.

»Und *sie* hat *ihn* geliebt«, sagte Sophie und trat vor ihren Vater. »Bist du immer noch eifersüchtig? Ist es das?«

Matthias Augen verengten sich. »Woher willst du das wissen?«

»Ich weiß es. Ich kenne ihre Briefe.«

Das Blut wich aus Matthias' Gesicht. Er lockerte seine Krawatte. »Welche Briefe?«

»Sie lagen auf dem Dachboden. Wenn ich sie nicht hätte lesen dürfen, hättest du sie vernichten müssen.«

Matthias schloss für einen Moment die Augen. Dann hob er die Hand, als wollte er Sophie über die Wange streichen. Sophie wich zurück, bevor er sie berühren konnte.

»Sophie …«, flehte er leise.

»Was hat Paul dir getan?« Sie betonte jedes einzelne Wort.

»Ja, Matthias. Was habe ich getan?«, fragte Paul. »Von welcher Schuld redest du? Sag es mir, bitte.« Nur mit Mühe presste er diese Fragen heraus.

»Es hat mit mir zu tun. Stimmt's?«, flüsterte Sophie.

Bei ihren Worten schien Matthias in sich zusammenzufallen. »Ich verstehe es nicht«, murmelte er. »Von allen Orten dieser Welt suchst du dir ausgerechnet *diesen* hier aus, um zu studieren.« Er trat an Paul vorbei in das Stoffgeschäft und blieb vor Aurelies Porträt stehen. »Ich weiß nicht mehr, was richtig ist. Ich habe es nie gewusst«, sagte er, als müsste er sich vor ihr rechtfertigen. Dann wandte er sich zu Claudine um, die immer noch auf der Straße stand und ihre Ungeduld kaum mehr verbergen konnte. »Es tut mir leid, Claudine, ich muss das hier jetzt klären. Geh schon mal vor, ich komme nach. Wir treffen uns im Hotel.« Und an Paul gewandt: »Wenn wir reden wollen, brauche ich einen starken Kaffee. Gibt es so etwas bei dir?«

Kapitel 26

Offenbarungen

»Ich habe sie geliebt. Mehr, als ihr euch vorstellen könnt. Dabei wusste ich, dass sie nicht fähig war, mich zu lieben. Du hattest ihr Herz gebrochen.«

Anklagend sah Matthias Paul an. Sie saßen in Pauls Küche, jeder eine Tasse Kaffee vor sich, und Matthias hielt Sophies Hand fest in der seinen. Paul hatte das Fenster geöffnet, um die von Fett und Maggiwürze geschwängerte Luft hinauszulassen. Barbara war glücklicherweise nicht da. Sie verbrachte den Nachmittag mit ihrem Innenarchitekten, um geeignete Einrichtungsgegenstände auszusuchen, und Paul hatte das Geschäft vorübergehend abgeschlossen. Für heute konnten ihm die Kunden gestohlen bleiben.

»Ich habe ihr Briefe geschrieben. Sie angerufen. Es kam nie etwas zurück«, verteidigte Paul sich.

»Sie war zu stolz«, erwiderte Matthias.

Paul nickte. »Ich weiß. Jetzt weiß ich es. Aber ich kann die Zeit nicht zurückdrehen.«

»Hat sie sich deswegen umgebracht? Weil sie unglücklich in ihn verliebt war?«, fragte Sophie Matthias. »Warum hat sie es dann nicht schon viel früher getan?«

Matthias zuckte mit den Achseln. »Ich habe sie nie verstanden. Es gab so viele Dinge, über die sie nie gesprochen hat. Und das mit ihm«, er deutete mit dem Kopf in Pauls Richtung, »ist mir auch erst klar geworden, als ...« Er brach ab, stand auf und ging ans offene Fenster, wo er ein paarmal tief aus- und einatmete.

»Als?«, hakte Sophie nach.

Matthias fuhr sich mit der Hand über die Stirn. Noch immer standen Schweißperlen dort. Seine Krawatte hatte er inzwischen abgelegt und die obersten Hemdknöpfe geöffnet.

»Ich hatte schon lange einen Verdacht. Im Grunde schon kurz nach der Hochzeit. Es passte alles nicht.« Er sah Paul fragend an. »Erinnerst du dich an die Situation im Krankenhaus?«

Paul nickte. »Als wäre es gestern gewesen.«

»Da hat sie mit mir Schluss gemacht. Mir gesagt, dass sie mich nie geliebt hat. Mich niemals heiraten könnte. Für mich war es das Ende. Dann, knapp zwei Monate später, rief sie mich an. Hat mich fast angefleht, sie zu heiraten.«

»Vielleicht ist ihr klar geworden, dass sie sich getäuscht hat. Dass sie dich doch geliebt hat. So was passiert doch ständig«, wandte Sophie ein.

»Nein«, sagte Matthias, und sein Blick war hart. »Sie brauchte mich. Ich war ihr Mittel zum Zweck.«

»Zu welchem Zweck? Was meinst du damit?«, fragte Sophie.

»Sie brauchte einen Vater für ihr Kind.«

Die Pendeluhr im Wohnzimmer schlug, und Paul zählte. Eins, zwei, drei, vier.

»Sie brauchte einen Vater«, murmelte er vor sich hin, als müsste er ausprobieren, ob der Satz in seinem Mund genauso ungeheuerlich klang.

Sophie zog ihre Hand aus Matthias' Umklammerung.

»Du bist gar nicht mein Vater«, sagte sie tonlos.

»Nein.«

»Seit wann weißt du das?«, fragte Sophie, leichenblass.

Matthias stand auf und lief im Zimmer hin und her. »Sie bekam dich nur drei Monate nach unserer Hochzeit. Genau neun Monate nachdem … Ich habe einen Vaterschaftstest machen lassen. *Nach* ihrem Tod. Nachdem ich ihre Briefe gelesen hatte.«

Sophie rührte in ihrem Kaffee, ohne von dem Zucker genommen zu haben, der genau vor ihr stand. Es vergingen mehrere Minuten, während derer sie auf den Löffel starrte, der mechanisch seine Kreise drehte. Paul spürte das intensive Bedürfnis, ihre Hand festzuhalten. Plötzlich ließ sie den Löffel laut klirrend fallen und sagte: »Und du hast es mir nicht gesagt.«

Matthias trat hinter sie und legte seine Hand auf ihre Schulter, doch sie wich zur Seite.

»Für mich warst und bist du meine Tochter«, sagte er. »Ich habe dich großgezogen. Ich war da, wenn du nachts vor Hunger geschrien hast und deine Mutter nicht aufstehen konnte. Ich war da, als sie …« Er ließ sich zurück auf seinen Stuhl fallen. »Ich war immer für dich da«, schloss er leise und sah Sophie fast bittend an. »Für mich hat es nichts geändert.«

Paul klammerte sich an die Rückenlehne seines Stuhls. Er wappnete sich für Sophies nächste Frage, die unvermeidlich kommen musste.

»Soll das heißen, dass …?« Sophie schüttelte langsam den Kopf, den Blick auf Paul gerichtet.

Matthias schob die unberührte Kaffeetasse von sich.

»Du bist Sophies Vater, Paul«, sagte er. »Du hast Aurelie geschwängert und sie damit alleingelassen.«

* * *

Sophie goss ihren Tee in den Ausguss und warf das angebissene Brötchen in den Mülleimer. Es war von gestern Abend. Sie hatte kaum einen Bissen hinunterbringen können. Auch jetzt verursachte der Gedanke an Essen ihr einen Würgereiz.

Sie musste sich beeilen. Um Viertel nach neun musste sie im Seminarraum sitzen und ihre Klausur schreiben.

Im Hausflur verließ sie die Kraft. Es war alles so sinnlos. Sie würde sowieso nicht bestehen.

Sie hatte kaum geschlafen, ihr Kopf dröhnte, ihr Magen rebellierte, und Nacken und Schultern schmerzten, als hätte sie gestern den ganzen Tag Steine geschleppt. Außerdem sah sie fürchterlich aus. Die Augen verquollen, die Nase rot, die Lippen aufgesprungen. Sie machte kehrt, schloss ihre Wohnungstür wieder auf und warf die Tasche in die Ecke.

Sie war von allen betrogen worden. Von Matthias, den sie ihr Leben lang als ihren Vater geliebt hatte. Von diesem Paul Tissu, der sich aus seiner Verantwortung gestohlen hatte. Auch wenn er behauptete, keine Ahnung davon gehabt zu haben. Am meisten aber von ihrer Mutter. Der alte Hass und die Wut flammten wieder auf. Niemals konnte ihre Mutter sie geliebt haben, sonst hätte sie ihr das nicht angetan.

Jetzt wusste sie auch endlich, warum sie nie in ihrem Leben etwas Vernünftiges auf die Reihe bekommen hatte. Sie war das Ergebnis eines Versehens. Das Produkt des Scheiterns.

Sie hatte sich nicht mehr verabschiedet. Weder von Matthias noch von Claudine, am allerwenigsten von ihrem Erzeuger, diesem Paul Tissu.

Sie griff zu ihrem Handy und scrollte durch ihre Kontakte, überlegte, wen sie anrufen könnte, aber da war niemand, dem sie sich hätte anvertrauen wollen. Eric hatte auch schon länger nichts mehr von sich hören lassen. Er hatte es wohl aufgegeben. So wichtig war sie ihm dann wohl doch nicht gewesen. Wütend warf sie das Handy in eine Ecke des Sofas. Es rutschte zwischen Lehne und Polsterung, so tief, dass sie es nicht zu fassen bekam. Genau in diesem Moment fing es an zu brummen.

* * *

Paul wählte mehrmals ihre Nummer, doch er landete immer wieder auf ihrer Sprachbox. Er unterließ es, ihr eine Nachricht aufzusprechen. Sie würde sicher nicht zurückzurufen. Sie hatte nach Matthias' ungeheuerlicher Anschuldigung fluchtartig die Küche verlassen. Er war ihr noch nachgelaufen, aber sie war die Treppe regelrecht hinuntergeflogen und hatte ihm keine Chance gegeben, die Dinge richtigzustellen. Auch Matthias hatte nichts davon wissen wollen, dass er von all dem keine Ahnung gehabt habe. Er könne ja gar keine Kinder zeugen, hatte Paul ihm gegenüber beteuert. Es könne nicht sein, mit seiner Frau habe es auch nie geklappt.

»Hast du das testen lassen?«, hatte Matthias gefragt, bevor auch er gegangen war. Nein, das habe er nicht. »Siehst du«, hatte Matthias nur gesagt und die Tür leise hinter sich zugezogen. Paul war mit dem Scherbenhaufen zersplitterter Gewissheiten alleine zurückgeblieben.

Erst nach und nach war die ganze Tragweite der Enthüllungen in sein verwirrtes Hirn durchgedrungen und hatte ihn vollkommen lahmgelegt.

Barbara fand ihn am späten Nachmittag noch immer auf dem Stuhl in der Küche vor, drei Tassen mit kaltem Kaffee auf dem Tisch.

»Was machst du hier?«, fragte sie fassungslos. »Wieso ist das Geschäft zu?«

Er schüttelte nur stumm den Kopf.

»Paul? Was ist passiert?«

Er sah sie an, unfähig, irgendetwas zu sagen. Sein Kopf fühlte sich an wie ein riesiger Luftballon, der sich jeden Moment von seinem Hals lösen und davonschweben konnte.

»Wer war hier?« Sie zeigte auf die Tassen. »Wieso trinkst du Kaffee, anstatt unten im Laden …«

Er hob die Hand, bevor ihre schrille Stimme seinen Kopf zum Platzen bringen würde. »Setz dich bitte«, sagte er.

»Auf keinen Fall. Wir müssen das Geschäft öffnen«, wehrte Barbara ab und griff nach dem Ladenschlüssel, der auf der Küchenanrichte lag.

»Warum haben wir nie Kinder bekommen?«, hörte er sich plötzlich fragen. Erst als er sah, wie jeder Tropfen Blut aus Barbaras Gesicht wich, wurde er sich der Gewaltigkeit seiner Frage bewusst. Sie hatten nie über dieses Thema gesprochen. Sie hatten überhaupt nie über irgendein Thema gesprochen, das nicht auf die eine oder andere Weise mit dem Geschäft verknüpft war. Paul hatte sein Versagen in der Zeugungsfrage auf sich genommen – ohne überhaupt zu wissen, ob Barbara eigentlich Kinder hätte haben wollen und können.

Barbara starrte ihn an, und ihr Mund bewegte sich, aber es kam keine Silbe heraus. Sie ließ sich auf einen Stuhl sinken und legte mit äußerster Behutsamkeit den Schlüssel vor sich ab.

»Warum fragst du das jetzt?«, wisperte sie.

»Es ist wichtig.«

»Warum ist es jetzt auf einmal wichtig? Jetzt, wo es sowieso zu spät ist.«

Paul sah sie an und fragte sich, ob dies der Moment war, vor dem er davongelaufen war, all die Jahre. Der Moment, ihr zu sagen, dass er ein ganz anderer Paul war als der, den sie kannte. Dass der richtige Paul über Jahre in einem verborgenen Keller gelebt hatte, gefangen in einer Liebe, die so wenig hatte blühen dürfen wie seine Liebe zu den Farben. Und dass er eine Tochter hatte, von der Frau, die er geliebt hatte und noch immer liebte, auch wenn sie längst nur noch eine Komposition aus Pigmenten und Bindemitteln war.

Matthias hatte recht. Sophie *war* seine Tochter, gezeugt in jener einzigen Nacht, als er Aurelie zum ersten und letzten Mal geliebt hatte.

Und während er noch darüber nachdachte, welche Worte wohl die richtigen für diese Geschichte waren, sagte

Barbara plötzlich: »Ich konnte nie Kinder bekommen. Ich bin unfruchtbar.«

»Unfruchtbar«, wiederholte Paul, ohne zu begreifen, was Barbara ihm da sagte.

»Ja. Ich hatte Zysten an den Eierstöcken, als ich auf die Welt kam. Sie sind entfernt worden, und die Eierstöcke gleich mit.«

Paul griff geistesabwesend nach seiner Kaffeetasse und trank einen Schluck. Er spuckte ihn sofort wieder aus, so bitter schmeckte er.

Barbaras Hände fuhren über die Tischplatte, sie schienen nach Halt zu suchen, der aber dort nicht zu finden war. »Ich hätte es dir sagen müssen«, brachte sie schließlich hervor. »Wahrscheinlich noch vor der Hochzeit, aber du hast nie gesagt, dass du Kinder wolltest. Und während unserer Ehe hatte ich den Eindruck, dir war es recht, dass ich nie schwanger wurde. Es wäre ja auch schwierig gewesen – mit dem Geschäft.«

Paul stützte die Ellbogen auf, faltete die Hände und legte das Kinn auf den abgespreizten Daumen ab. Eine Weile sahen sie einander so an.

Schließlich stand Paul auf, ergriff Barbaras Hand und sagte: »Komm. Ich muss dir etwas zeigen.«

Das war gestern gewesen. Fassungslos hatte Barbara die aufgewühlte Erde in seinem Kellergewölbe betrachtet und mit angstvoller Scheu einige der Kunststoffröhren berührt, die er ausgegraben hatte. Stumm hatte sie gelauscht, als er von seinen Nächten hier unten berichtete, und die Gemälde betrachtet, die Paul bereits geborgen und auf dünne Spanplatten gezogen hatte.

»Es sind alles Frauen«, hatte sie gesagt. »Bis auf diese beiden hier.« Sie zeigte auf die beiden Selbstporträts.

»So ist es wohl.«

»Wer sind diese Frauen?«

»Ich weiß es nicht. Keine bestimmten. Sie waren einfach da. In meinem Kopf.«

Barbara nickte. »Sie sind alle ähnlich.«

»Findest du?«

»Ja. Der Ausdruck. Sie haben alle so etwas …« Stirnrunzelnd ging Barbara vor den Bildern hin und her, die Paul ringsum aufgestellt hatte. »So etwas … Es wirkt, als wollten sie jeden Moment weglaufen. Als ob es ihnen nicht gefiele, dass du sie malst.«

Verwundert hörte Paul ihr zu.

»Diese Frau auf dem Porträt oben, die hast du gekannt, richtig?«, hatte Barbara schließlich gefragt.

»Sie war die einzige, ja.«

»Die hast du geliebt.«

»Wie kommst du darauf?«

»Man kann es sehen.«

Und da hatte Paul ihr gestanden, dass er mit ihr eine Tochter gezeugt hatte, von der er aber erst seit dem gestrigen Tag etwas wusste.

Es gab noch sehr viel mehr, worüber sie miteinander zu reden hatten, doch das würde Zeit brauchen. Zuerst musste er sich um Sophie kümmern. Barbaras Warnung, er solle einen Vaterschaftstest machen lassen, bevor er eine solche Verantwortung auf sich nahm, schob er beiseite. Das Schicksal hatte Sophie zu ihm geführt. Das Schicksal irrte nicht. Im Grunde hatte er es von Anfang an gespürt. Sophie gehörte in sein Leben, sie war Aurelies Geschenk an ihn, und er würde es annehmen. Er würde sie nicht enttäuschen. Nicht ein weiteres Mal.

Erneut wählte er Sophies Nummer, doch wieder ging sie nicht ran. Er sah auf die Uhr. Halb zehn.

»Reinhard!«, brüllte er, und der Geselle steckte den Kopf um die Ecke.

»Ja, Chef?«

»Ich muss zu einer Kundin. Es dauert nicht lange. Halten Sie so lange die Stellung.«

»Mach ich, Chef.«

»Ach ja«, sagte Paul noch, bevor er durch die Tür verschwand, »rufen Sie meine Frau nicht runter, bitte. Sie ist sehr beschäftigt. Sie kriegen das hier schon alleine hin.«

Kapitel 27

Neuordnung

Fluchend stocherte Sophie mit dem längsten Kochlöffel, den sie in ihrem Haushalt finden konnte, in der Ritze herum, um das Handy nach unten durchzuschieben. Der Erfolg der Aktion war, dass das Gerät nur noch tiefer rutschte, sich hoffnungslos in den Scharnieren des Sofas verklemmte und das Ausklappen des Bettes unweigerlich zur Zerstörung des Handys geführt hätte.

Irgendwann warf Sophie den Kochlöffel gegen die Wand und gleich mehrere Sofakissen hinterher. Eines davon streifte die Kommode, die Vase schwankte, und bevor Sophie sie zu fassen bekam, zerschellte sie auf dem Parkettboden. Während das Handy in der Sofaritze immer wieder brummte, sank sie vor dem Scherbenhaufen zusammen und heulte hemmungslos. Sie konnte gar nicht mehr aufhören. Jedes Mal, wenn sie glaubte, sich endlich beruhigt zu haben, und einen Versuch unternahm aufzustehen, um die Scherben zusammenzukehren, wurde sie von einem neuerlichen Weinkrampf geschüttelt. Zum Glück hörte das Handy irgendwann auf zu brummen. Als keine Tränen mehr kamen, kroch sie zurück zum Sofa, lehnte sich mit dem Rücken dagegen und schloss die Augen. Sie war sogar zu erschöpft zum Aufstehen.

In diesem Moment klingelte es.

Sie öffnete nicht. Bestimmt war es der Postbote. Schniefend rappelte sie sich hoch und ging ins Bad. Heute würde sie keinen Schritt mehr vor die Tür gehen können, so wie sie aussah. Kaninchenaugen, dicke Nase, die Haare stumpf und wirr. Sie spritzte sich kaltes Wasser ins Gesicht und trank in tiefen Zügen.

Als sie aus dem Bad kam, klingelte es erneut, diesmal direkt an der Wohnungstür.

Entsetzt starrte sie die Tür an. Wer war das? Matthias musste längst auf dem Weg zurück nach Paris sein. Er hatte gestern Abend mehrmals angerufen und schließlich auf ihre Box gesprochen. Es tue ihm so leid. Er würde ihr Zeit lassen. Er vertraue darauf, dass sie sich melde, wenn sie bereit dazu sei.

Wieder klingelte es. »Sophie«, hörte sie eine männliche Stimme. Dann klopfte es. »Bitte, mach … machen Sie auf. Bitte!«

Es war Paul Tissu. Sie erkannte seine Stimme. Tief und ein wenig brüchig.

Sie lehnte die Stirn gegen die Tür. »Woher wissen Sie, dass ich da bin?«

Ein kurzes Schweigen, dann sagte er: »Ich habe ein gutes Gehör. Und eine große Nase.«

Sie musste unwillkürlich lachen. Vorsichtig öffnete sie die Tür einen Spaltbreit. »Sagen Sie bloß, Sie können mich durch die Tür riechen.«

»Ich rieche den Kaffee, den Sie mir jetzt gleich kochen.«

Sie vergrößerte den Spalt ein wenig. »Das mit dem ›Sie‹ passt nicht mehr so richtig, finden Sie nicht?«

»Nein. Aber wenn Sie mich reinlassen, könnte ich Ihnen das Du anbieten.«

»Wir könnten ausprobieren, wie es klingt.«

»Das halte ich für eine sehr gute Idee.«

»Ich bin heute allerdings nicht wirklich präsentabel.« Sophie ordnete ein wenig die Haare, öffnete die Tür vollständig und hob entschuldigend die Schultern.

»Darüber kann ich väterlich hinwegsehen«, sagte Paul und setzte einen vorsichtigen Schritt in ihre Wohnung. Sein Blick fiel auf die überall im Zimmer verstreuten Sofakissen, den Kochlöffel neben der Kommode und die Scherben am Boden. »Oh«, sagte er. »So schlimm?«

»Noch viel schlimmer.« Sophie schloss die Tür hinter ihm und blieb mit hängenden Armen vor ihm stehen. Er holte mehrmals tief Luft, als wolle er etwas sagen, rieb die Hände aneinander und ließ sie dann hilflos fallen.

»Tja«, sagte er schließlich.

»Tja«, sagte auch Sophie.

»Ich ...«, setzte Paul an. »Es tut mir ...«

»Nein«, unterbrach Sophie ihn. »Ich will kein Mitleid. Das ist ja für Sie genauso ...«

»Für dich.«

»Ja, Verzeihung. Also für dich ist die Sache ja genauso schlimm wie für mich.«

»Sie ist nicht schlimm für mich. Im Gegenteil. Ich habe plötzlich eine Tochter. Das ist ...« Er hob die Hände und sah nach oben, als hätte es nach langer Dürre plötzlich zu regnen begonnen. »Wunderbar!«

»Und du hast wirklich nichts davon gewusst?«

»Ich schwöre es. Ich hatte keine Ahnung.«

»Sollten wir ...? Also sicher wissen wir es ja nicht.«

»Wenn es dir wichtig ist, machen wir den Test. Ich brauche ihn nicht. Ich fühle, dass es stimmt.«

»Ich glaube, ich brauche noch ein bisschen Zeit. Momentan fühle ich gar nichts. Ich bin nur wütend.«

Paul nickte. »Das verstehe ich gut. Aber eins musst du mir glauben ...« Er streckte seine Hand nach ihrer aus und sah sie bittend an. Sie zögerte, trat dann aber doch einen Schritt näher an ihn heran und legte ihre Hand in seine.

»Was soll ich glauben?«, fragte sie.

»Es war kein Unfall. Sie hat … Ich glaube, sie wollte ein Kind. Es war Liebe. Damals habe ich es nicht erkannt. Ich war zu blöd. Ich dachte, ich bin nicht gut genug für sie. Dabei war es einfach nur Liebe.«

»Aber warum dann dieser Betrug? Warum hat sie mich einem anderen Mann untergeschoben? Hatte sie Angst, dass du das Kind …, dass du mich nicht wollen würdest?«

»Ich habe keine Antwort auf diese Fragen. Aurelie war … Du musst ihr verzeihen. Sie hat viele Fehler gemacht, aber sie wollte bestimmt nichts Schlechtes. Sie war nur ein sehr, sehr einsamer Mensch.« Pauls Blick schien sich in Traurigkeit zu verlieren.

»Ich glaube, ich mach dann jetzt mal den Kaffee«, sagte Sophie schnell, bevor die Tränen wieder aufsteigen konnten.

»Gern.« Paul bückte sich nach dem Kochlöffel und einem Kissen. »Darf ich?« Er hielt das Kissen in die Höhe und zeigte auf das Sofa.

»Klar. Fühl dich wie zu Hause.« Sie musste lachen. Absurd. Wenn Matthias gewagt hätte, ihr Zimmer aufzuräumen, wäre sie ihm an die Gurgel gesprungen. Vielleicht war das der Unterschied. Fühlte es sich so an, wenn ein richtiger Vater etwas für einen tun wollte? Sie wusste es nicht.

Sie stellte die Kaffeemaschine an und holte zwei Tassen aus dem Schrank. Währenddessen trug Paul sämtliche Kissen auf ihr Sofa zurück und kehrte die Scherben zusammen.

»Ach, wenn du grad da bist«, sagte Sophie und stellte die beiden gefüllten Kaffeetassen auf den Tisch. »Mit Sofas kennst du dich doch aus, oder?«

»Nicht im Mindesten. Mein Gebiet sind die Farben, nicht die Sofas. Das wusste nur bislang niemand außer mir.« Er lächelte dieses wehmütige Lächeln, das sie schon gleich bei ihrer ersten Begegnung so tief berührt hatte. Vielleicht war auch das ein untrügliches Zeichen dafür, dass er ihr Vater sein musste. Auch Matthias hatte oft diese Wehmut im Blick gehabt, aber sie hatte diesen Blick bei ihm nie gemocht. Jetzt wusste sie, warum. Sie hatte sich ausgeschlossen gefühlt. Es war eine Wehmut, die nichts mit ihr zu tun gehabt hatte. Sie gehörte Matthias allein, und nichts, was sie tat, konnte das ändern. Paul schien seine Traurigkeit mit ihr teilen zu wollen. Und irgendwie war das ein schönes Gefühl.

»Mir ist mein Handy in die Sofaritze gerutscht«, sagte Sophie. »Ich bekomme es nicht mehr raus.« Zum Beweis steckte sie ihre Hand in den Spalt.

Paul bückte sich und begutachtete den Schaden. »Das schaffen wir nur mit vereinten Kräften.«

»Ja«, sagte Sophie und lächelte. »Das denke ich auch.« Sie stellte sich neben ihn. »Dann mal los.«

* * *

Es war fast Mittag, als Paul ins Geschäft zurückkehrte. Es war ihm tatsächlich gelungen, Sophie davon zu überzeugen, an der Idee mit der Ausstellung festzuhalten. Und er hatte sie um Hilfe gebeten.

»Ich bin deiner Mutter etwas schuldig geblieben«, hatte er gesagt.

»Ganz bestimmt. Nur ist es dafür jetzt zu spät.«

»Nein. Nur zum Teil. Aber ich brauche deine Hilfe.«

Sie hatte ihm sehr aufmerksam zugehört und ihn schließlich umarmt. »Ja«, hatte sie geflüstert. »Das will ich gern für euch tun. Wir tun es zusammen. Aber erst nach der Ausstellung. Dort muss sie dabei sein.«

Barbara hatte ein Mittagessen gekocht, was nur selten vorkam, und Paul honorierte es mit einem überschwänglichen Lob ihrer Kochkünste, was ebenfalls sehr selten vorkam. Als sie gemeinsam den Abwasch erledigten, fragte Barbara plötzlich: »Willst du dich jetzt von mir scheiden lassen?«

Er ließ beinahe die Glasschüssel fallen, die er gerade in die Spüllauge tauchen wollte. »Warum sollte ich so etwas tun?«

»Vielleicht hättest du Kinder haben wollen. Vielleicht hättest du mich nicht geheiratet, wenn du gewusst hättest, dass ich keine bekommen kann. Vielleicht willst du jetzt, wo du weißt, dass du eine Tochter hast, ein neues Leben anfangen.«

Sie sah ihn nicht an, während sie das sagte. Sie bearbeitete mit dem Küchentuch einen silbernen Topfdeckel, als müsste sie ihn für ein Staatsbankett polieren. Paul starrte auf das Muttermal in ihrem Nacken, das er früher immer so hinreißend gefunden hatte. Er konnte sich nicht entsinnen, wann er es das letzte Mal bewusst wahrgenommen hatte.

»Du hast eine neue Frisur«, stellte er fest.

Sie verharrte einen Moment in der Bewegung, dann polierte sie energisch weiter. »Warum lenkst du jetzt ab?«

»Stimmt es, oder nicht?«

»Ja«, sagte sie. »Stimmt. Schön, dass es dir auffällt.«

»Steht dir gut.«

Sie blickte immer noch nicht auf, aber er sah, dass sie lächelte.

»Ich glaube, der Deckel ist trocken, meinst du nicht?«

Sie ließ das Küchentuch sinken und sah ihn endlich an. Ihre Augen waren voller Angst und Traurigkeit.

»Nein«, sagte er. »Das will ich nicht. Ich hätte gedacht, dass *du* dich vielleicht jetzt …«

»Ich?«, fragte Barbara.

»Ja. Ich habe dir etwas vorgemacht, all die Jahre.«

»Du hast mich nie geliebt.« Sie sagte es ohne Vorwurf in der Stimme. Es war eine Feststellung, die weder seiner Bestätigung bedurfte noch eine Verteidigung duldete.

»Welche Art von Liebe meinst du?«, fragte er.

»Die richtige«, sagte sie. Sie legte den Deckel beiseite und nahm sich den Topf vor. Paul spülte schweigend weiter.

»Aber es ist in Ordnung so«, setzte Barbara nach einer Weile wieder an. »Ich habe es gewusst, von Anfang an. Ich bin trotzdem gern deine Frau geworden.«

»Und bist du es immer noch gern?«, fragte er leise.

»Ich denke schon, ja.«

»Dann ist alles gut«, sagte er und schloss sie in die Arme.

Am Abend breitete Barbara die Kataloge und Pläne für den Umbau vor ihm auf dem Küchentisch aus. Seine geliebte Ladentheke würde verschwinden, auch die Stoffballen sollten nicht mehr im Verkaufsraum gelagert werden. Nur noch Muster zur Ansicht und Vorführbahnen, dekorativ arrangiert mit einzelnen Polstermöbelstücken und Wohnaccessoires. Der Kostenvoranschlag des Gesamtprojektes ließ ihn hart schlucken, aber Barbara war überzeugt, dass sie so eine ganz neue, deutlich jüngere Kundschaft erreichen könnten und die Investition sich bald amortisieren würde.

»Ich vertraue dir«, sagte er. »Du bist die Geschäftsfrau.«

»Und was hast du dir für die Neueröffnung überlegt?«, fragte sie schließlich.

Die Frage war zu erwarten gewesen, aber Paul war auf den Moment nicht vorbereitet. Er druckste herum, sprach von Synergien, Farberlebnissen und Überraschungseffekten. Barbara betrachtete ihn stirnrunzelnd und schnitt ihm nach seinen ersten gestammelten Sätzen das Wort ab. »Was hast du vor, Paul? Wovon sprichst du?«

»Von Bildern, Barbara«, sagte er kleinlaut. »Ich spreche von Bildern.«

»Von welchen Bildern?«

»Von meinen. Und von Sophies. Ich möchte sie zeigen. Am Tag der Neueröffnung. Stoffe und Bilder, Farben und Gewebe. Licht. Dazu gibt es Champagner. Ein Erlebnis für die Sinne.«

Barbara lehnte sich weit in ihrem Stuhl zurück und verschränkte die Arme vor der Brust. Sie schob die Unterlippe vor, und zwischen ihren Augen bildete sich die steile Falte, die Paul zu fürchten gelernt hatte. Sie schloss die Augen und bewegte den Kopf zunächst nach rechts und links, dann langsam vor und zurück, immer schneller, bis daraus schließlich ein bejahendes Nicken geworden war. Paul wollte schon erleichtert durchatmen, als sie plötzlich innehielt, die Augen aufriss und mit vorwurfsvoller Stimme ausrief: »Du wolltest die Renovierung nur deswegen! Das ist der einzige Grund!«

»Und wenn es so wäre?«

Statt zu antworten, sprang Barbara auf und lief ein paarmal zwischen Stuhl und Küchenanrichte hin und her. Immer wieder warf sie ihm zornige Blicke zu. Genauso unvermittelt, wie sie aufgesprungen war, setzte sie sich wieder hin.

Sie seufzte ein paarmal tief und sagte schließlich: »Die Idee ist gut. Das erwartet keiner von uns. Deswegen ist es eine ausgezeichnete Idee.«

Kapitel 28

Ein Sonntag im September

Paul und Barbara hatten bis spät in den Samstagabend gemeinsam mit Sophie die Bilder aufgehängt, einige wenige Ständer mit farbenfrohen Stoffen ausgestattet, Vorhänge um großformatige Leinwände drapiert und Lichtstrahler immer wieder neu ausgerichtet, um die Gemälde bestmöglich zur Geltung zu bringen. Die Eröffnung war für elf Uhr geplant, und so blieb noch genügend Zeit, um die Champagnergläser für die geladenen Gäste bereitzustellen, die Häppchen anzurichten und letzte Korrekturen am Arrangement der Stoff-Bild-Kompositionen vorzunehmen, die Paul sich ausgedacht hatte.

Der Umbau hatte beinahe drei Wochen gedauert. Nichts erinnerte mehr an den engen, staubigen Stoffladen, in dem Paul dreißig Jahre lang dem Fortschritt der Zeit getrotzt hatte. Der abgewetzte Teppichboden war hellem Parkett gewichen, aus den schmalen Fenstern und Oberlichten war eine einzige Glasfront geworden, sodass das Tageslicht ungehindert den Geschäftsraum flutete, und die lange Ladentheke war durch eine kleine u-förmige Verkaufsinsel in der Mitte des Geschäftes ersetzt worden, auf der nun Hochglanzkataloge mit dem neuen, modernen Warenangebot zum Mitnehmen bereitlagen.

Paul trat auf die Straße. Es war ein kühler Septembermorgen, und in der Luft lag noch der Staub der letzten heißen Augusttage. Selbst die Außenfassade hatte einen neuen Anstrich bekommen, und aus *Tissu's Stoffparadies* war *Babs' Stoffgalerie* geworden. Sein Schaufenster war verschwunden. Hinter der bodentiefen Glasfront standen ein paar große Vasen und ein Sessel, über den Barbara einen mit schottischem Paisley bedruckten Seidenbatist drapiert hatte, davor lehnte eines von Sophies Gemälden. Von hier aus konnte man bis ganz hinten in den Laden hineinsehen. Es gab in seinem Geschäft keinen Winkel mehr, in dem er sich vor den Blicken neugieriger Passanten verstecken konnte. Aber es war durchaus möglich, dass er das nun auch nicht mehr brauchte.

Er sah auf die Uhr. Sophie hatte versprochen, um neun Uhr hier zu sein und bei den letzten Vorbereitungen zu helfen. Vielleicht hatte sie verschlafen. Die letzten Tage waren sehr anstrengend gewesen, denn die Auswahl der Bilder hatte beiden viel abverlangt. Paul wollte, dass Sophies Werke den Löwenanteil der Ausstellung ausmachten, und Sophie wollte am liebsten sämtliche Porträts von Paul zeigen, dafür nur einige wenige ihrer eigenen Bilder. Am Ende hatte Barbara die Entscheidung getroffen: zwei großformatige Leinwände von Sophie aus ihrer *Winterserie,* »weil die so einen schönen dezenten Hintergrund bilden zu den kraftvollen Farben der Herbstware«, ihren *Fluchtpunkt* und eine Handvoll abstrakter Gemälde, die mit den klaren Linien der neuen Einrichtung korrespondierten. Dazwischen hingen sieben Porträts von Paul. Und natürlich *Aurelie.* Es war eine gute Mischung. Barbara hatte sich als exzellente Kuratorin herausgestellt und mit ihrer resoluten Art ihm und Sophie über die Klippen der immer wieder aufkommenden Selbstzweifel hinweggeholfen.

»Guten Morgen, Herr Tissu!« Frau Berlingers melodische Stimme riss ihn aus seinen Gedanken. »Heute ist der große Tag.«

»So ist es, liebe Frau Berlinger.«

Die ausladenden Hüften der Nachbarin schoben sich neben ihn. »Es ist wunderschön geworden!«

»Freut mich, dass es Ihnen gefällt.«

»Sie haben mich angeschwindelt«, sagte sie und sah augenzwinkernd zu ihm auf. »Sie sagten, es gäbe keine weiteren Bilder. Ein Überraschungscoup. Sie sind ein Fuchs, lieber Herr Tissu, ein richtiger Fuchs!«

»Oh nein. Nicht ich, Frau Berlinger, nicht ich. Meine Frau ist der Fuchs, glauben Sie mir.«

Frau Berlinger kicherte. »Und stimmt es, was hier in der Einladung steht?« Sie wedelte mit der Einladungskarte, die Paul überall in Aachen verteilt hatte. »Diese junge Künstlerin … wie heißt sie noch gleich? Ach ja, Sophie de Florenville. Sie ist extra aus Paris gekommen, um mit Ihnen die Eröffnung zu bestreiten?«

»Das ist sie«, sagte Paul und lächelte huldvoll. »Sie ist eine großartige Künstlerin. Und nun entschuldigen Sie mich bitte, ich habe noch einiges vorzubereiten.«

Sophie ließ auf sich warten. Immer wieder sah Paul nervös auf die Uhr. Sie würde doch nicht in letzter Sekunde einen Rückzieher machen? Die beiden Studienfreundinnen, die Sophie angeheuert hatte, um die Gäste mit Champagner und Häppchen zu versorgen, trafen um zehn Uhr ein und wussten auch nicht, wo Sophie blieb.

Pünktlich um elf öffnete Paul das Geschäft und begrüßte die ersten Gäste. Barbaras Freundinnen von der Donnerstagsrunde. Mit lautem »Ach, wie schön!« und »Oh, wie beeindruckend!« bewegte sich das Trüppchen von Bild zu Bild und füllte den

Raum mit fröhlicher Bewunderung für das »ausgefallene Arrangement von Kunst und Deko«, wie eine von ihnen es nannte.

Kurz darauf trafen Frau Berlinger und eine Bekannte von ihr ein, dann nach und nach weitere Geschäftsleute aus der Nachbarschaft und etliche Kunden. Selbst ein paar zufällige Spaziergänger mischten sich unter die geladenen Gäste. Sophie war immer noch nicht da. Frau Berlinger wich nicht von seiner Seite, ganz so, als sei sie diejenige, die sein Talent entdeckt hatte und nun der Öffentlichkeit präsentierte.

»Ich hatte ja keine Ahnung, dass Sie malen, lieber Herr Tissu!«, rief die Inhaberin der benachbarten Modeboutique über die Köpfe der übrigen Gäste hinweg und drängelte sich zu ihm durch. Ihre schrille Stimme ließ Paul zusammenzucken. »Wie kommt es, dass so ein begnadeter Porträtmaler wie Sie mit seinem Talent so hinterm Berg hält?«

»Es ist ein Hobby«, murmelte Paul und wischte sich mit seinem Taschentuch über die Stirn. Es war eindeutig zu heiß mit so vielen Menschen auf so wenig Raum. »Nur ein Hobby.«

»Seien Sie nicht so bescheiden!«, rügte Frau Berlinger. »Aber auch die Bilder dieser jungen Pariser Künstlerin sind wirklich sehr ergreifend. Wo ist sie eigentlich? Dürfen wir sie kennenlernen?«

»Ja, gewiss, gewiss. Sie müsste jeden Moment eintreffen.« Inzwischen war er sich dessen nicht mehr sicher. Er warf zum wiederholten Male ein Blick auf sein Handy. Es war beinahe halb zwölf, und Sophie hatte weder auf seine Textnachrichten noch auf seine Anrufe reagiert.

»Meine Freundin hier ist ganz entzückt von diesem Bild dort.« Frau Berlinger zeigte auf Sophies *Fluchtpunkt.* »Welchen Preis hat sie dafür angesetzt?«

»Ich fürchte, sie will ihre Bilder nicht verkaufen. Zu einem späteren Zeitpunkt vielleicht.«

»Och, wie schade!«, rief die Freundin aus.

»Und Ihre, Herr Tissu? Verkaufen Sie Ihre Bilder?«, fragte eine rauchige Stimme an seinem Ohr. Er fuhr herum. Hinter ihm stand Frau von Hohenstein. Er hatte ihr Kommen nicht bemerkt. Sie prostete ihm zu. Barbara hatte vorausgesehen, dass die Frage nach der Verkäuflichkeit der Werke aufkommen würde, aber weder Paul noch Sophie wollten den Wert ihrer Schöpfungen beziffern. »Wir wollen sie zeigen, nicht loswerden«, hatte Paul gesagt.

»Oh, ich … Nein«, stammelte er nun. »Vielleicht zu einem späteren Zeitpunkt.« Er entschuldigte sich bei Frau Berlinger, und sofort hakte sich Frau von Hohenstein bei ihm unter. Wo war eigentlich Barbara?

»Sie wissen ja, wie sehr ich mich für dieses hier interessiere«, sagte Frau von Hohenstein und zeigte mit der Hand, in der sie das Champagnerglas hielt, auf *Aurelie.* Sie hatte ihm bereits bei ihrem letzten Besuch sehr zugesetzt, ihr das Bild zu verkaufen, und sie ließ auch heute nicht locker.

»Nein. Ich sagte Ihnen bereits, es ist unverkäuflich.«

»Sie wollen sich nicht trennen«, sagte Frau von Hohenstein. »Sehr bedauerlich.« Sie zog ihn mit sich. »Ich möchte Ihnen meinen Mann vorstellen, kommen Sie.«

Sie steuerte auf einen großen, hageren Herrn mit im Nacken zusammengebundenem Haar zu, dem man den Kunstprofessor schon von Weitem ansah. Mit leicht geneigtem Kopf und konzentriertem Blick betrachtete er eines von Sophies Bildern. Neben ihm stand Barbara und redete eifrig auf ihn ein.

Paul stöhnte innerlich. So hatte er sich das nicht vorgestellt. Wo, verdammt noch mal, blieb Sophie?

* * *

Der Zeiger der Küchenuhr rückte auf zehn Uhr vor. Jetzt müsste sie längst in der Kleinkölnstraße sein. Sie hatte es ihm versprochen. Gestern noch hatte sie voller Elan am Aufbau der Ausstellung mitgeholfen. Aber heute Morgen war sie mit Bauchschmerzen aufgewacht. Sie fühlte sich krank.

Ihre beiden großen Leinwände hatten einen prominenten Platz an der Stirnseite des Geschäftes bekommen. Sie wirkten gut dort.

Zwei Wochen nachdem Matthias abgereist war, hatte plötzlich ein Lieferwagen mit ihren Bildern vor der Tür gestanden. Der Anruf bei Matthias war eine reine Pflichtübung gewesen, ein paar höfliche Worte zum Dank, mehr nicht. Vierzehn Jahre. Bis zum Schluss hatte er versucht, sie von ihrem leiblichen Vater fernzuhalten. Sie *konnte* ihm einfach nicht verzeihen.

Die Uni hatte sie nach der verpassten Klausur gar nicht mehr besucht. Das erste Studienjahr war vorbei, und sie hatte es nicht geschafft. Wieder einmal nicht. Matthias' monatliche Zahlung traf trotzdem wie gewohnt zum Monatsanfang auf ihrem Konto ein und nagte nicht nur an ihrem Gewissen, sondern auch an ihrem Selbstwertgefühl. Irgendwann würde sie es ihm sagen müssen. Sie würde sich einen Job suchen. Irgendeinen. Hauptsache, diese Abhängigkeit hörte auf.

Aber jetzt musste sie erst einmal die Ausstellung hinter sich bringen. Nur wie? Ihr war speiübel. Der Toast, den sie hinuntergezwungen hatte, war in der Toilette gelandet. Nach dem Duschen hatte sie sich erst wieder hinlegen müssen. Inzwischen war sie angezogen, aber der Gedanke an die vielen fremden Menschen, mit denen sie würde plaudern müssen, lähmte sie. Bestimmt wurde es ein Reinfall. Kein Mensch würde sich für ihre Bilder interessieren. Sie wirkten stümperhaft im Vergleich zu Pauls Porträts. Es war unfassbar, dass er nie eine Kunstschule besucht hatte. Er habe als Kind sehr viel gezeichnet und sich das Handwerkliche angelesen, hatte er ihr erzählt. Der Rest sei Übung. Fünfundzwanzig Jahre in einem dunklen Keller.

Zwanzig vor elf. Sie warf einen Blick auf ihr Handy, das sie auf lautlos gestellt hatte, nachdem Matthias gestern zweimal versucht hatte, sie zu erreichen. Nach der Ausstellung würde sie ihn zurückrufen. Irgendwann musste es ja sein, aber gestern Abend hatte ihr die Kraft dazu gefehlt. Und heute Morgen sowieso.

Eine Textnachricht und ein Anruf. Beides von Paul. In ihrem Magen begann es wieder zu rumoren. Sie konnte ihn nicht im Stich lassen, aber wie sollte sie die zwei Kilometer zur Kleinkölnstraße zurücklegen? Ein Taxi rufen?

Sie war gerade im Bad, als es klingelte. Paul? Es sähe ihm ähnlich, sie abzuholen. Dabei war er mindestens genauso nervös, wenn nicht nervöser. Er hatte deutlich mehr zu verlieren als sie. Sein Geschäft hing am Erfolg dieser Ausstellung, seine Ehe, alles. Wenn ihre Bilder nicht gefielen, konnte sie sie einfach wieder einpacken und auf Nimmerwiedersehen verschwinden. Paul musste jeden Tag in die Gesichter dieser Menschen blicken, die sich vielleicht hinter seinem Rücken über ihn lustig machten. Aber das würden sie nicht. Ganz sicher nicht.

Sie schleppte sich zur Tür.

»Wer ist da?«, fragte sie durch die Sprechanlage.

»Ich bin's, Sophie. Öffne bitte.«

Instinktiv sah Sophie zum Fenster, als könnte sie über dieses die Flucht ergreifen.

»Was willst du?«

»Ich habe eine Einladung bekommen, zu einer Ausstellung. Begleitest du mich?«

Matthias sah müde aus. Er sei um fünf Uhr losgefahren, um rechtzeitig hier zu sein.

»Woher hast du die Einladung?«

»Paul hat sie mir geschickt.«

Sie steckten also unter einer Decke.

»Wieso hast du mir nichts davon gesagt?«

»Ich wollte es. Aber du hast meine Anrufe nicht angenommen.«

Sophie stand mit dem Rücken zu ihm am Fenster. Sie hörte, dass er sich ihr näherte, und ihr Nacken verspannte sich.

»Sophie. Bitte.«

Sie fuhr herum. »Denkst du, das ist so einfach für mich? Vergeben und vergessen?«

»Nein. Ich weiß, dass es das nicht ist. Es tut mir leid.« Er setzte sich auf einen Stuhl am Kopfende des Tisches und sah zu ihr auf. Er hatte immer am Kopfende gesessen und sie rechts von ihm. Selbst als sie nur noch zu zweit gewesen waren, hatte sie sich ihren Platz nicht aussuchen dürfen. Wann hatte sein Blick diese Strenge verloren, vor der sie sich als Kind immer gefürchtet hatte?

»Weißt du, was ich mich die ganze Zeit frage?« Sophie setzte sich ihm gegenüber ans andere Tischende und sah ihn herausfordernd an. »Wie konntest du nur all die Jahre mit dieser Lüge leben?«

»Für mich war es keine Lüge, Sophie. Du bist Aurelies Tochter. Ich habe sie geliebt, und ich liebe auch dich.«

»Aber es geht doch hier nicht um dich! Es geht um *mich!* Um das, was *ich* fühle! Kapierst du das nicht?« Noch nie hatte sie ihren Vater angeschrien. Wenn sie wütend war, hatte sie sich immer zurückgezogen und so lange nicht mit ihm gesprochen, bis die Wut verraucht war. Aber das hier tat gut. Richtig gut. Mit einem Mal war die Übelkeit verflogen.

»Aber Sophie, ich …«

»Hör auf!«, fuhr sie ihm über den Mund. »Du hast mich betrogen. Vielleicht hätte ich ein ganz anderes Leben gelebt, wenn du mir die Wahrheit gesagt hättest.«

»War das Leben, das du gelebt hast, denn so schlecht?« Er legte beide Hände auf den Tisch und zog die Schultern hoch. Er sah aus wie ein Schuljunge, der die wohlverdienten Hiebe erwartete. Plötzlich tat er ihr leid.

»Nein«, räumte sie ein. »Das war es nicht.«

Seine Schultern entspannten sich. »Ich finde, wir zwei haben das wirklich gut gemacht. Ich möchte keine Sekunde missen.«

»Aber du hast dich von ihr benutzen lassen. Blind hat sie dich gemacht. So blind, dass du in mir immer nur ein Abbild von ihr gesehen hast. Ich hatte nie eine Chance!«

»Das ist nicht wahr!«

»Oh doch. Sieh mich doch an! Jetzt sitz ich hier in diesem verdammten Aachen und studiere Architektur – weil *sie* das immer wollte! Und bekomme auch das nicht auf die Reihe!« Die letzten Worte flüsterte sie nur noch.

»Wie meinst du das?«

»So, wie ich es sage.«

»Bist du durchgefallen?«

»Ich bin gar nicht zu den Klausuren gegangen.«

»Aha«, sagte Matthias nur. Sie sahen einander an, und Sophie musste hart schlucken, um den Tränen keine Chance zu geben, die sie eben noch erfolgreich im Zaum gehalten hatte. Nach einer Weile stand Matthias auf und setzte sich auf einen Stuhl direkt neben sie.

»Hör zu, Sophie«, sagte er. »Ich weiß sehr wohl, dass ich einen großen Fehler gemacht habe. Viele Fehler. Nicht nur mit dir. Ich hatte immer Angst, euch zu verlieren. Bei Aurelie konnte ich es nicht verhindern. Aber dich … Ich hätte es nicht ertragen.«

»Ich war doch bloß ein Ersatz für sie.« Es klang falsch, selbst in ihren eigenen Ohren.

»Du weißt genau, dass das nicht stimmt!« Er sprach leise, aber sie kannte ihn zu gut, um nicht zu wissen, dass er verzweifelt um seine Fassung rang. Sie sah es in seinen Augen, an der Ader an seiner Schläfe, an seinen Wangenknochen.

»Wäre es dir lieber gewesen, ich hätte dich weggeschickt? Dir gesagt: Ich bin nicht dein Vater, sieh zu, wie du klarkommst?«

»Nein«, sagte Sophie schnell. »Das nicht. Aber die Wahrheit wäre mir lieber gewesen.«

Er seufzte. »Ich weiß, Sophie. Ich weiß.«

Wortlos sahen sie einander an.

Nach einer Weile sagte Matthias: »Ich möchte nicht, dass all das Schöne, das wir gemeinsam erlebt haben, überschattet wird von …«

»Die schönen Erinnerungen bleiben«, unterbrach ihn Sophie. »Ich stelle sie ja gar nicht infrage. Ich weiß nur nicht, wie ich weitermachen soll.«

»Du hast doch schon angefangen mit dem Weitermachen. Bleib einfach dran. Es wird gut werden.« Er stand auf und streckte die Hand aus. »Und jetzt komm. Es ist gleich halb zwölf. Du hast einen wichtigen Termin.«

Kapitel 29

Der richtige Platz

Paul steuerte seinen alten Audi durch den Torbogen des *Parc de Montretout,* in dem sich die teuersten und schönsten Häuser des Pariser Vorortes Saint-Cloud rings um eine gepflegte Parkanlage versammelten. Er hielt vor einer zweistöckigen, stuckverzierten Villa mit geschwungenen Balkongittern und hochherrschaftlichem Eingangsportal. Das Haus war trotz der späten Stunde hell erleuchtet. Matthias war noch wach. Hier also hatte Aurelie mit ihrer kleinen Familie zehn Jahre lang gelebt.

Sophie gähnte und streckte sich. Sie war sofort eingeschlafen, nachdem sie in Aachen auf die Autobahn gefahren waren, und hatte während der ganzen Fahrt nur einmal kurz die Augen geöffnet, um ihm zu sagen, dass sie nun doch den *Fluchtpunkt* in die Bewerbungsmappe aufnehmen würde. Danach war sie sofort wieder eingeschlafen.

Seit der Ausstellung war ein Monat vergangen. Viel war seither passiert. Paul hatte sich von Barbara überreden lassen, doch einige seiner Bilder zu verkaufen, denn er hatte sich vor Anfragen nicht retten können – und man könne doch die Kunden nicht so enttäuschen.

Die Preisverhandlung hatte er vollständig in Barbaras Hände gelegt – und die Verkaufssumme der sieben Gemälde, von denen er sich trennen konnte, hatte seine Erwartungen weit übertroffen.

Als Sophie endlich aufgetaucht war, hatte Barbara dem Herrn Kunstprofessor von Hohenstein bereits alle Bilder gezeigt und ihm zu verstehen gegeben, dass diese junge Künstlerin eben erst nach Deutschland umgesiedelt sei und sich demnächst an den Kunsthochschulen des Landes bewerben wolle. Ob er denn ein solches Talent nicht gern höchstpersönlich fördern würde? Paul war fast im Boden versunken ob der kühnen Penetranz, mit der Barbara Sophies künstlerisches Talent angepriesen hatte, ohne selbst auch nur das Geringste von der Malerei zu verstehen, aber er hatte sehr schnell erkannt, dass der Herr Kunstprofessor viel zu angetan von Sophies Werken war, um Barbaras Anpreisungen als aufdringlich zu empfinden. Als Sophie endlich eintraf, war der Boden bereits so gut vorbereitet, dass er gar nicht mehr viel tun musste, um ein Gespräch zwischen Sophie und Professor von Hohenstein herbeizuführen.

So hatte er Gelegenheit, mit Matthias zu reden. Obwohl er ja die Einladung eigenhändig nach Saint-Cloud geschickt hatte, war er überrascht, dass der Empfänger tatsächlich gekommen war.

»Schön, dass du da bist«, sagte er und reichte ihm ein Glas Champagner.

»Danke, dass du mich eingeladen hast.«

»Sie hätte es so gewollt.« Paul zeigte auf Aurelie, die, umrahmt von rotem Samt, über dem sektfröhlichen Treiben zu thronen schien.

»Glaubst du?«

»Ich weiß es.«

»Du kanntest sie schon immer besser als ich.«

»Du irrst. Ich habe sie völlig verkannt.«

»Verkaufst du es mir?«, fragte Matthias.

»Natürlich nicht«, sagte Paul.

»Das dachte ich mir.«

»Aber du wirst es bald sehen können, wann immer du willst.«

Matthias hatte ihn fragend angesehen, doch Paul hatte ihm nur mit geheimnisvollem Lächeln zugeprostet.

Nun standen sie vor Matthias' prachtvollem Anwesen, und Sophie sagte: »Bist du sicher, dass du nicht hierbleiben willst? Papa … also Matthias würde sich wirklich freuen, wenn du bei uns übernachtest.«

»Ich weiß, aber ich gehe lieber mit ihr ins Hotel.« Er wies nach hinten, wo Aurelies Porträt gut verpackt auf den zurückgeklappten Rücksitzen lag.

»Wie du meinst.« Sophie drückte ihm einen Kuss auf die Wange, stieg aus und nahm ihre Reisetasche aus dem Kofferraum. »Bis morgen früh dann. Der Termin ist um neun. Sei bitte spätestens um acht da, es ist immer furchtbar viel Verkehr am Morgen, nicht dass wir zu spät kommen.«

Das kleine Hotel Villa Henri IV auf der gewundenen Hauptstraße von Saint-Cloud hatte seine besten Tage schon hinter sich, aber Paul fühlte sich sofort zu Hause, als er mit Aurelies Porträt die knarzende Holztreppe in den obersten Stock hinaufstieg und sein winziges Zimmer aufschloss.

Er schälte Aurelie aus dem Packpapier und stellte sie auf den Tisch vor den Fernseher. Sie steckte in dem Behältnis, in dem sie fünfundzwanzig Jahre lang begraben gewesen war. Es war Paul schwergefallen, sie wieder dort hineinzusperren, aber es war der sicherste Weg, sie nach Paris an ihre endgültige Ruhestätte zu transportieren.

Er zog die Vorhänge zu. Ein schwerer, golddurchwirkter Brokatstoff. Viel zu pompös für das kleine Zimmer. Wie auch das Porträt des Bourbonenkönigs an der Wand über dem

Schreibtisch und das Bett. Darauf lag eine antik anmutende Tagesdecke mit aufwendig bestickten Bordüren und mindestens zwanzig Dekokissen im gleichen Stil. Dafür war das enge Bad wirklich alt, und die verkalkten Armaturen hatten Rost angesetzt. Paul konnte darüber hinwegsehen. Er schaltete das Licht aus und ließ nur die kleine Tischlampe neben Aurelies Porträt brennen. Dann legte er sich ins Bett. Der Tag war lang und die Autofahrt anstrengend gewesen, und er war unendlich müde. Aber diese letzten Stunden allein mit Aurelie, inmitten der absurden Theatralik seines aus der Zeit gefallenen Hotelzimmers, waren zu kostbar, als dass er der Schwere seiner Augenlider hätte nachgeben wollen.

»So haben wir doch noch einmal eine gemeinsame Nacht«, flüsterte er, »auch wenn es unsere letzte ist.«

Der Lichtschein der Lampe spiegelte sich in dem Glas, und er konnte Aurelies Gesicht nicht erkennen. So ging das nicht. Er schlug die Bettdecke zurück, stand auf und befreite Aurelie aus ihrem gläsernen Gefängnis. Er stellte das Porträt zurück auf den Tisch, richtete die Lampe neu aus und ging wieder ins Bett.

Die Ölfarben glänzten, als hätte er sie eben erst auf die Leinwand aufgetragen. Paul schloss für einen Moment die Augen und holte aus den Tiefen seiner Erinnerung den Moment hervor, als Aurelie in ihrem Pariser Appartement, nur wenige Kilometer Luftlinie von hier, in ihrem tannengrünen Kleid vor ihm gesessen hatte. Kurz bevor ihn der Schlaf übermannen konnte, zwang er sich, die Augen wieder zu öffnen, und stopfte sich ein weiteres Kissen in den Rücken.

»Du bist um keinen Tag gealtert, ganz wie du es wolltest«, murmelte er und lächelte.

Das alte Hotel knarrte und ächzte, als wollte es seine Worte Lügen strafen.

»Ja, ich weiß. Ich schon. Ein alter Sack bin ich geworden. Es ist gut, dass du mich so nicht sehen kannst.« Neben ihm knackte eine Bodendiele, und ein Windhauch strich über seine Stirn. Sein Herzschlag beschleunigte sich. Dann fiel ihm ein, dass er das Fenster einen Spaltbreit geöffnet hatte, und er entspannte sich wieder.

»Siehst du«, fuhr er fort. »So ein verwirrter alter Greis bin ich schon. Rede mit einem Bild und denke, du stehst hier neben mir.«

Er sagte noch mehr, oder vielleicht dachte er es auch nur, oder er träumte es. Irgendwann verschmolz Aurelies sanft schimmerndes Konterfei mit dem Porträt des Bourbonenkönigs und wob sich durch seine Träume wie der Goldfaden im Brokatvorhang vor dem Fenster zur Straße.

Es war ein sonniger Oktobermorgen. Pünktlich um acht holte er Sophie ab, und gemeinsam fuhren sie über die Höhen von Saint-Cloud und Suresnes bis nach Nanterre. Rechts von ihnen gaben die Häuser immer wieder einen Blick frei auf die Stadt, die sich langsam aus dem Morgennebel schälte. Der Eiffelturm lag hinter rötlichen Schleiern verborgen, und nur seine Spitze schwebte im endlosen Dunstblau des Himmels über Paris.

Der Steinmetz, ein Monsieur Pierre Felix Sauveur, begrüßte Sophie mit einer herzlichen Umarmung. Er ergriff Pauls Hand und überschüttete ihn mit einem Schwall Französisch, von dem Paul nicht ein Wort verstand. Er sei ein alter Freund ihrer Mutter gewesen und habe sich sehr gefreut, diesen besonderen Auftrag anzunehmen, übersetzte Sophie.

Als Paul Aurelies Porträt aus dem Kofferraum hob und es dem Steinmetz übergab, verstummte der quirlige untersetzte Mann plötzlich. »Qu'elle était belle!«, hauchte er, nachdem er das Bild lange und ehrfürchtig betrachtet hatte. Er bedeutete ihnen, ihm zu folgen, und führte sie in seine Werkstatt. Dort blieb er vor einem beinahe mannshohen Block aus weißem Carrara-Marmor stehen. In die Mitte des Blocks war eine etwa zehn Zentimeter tiefe Nische eingearbeitet und darunter stand, eingemeißelt in klaren, geradlinigen Buchstaben:

Aurelie de Florenville
12. Juli 1967 – 18. Dezember 2003

Der Steinmetz kniete sich vor dem Block nieder und fügte Aurelies Porträt mit andachtsvoller Behutsamkeit in die Nische ein.

Es war so still in der steinstaubgeschwängerten Werkstatt, dass Paul ein leises Seufzen zu hören meinte, als sich das Bild in sein Marmorbett schmiegte. In einem kurzen Moment der Panik wollte er am liebsten die Finger in den Rahmen krallen, es herausreißen und damit wegrennen, so schnell er konnte. Doch Aurelie lächelte, wie sie immer gelächelt hatte, und der Moment verging, und er wusste: Es war gut so.

»Wie perfekt es passt«, flüsterte Sophie neben ihm, und er spürte ihre Hand, die sich in seine schob.

»Ja«, sagte er, »eine Meisterarbeit.«

Am nächsten Tag fuhren sie gemeinsam mit Matthias zum Friedhof. Aurelie lag auf dem Cimetière du Montparnasse, mitten im hektischen 14. Arrondissement, ganz in der Nähe von Charles Baudelaires letzter Ruhestätte.

Der neue Grabstein war bereits in der Frühe geliefert und gesetzt worden. Als sie – inmitten einer Reisegruppe aus Japan – an den Kapellen und teils mit aufwendigen Kunstwerken versehenen Gräbern vorbeiwanderten, zermürbten Paul erneut die Zweifel, ob er das Richtige getan hatte. Aurelie gehörte nun nicht mehr ihm. Sie war Teil dieser Pilgerstation für Grabtouristen aus aller Welt geworden, die die andachtsvolle Mystik eines Friedhofes als letzter Ruhestätte längst eingebüßt hatte.

Schon von Weitem konnten sie Aurelie in ihrem neuen, strahlend weißen Marmorgewand leuchten sehen. Ein paar von den japanischen Touristen waren vor ihrem Grab stehen geblieben und richteten ihre Handykameras auf den nagelneuen Grabstein. Ein junges Pärchen machte ein Selfie, mit Aurelie im Hintergrund. Paul widerstand dem Impuls, sich aufzuplustern und die schnatternden Japaner durch seine schiere Größe einzuschüchtern und zu verjagen. Sophie schien den gleichen Gedanken zu haben, denn ihre Hand, die sie um seinen Arm gelegt hatte, verkrampfte sich. »Müssen die eigentlich immer und überall diese blöden Selfies machen?«, zischte sie.

»Jetzt gehört sie allen«, murmelte Paul.

»Du hast es so gewollt«, sagte Matthias.

»Ich habe es für sie gemalt. Wenn es einen Ort auf der Welt gibt, wo dieses Bild hingehört, dann ist es dieser hier.«

Als die japanischen Touristen endlich abgezogen waren, trat Paul an das Grab heran und legte die einzelne Rose darauf ab, die er am Friedhofseingang erworben hatte.

Zu dritt standen sie da und betrachteten das Porträt, das von nun an jedem, der genau hinsehen wollte, seine Geschichte von Schönheit und Traurigkeit, von Bewunderung und Einsamkeit erzählen würde. Es schien, als habe es sich schon immer hier befunden, in einem weißen Marmorbett, vor Regen und Kälte, Wind und Wärme geschützt durch eine dicke Panzerglasscheibe.

Irgendwann wandte Matthias sich ab und sagte: »Ich warte im Café am Haupteingang auf euch.«

Paul spürte, wie Sophie zitterte. Es war nicht kalt, aber auch er fröstelte. Er legte seinen Arm um sie und sagte:

»Deine Mutter war wie diese Rose. Ohne Wurzeln, wunderschön und zum frühen Verblühen verdammt.«

»Ich weiß«, nickte Sophie. »Papa hat so etwas Ähnliches auch einmal gesagt.« Nach einer Weile fügte sie hinzu: »Er hat sich seine Wurzeln geschaffen und dachte, er könnte auch sie daraus nähren. Und mich. Aber das konnte nicht funktionieren.«

»Nein«, sagte Paul. »Das konnte es nicht.«

Noch lange standen sie vor dem Grab, eng aneinandergedrängt, als könnten sie so die neugierigen Blicke der Fremden aufhalten und Aurelie nur für sich haben – zumindest für diesen einen Moment.

* * *

Fünf Jahre später

Sophie steckte den Kopf durch die Ladentür. Barbara hatte gerade eine Kundin verabschiedet und kritzelte etwas auf einen Block.

»Hallo, Barbara! Stör ich?«

»Oh, Sophie! Welch seltener Gast!« Barbara nahm ihre Lesebrille von der Nase und winkte sie herein.

Bereits seit ein paar Monaten war Sophie nicht mehr in Aachen gewesen. Zwar hatte sie mehrmals mit Paul telefoniert, aber für einen Besuch fehlte immer öfter die Zeit.

Barbara kam auf sie zu und reichte ihr die Hand. Sophie war nach wie vor noch nicht ganz warm mit ihr geworden. Sie fand sie nicht unsympathisch, aber ihre resolute Geschäftstüchtigkeit schüchterte sie ein, und sie fragte sich des Öfteren, wie Paul und sie ein Paar hatten werden können.

»Ist Paul nicht da?«

»Er ist da und nicht da. Er ist nach dem Frühstück direkt ins Atelier hoch, und seitdem habe ich ihn nicht mehr gesehen.«

»Ein neuer Auftrag?«

»Nein, ich denke, er malt einfach nur für sich. Das Ergebnis ist dasselbe«, Barbara lachte ganz ohne Bitterkeit, »ich bekomme ihn nicht mehr zu Gesicht. Geh nur hoch, dir wird er öffnen.«

Paul hatte das Geschäft inzwischen seiner Frau überschrieben. Zwar half er ihr in den Stoßzeiten ab und zu noch aus, aber die meiste Zeit verbrachte er in seinem Atelier, das er sich in der kleinen Mansarde oben im Haus eingerichtet hatte. Mit den gelegentlichen Auftragsarbeiten – meist Porträts, die er von zahlungskräftigen Kundinnen anfertigen sollte – verdiente er genug, um eine Näherin einstellen zu können, die Barbaras bisherige Arbeit verrichtete. Barbara war froh, von der Nähmaschine wegzukommen und das zu tun, was sie am besten konnte – beraten und verkaufen. Und Paul war endlich frei für seine Malerei.

Dafür aber hatte er in letzter Zeit immer häufiger Probleme mit dem Herzen. »Es will nicht mehr so«, hatte er Sophie bei ihrem letzten Anruf anvertraut. Die Luft fehle ihm beim Hinaufsteigen in sein Atelier, doch das werde schon wieder. »Du bist doch erst fünfundfünfzig!«, hatte Sophie gesagt.

»Jaja. Ein sehr alter Mann.«

»Unsinn. Du musst noch viele, viele Bilder malen, also sieh mal schön zu, dass der Arzt das wieder hinkriegt.«

»Das mach ich«, hatte er ihr versprochen.

Sophie lief die Treppe zum Dachgeschoss hinauf, indem sie immer zwei Stufen auf einmal nahm. In ihrer Tasche steckte der Akademiebrief. Paul sollte ihn als Erster sehen. Sie hatte ihr Studium tatsächlich beendet, bereits an einigen Ausstellungen teilgenommen und vielversprechende Kontakte zu interessierten Galeristen geknüpft. Professor von Hohenstein hatte ihr wertvolle Tipps und Hinweise gegeben, ihr aber geraten, sich nicht an seiner eigenen Hochschule zu bewerben, sondern direkt an der renommierten Kunstakademie in Düsseldorf. Das hatte sie getan – und war auf Anhieb angenommen worden. Ein kleines Wunder.

Atemlos kam sie vor Pauls Atelier an. Sie wollte schon klopfen, aber die Tür war nur angelehnt.

»Paul?«

Das kleine Dachzimmer war vollgestellt mit Bildern, Staffeleien, Pinseln und Hunderten von Farbtuben. Es war hell hier oben, und es roch intensiv nach Ölfarben, obwohl das Dachfenster weit geöffnet war. Im Sommer war es hier sicher kaum auszuhalten.

Ein halb fertiges Bild stand direkt unterhalb des Fensters im hellen Sonnenlicht. Davor stand Pauls Lieblingssessel aus dem Wohnzimmer. »Ab und zu muss ein alter Mann ja mal ausruhen«, hatte er ihr erklärt, als sie gemeinsam den Sessel hier hinaufgeschleppt hatten. Die Rückenlehne war ihr zugewandt, und sie sah nur seinen linken Fuß, den er weit von sich gestreckt hatte.

Auf Zehenspitzen ging sie um den Sessel herum.

Pauls Augen waren geschlossen, sein Kopf lag seitlich gegen die große Kopfstütze des Ohrensessels gelehnt. Sein rechter Arm ruhte auf der Armlehne, die Hand hing herunter, und auf dem Boden vor ihm lag ein Bogen Papier. Pauls Lippen waren unnatürlich bleich, und dennoch wirkte sein Gesicht so entspannt, wie sie es nie gesehen hatte. Ja, es schien sogar, als lächelte er.

Sie musste ihn nicht berühren, um zu wissen, dass er tot war.

In seinem Schoß lag der Umschlag, den sie so gut kannte. Der Papierbogen auf dem Boden war ein Brief – und auch die Handschrift kannte sie. Sie bückte sich und hob ihn auf.

Sie musste ihn eigentlich nicht lesen, um zu wissen, was drinstand. Aber es erschien richtig, es dennoch zu tun. Richtiger, als Barbara zu verständigen und den Notarzt zu rufen. Richtiger, als diesen Moment der vollkommenen Stille mit nutzloser Hektik zu zerstören.

»Soll ich ihn dir vorlesen?«, flüsterte sie. »Vielleicht bist du ja nicht mehr dazu gekommen.«

Sie kniete sich vor den Sessel, ergriff Pauls Hand und las.

Lieber Paul,
es tut mir so leid, ich bin eine untreue Seele. Seit du geschrieben hast, ist so viel Zeit vergangen, dass ich mich jetzt gar nicht mehr traue, dir überhaupt noch auf den Brief zu antworten. Aber ich denke oft an dich.

Du hast mich wahrscheinlich inzwischen vergessen.

Ich habe hier am Internat des Filles inzwischen meinen Abschluss gemacht. Morgen ist die Abschlusszeremonie, und dann geht es erst einmal nach London. Dort wohnt meine Mutter jetzt, aber ich werde nicht lange dortbleiben. Ich bleibe nie lange irgendwo.

Heute Morgen war ich im See schwimmen. Das ist das Einzige, was ich hier vermissen werde. Es gibt eine Stelle, an der kann ich bis zum Grund tauchen. Anfangs konnte ich es nicht, aber ich kann immer länger ohne Luft auskommen. Manchmal denke ich, wie es wohl wäre, einfach da unten zu bleiben. Kein Mensch würde es merken, nur ein paar Luftblasen kämen oben an.

Es würde aber wahrscheinlich kaum jemand richtig um mich trauern, wenn ich nicht mehr nach oben käme. Also denke ich, dass es sich nicht lohnt. Ich möchte erst sterben, wenn wirklich jemand um mich trauert. Findest du das egoistisch?

Vielleicht würdest du ja um mich trauern. Aber ich kann mir da nicht sicher sein. Deswegen lasse ich es lieber und tauche immer wieder auf.

Ich träume auch manchmal von dir. Nicht nachts. Tagsüber. Dann stelle ich mir vor, wie es wäre, wenn du mir sagst, dass du mich liebst. Vielleicht warte ich da ja immer noch ein bisschen drauf. Und tauche deswegen immer wieder auf.

Aber dazu müssten wir uns wiedersehen. Das ist wahrscheinlich sehr unwahrscheinlich. Ich warte dann im nächsten Leben auf dich.

Deine Aurelie

PS: Du wirst verstehen, dass ich diesen Brief nicht abschicken kann. Ich bewahre ihn auf. Für dich. Im nächsten Leben.

Sorgfältig faltete Sophie den Brief zusammen, legte ihn in den Umschlag zurück und steckte ihn in ihre Tasche. Niemand außer ihr musste diese Briefe lesen.

»Vielleicht stimmt es ja, und ihr seht euch wieder«, flüsterte sie und küsste Paul auf die Stirn.

Dann erst ging sie nach unten, um Barbara zu verständigen.

Danksagung

Im Grunde ist es unmöglich, allen Menschen zu danken, die an der Entstehung dieser Geschichte beteiligt waren, die mir – bewusst oder unbewusst – Ideen und Impulse gegeben haben, mir Mut gemacht und mir geholfen haben durchzuhalten, wenn es schwierig und anstrengend war.

Es gibt jedoch ein paar Menschen, die ich nicht ungenannt lassen kann, weil sie dieser Geschichte auf ganz besondere Weise Leben eingehaucht haben. Dazu gehören auch und vor allem meine längst verstorbenen Großeltern. Noch heute habe ich den Duft der Stoffe in der Nase, wenn ich an sie denke, höre das Knarzen der Bodendielen in ihrem Geschäft und bewundere sie für den unermüdlichen Fleiß und die Leidenschaft, mit der sie diesen Laden betrieben.

Ich danke Liesel und Hans-Josef Pütz für viele wissenswerte Details über Farben, Lösungsmittel und Lichtverhältnisse und für ein paar wunderbare Stunden in ihrem Haus voller Bilder und Gastfreundschaft.

Ich danke Sylvia für die zauberhafte »Himmlische Schwester«, die so viel bei mir ausgelöst hat und der Aurelie ihren Namen verdankt. Danke und immer wieder danke an Regine und Birgit für das motivierende Feedback nach dem ersten Lesen. Das war so wertvoll!

Ganz besonders danke ich Karla Schmidt, die von Anfang an dabei war und mit ihren Kommentaren meinen Blick für das Wesentliche an dieser Geschichte geschärft hat.

Und all jenen, die sich hier nicht namentlich wiederfinden, die aber doch auf die eine oder andere Weise die Wurzeln dieser Geschichte genährt haben, danke ich für Inspiration und den starken Impuls, diesen Roman unbedingt schreiben zu wollen.

30300367R00181

Printed in Poland
by Amazon Fulfillment
Poland Sp. z o.o., Wrocław